AF149753

CARO NEUHOFER

Halt die Schnauze Sibille

novum pro

www.novumverlag.com

Bibliografische Information
der Deutschen Nationalbibliothek:

Die Deutsche Nationalbibliothek
verzeichnet diese Publikation in
der Deutschen Nationalbibliografie.
Detaillierte bibliografische Daten
sind im Internet über
http://www.d-nb.de abrufbar.

Gedruckt in der Europäischen Union
auf umweltfreundlichem, chlor- und
säurefrei gebleichtem Papier.

© 2024 novum Verlag

ISBN 978-3-99146-185-2
Lektorat: Juliane Johannsen
Umschlagfotos: Wirestock,
Naiauss I Dreamstime.com
Umschlaggestaltung, Layout & Satz:
novum Verlag

www.novumverlag.com

VORWORT

… Was schreibt man da. Ich habe noch nie ein Vorwort geschrieben, weil ich noch nie ein Buch geschrieben habe. Dachte nicht, dass ich das könnte. Ich lese sehr gerne, aber die Vorworte habe ich mir immer gespart. Sie vielleicht nicht, also schreibe ich jetzt mal kurz, was ich mir denke, dass man in so einem Vorwort schreiben könnte.

Ich bedanke mich als Erstes recht herzlich, dass Sie dieses Buch in Händen halten und darüber nachdenken es vielleicht zu lesen. Es wird nicht einfach werden für Sie, das kann ich Ihnen schon mal sagen. Vielleicht werden Sie mich für einen vollkommenen Idioten halten, vielleicht kann sich der ein oder andere mit mir identifizieren. Wie auch immer, ich hoffe sehr, dass Sie es bis zum Ende mit mir und meinen schrägen Gedankengängen, meinem Selbstmitleid und meinem Herzschmerz aushalten können. Ich kann Ihnen nicht versprechen, dass es sich lohnen wird für Sie, dieses Buch zu lesen, aber ich hoffe es sehr.

Zur Sicherheit möchte ich an dieser Stelle anmerken, dass ich alle Namen und Orte in diesem Buch geändert habe, alles, was hier niedergeschrieben ist, basiert jedoch auf Tatsachen. Ich nehme Sie hier mit auf eine Reise durch ein knappes Jahr meines Lebens, und ich hoffe, dass es Sie auf irgendeine Weise berühren oder vielleicht sogar bereichern wird.

Was noch …? Ja. Berühmte Autoren widmen ihre Bücher immer irgendwem. Das finde ich sehr nett. Wie Sie am Ende des Buches vielleicht feststellen werden, krieche ich inzwischen niemandem mehr in den Arsch. Ich widme dieses Buch MIR. Denn nur mir habe ich es zu verdanken, dass ich heute bin, wer ich bin, egal wie man mich an dieser Stelle bewerten mag.

Somit bleibt mir nun nur noch, Ihnen viel Vergnügen zu wünschen.

DAS WAR ICH

Vor 10 Jahren war ich eine durchschnittliche Hausfrau, verheiratet mit einem Mann, zwei Kinder. Ein Kleinkind, ein Teenager. 1,62 m groß, 62 Kilo, grüne Augen (das einzig coole an mir). Kein Geschmack, was Klamotten angeht. Zu der Zeit sehr kurze Haare. Aussehen durchschnittlich, Ordnungssinn durchschnittlich, Kochkünste unterdurchschnittlich, Einparken in einem Zug überdurchschnittlich. Alles Durchschnitt. Plan fürs Leben, so weitermachen, bis man in die Kiste kippt, versuchen, für alle anderen das Beste rauszuholen, jedem den Rücken zu stärken, aber nicht zu sehr aufzufallen. Hobbies, singen. Auch durchschnittlich, aber das mit Leidenschaft. Die Art von Frau, die bei einer Zaubervorführung nicht vom Zauberer als Assistentin aus dem Publikum ausgewählt wird, aber immerhin bin ich auch dagewesen. Ich hatte mich zu dem Zeitpunkt gerade im sozialen Bereich selbständig gemacht. Arbeitsverhalten auch durchschnittlich, auch wenn es mir am Anfang so vorkam, als würde ich die Welt verändern. Damals habe ich noch nicht gewusst, dass die Welt bald mich verändern würde und mich durch die schönsten und schlimmsten 10 Jahre meines Lebens katapultieren würde. Aber eins nach dem anderen.

WIE ALLES BEGANN (WIE BANAL...)

2013 bekam ich eine neue Klientin in einer Art Seniorenresidenz. Ich war so aufgeregt. Der Job war noch neu, die Klientin war neu und anspruchsvoll, etwas, das ich bisher noch nicht hatte. Ich fuhr also hin, um sie kennenzulernen. Ich betrat das Gebäude, und da war sie. Ne. Nicht die Klientin. Alex. Kleiner als ich, etwas mollig, frech, mit einem strahlenden, einnehmenden Lächeln. Kurze Hosen, T-Shirt, kurze Haare, vorne etwas länger. Aber das sah man nicht wirklich, denn sie trug eine Mütze. Ich sollte noch miterleben, dass sie manchmal sogar beim

Duschen vergaß, diese Mütze abzunehmen. Sehr nett, dachte ich. Von nun an war sie meine Ansprechpartnerin, wenn es um meine Klientin ging, denn Alex arbeitete dort als Assistenz der Pflegedienstleitung und als Workaholic, der sie war, war sie sowieso immer da. Wenn ich da nur schon gewusst hätte, dass mein Leben nie wieder so sein würde wie vorher.

Ich fuhr alle zwei Wochen zu meiner Klientin, demnach auch zu Alex. Und ich war jedes Mal so aufgeregt und nervös. Da ich nicht die hellste Kerze auf der Torte zu sein scheine, habe ich immer geglaubt, dass ich so nervös war, weil die Arbeit eine Herausforderung war. Nie wäre ich darauf gekommen, dass meine Hände immer so zitterten, dass mir oft die Worte fehlten, weil zu dem Zeitpunkt schon alles verloren war. Ich war verloren. Ich hatte mich Hals über Kopf in Alex verliebt. So ein Mist aber auch. Lange habe ich nicht kapiert, was geschehen war, bis ich eines Tages von einem Besuch bei meiner Klientin/Alex nach Hause fuhr. Bei dem Gespräch vor meiner Abfahrt mit Alex hat sie mir gesagt, dass sie lesbisch sei und sie sei froh, dass mir das nichts ausmache. Bis zu dem Zeitpunkt hatte ich keinen Gedanken daran verschwendet, mit wem Alex wohl in die Kiste hüpfen würde, geht mich ja auch nichts an. Und auf dem Weg nach Hause, ist es mir plötzlich klar geworden. Ich zitterte nicht wegen der Arbeit, wegen der Anforderung, wegen der komplizierten Sachlage, ich zitterte einzig und alleine, weil ich 40-jährige Hausfrau, mich voll und ganz in eine 13 Jahre jüngere Frau verliebt hatte. Prima. Da muss man jetzt erst mal mit klarkommen. Passiert ja auch nicht jeden Tag, ist nichts, was man so einfach wegstecken und abhaken könnte.

Auch ihr schien von Anfang an mehr an mir zu liegen. Sie hat mir immer kleine Geschenke gemacht, kleine Zettelchen zugesteckt, die nach ihrem Parfum rochen. Kaffee mit Kakaopulver in Herzchenform, einen Eisbecher mit Schokoherzen drauf. Ihr unglaublich frecher und charmanter Humor schlug mich in ihren Bann. Ihre Blicke sorgten bei mir für einen Ruhepuls von 200. Wenn sie mich „versehentlich" berührte, wenn ich ihr eine

Zigarette anzündete, blieb mir fast das Herz stehen. Wer würde da nicht schwach werden. Wer könnte dem widerstehen.

Wir hatten dann lange sehr intensiven Kontakt über WhatsApp. Wie Schulkinder. Lächerlich eigentlich, aber uns blieb zu dem Zeitpunkt nichts anderes übrig. Sie war in einer Beziehung, ich war verheiratet und keiner von uns beiden wollte im Grunde seine Beziehung gefährden, aber trotzdem bestand eine magische Anziehungskraft zwischen uns, die immer stärker zu werden schien. Ich sehnte mich nach ihrer Berührung von Tag zu Tag mehr, auch wenn ich furchtbare Angst davor hatte, denn ich hatte keinerlei Erfahrung mit einer Frau. Ja klar, man hat als Teenager mal im Suff mit 'ner Freundin geknutscht, aber das kann man ja jetzt nicht wirklich vergleichen. Nicht mal im Ansatz. Also blieb uns nichts anderes, als diese kindische Art den Kontakt zu halten. Und schon damals war mir klar, wenn sie mich heute fragen würde, ob wir zusammen durchbrennen, ich hätte alles hingeschmissen und gepackt. Wie ein Teenager. Wie ein dummer Teenager. Dumm würde ich mir im Laufe der nächsten Jahre noch öfter vorkommen, aber das wusste ich noch nicht.

Und dann kam der erste Schlussstrich. Ihre damalige Freundin ist durch ihr Handy gegangen und hat unsere Nachrichten gefunden. Hat ihr eine Mords-Szene gemacht, verständlicherweise, und hat ihr verboten den Kontakt mit mir aufrecht zu erhalten. Und gut, wie Alex ist, hat sie sich für ihre Freundin entschieden und den Kontakt zu mir von heute auf morgen abgebrochen. Mit einer knappen Erklärung. Einfach so. Natürlich. Das werfe ich ihr heute auch nicht mehr vor. Das war eben damals so. Aber in dieser Zeit ist mir dann auch klar geworden, dass das definitiv kein Strohfeuer war. Es hat ein ganzes Jahr gedauert, bis ich nicht mehr immer wieder wegen dieses Verlusts geheult hätte. Und es war ja nicht so, dass wir uns nicht trotzdem regelmäßig gesehen hätten, ich hatte ja noch immer meine Betreute in der Einrichtung, in der sie arbeitete. So viel Verantwortungsbewusstsein habe ich dann doch, dass ich den Rest meines Lebens nicht schleifen lasse.

Es vergehen 5 Jahre. Fünf Jahre, in denen ich jedes Mal fast sterbe, wenn ich sie sehe, in denen ich jedes Mal furchtbar verletzt bin, von der Gleichgültigkeit, die sie an den Tag zu legen scheint. In diesen 5 Jahren ist meine Ehe auch zu Bruch gegangen. Ich weiß nicht, wie viel davon meiner Situation zuzuschreiben ist. Fakt ist, mein Ex-Mann hat sich nie etwas zu Schulden kommen lassen, er war immer gut zu mir. Aber er hat mich halt auch alleine gelassen, körperlich wie emotional. Und ich habe oft versucht, mit ihm darüber zu sprechen und Lösungen zu finden, aber letztendlich hat es alles nichts gebracht und eines Morgens habe ich ihn mir so angesehen und ich habe mir gedacht: „Du bist ein anständiger Kerl, aber alt werden kann ich nicht mit Dir, es tut mir leid." Und ich habe daraufhin meine Ehe mit ihm beendet, der gemeinsame Sohn wohnt bei mir, besucht seinen Vater aber regelmäßig. Grundsätzlich besteht ein freundschaftlicher Kontakt, er ist wieder mit einer ganz süßen Frau verlobt und ich wünsche ihm alles Glück auf der Welt.

Aber zurück zu mir, uns, wie auch immer. Nach der Trennung hat sich aus irgendeinem Zufall heraus der Kontakt mit Alex wiederhergestellt. Zuerst wieder auf die altbekannte, kindische Art und Weise, schließlich auch durch unverbindliche Treffen. Und ich habe mich die ganze Zeit mit Händen und Füßen dagegen gewehrt, wieder Gefühle zuzulassen, aber ich bin halt auch nur ein Mensch, und ein dummer noch dazu. Es hat sich herausgestellt, dass Alex auch nicht mehr in der Beziehung war, wir waren beide ungebunden. Und alle Gefühle waren wieder da. Von jetzt auf gleich. Zu 100 %. Wie ein Tsunami. Unerwartet und unerbittlich. Ich liebte diese Frau. Ich war nicht verliebt, ich war nicht neugierig, ich hatte meine Seelenverwandte, meine bessere Hälfte gefunden, mit ihr wäre ich komplett. So mein Plan. Auch sie war begeistert und hat mir ihre Liebe gestanden, aber immer irgendwie mit Vorbehalt. Wir sind zusammen nach Dresden gefahren, wo sie herkam, um ihre Eltern zu besuchen. Und dort hatten wir zum ersten Mal Sex. Und ich kann nicht beschreiben, wie sich das angefühlt hat. In den letzten 5 Jahren hatte ich mir nichts sehnlicher gewünscht als diese Erfahrung mit dieser einen Frau zu machen, und nun war es so weit. Ich war furchtbar aufgeregt, aber auch in einem Maße erregt, wie ich es noch nie vorher gespürt hatte. Jede noch so kleine Berührung war wie eine Explosion, wie ein Feuerwerk und ich muss gestehen, ich habe noch niemals etwas auch nur annähernd so Schönes erleben dürfen. Mein komplettes Weltbild wurde umgeworfen. Ich hatte so viel Zeit verloren, aber ich habe dafür auch alles gefunden, was ich wollte. Restlos alles. Wir machten Pläne, wie es für uns weitergehen könnte. Dann war es an der Zeit wieder nach Hause zu fahren. Sie setzte mich am Parkplatz, wo mein Auto stand, ab und ging. Es war so banal, wie es sich anhört. Sie stieg ins Auto, schaute sich nicht mehr um und fuhr. Und ich stand an meinem Auto und war verwirrt, um es milde auszudrücken. Sehr verletzt und leicht panisch kommt der Sache schon näher. Was war denn jetzt los? Es hat doch alles gut gepasst?

In den folgenden Tagen meldete sie sich kaum. Machte lediglich unverbindliche Aussagen, war abweisend und kühl. Ganz untypisch für sie, wenn man die letzten paar Tage und was passiert war, was besprochen wurde, in Betracht zieht. Und ich war direkt verzweifelt, denn ich hatte keine Lust auf ein Remake von 2013, besonders unter Anbetracht der Tatsache, dass wir jetzt einige Schritte weiter gegangen waren als damals. Ich war bereits wieder hoffnungslos verloren und hatte keine Kontrolle mehr. Und ich hatte absolut keine Lust auf dieses Gefühl. Man kann mit mir über alles reden, aber mal so und mal so, das ist scheiße. Was war denn jetzt schon wieder.

Über kurz oder lang hat sie mir dann erklärt, dass ihr die Situation Angst macht. Ich bin älter, habe ein eigenes Haus, zwei Kinder, das setzt sie unter Druck. Sie weiß nicht, ob sie mir geben kann, was ich brauche. Na ja, hatte ja eigentlich lange genug Zeit, sich darüber klar zu werden, aber gut. Dann ist es so. Wieder schluckte ich meine Gefühle herunter. Spielte ihr Spiel mit, tat, was sie sich wünschte. Der Kontakt wurde geringer, dann wieder intensiver, dann wieder geringer. Irgendwann hat sie gemeint, wie wäre es mit Freundschaft Plus. Wieder so ein Teenie-Konzept. Aber so verzweifelt wie ich war, habe ich natürlich zugesagt. Ich war schon immer gut darin, nach jedem Strohhalm zu greifen, der mir irgendwie Hoffnung bietet. Hoffnung. Was für ein beschissenes Konzept.

Ende August 2018 kam sie zu einem Konzert von mir. Danach war der Plan, dass wir, im Rahmen von Freundschaft Plus nachher zu ihrer Oma nach NRW fahren. Ich absolvierte den Auftritt, wir steigen ins Auto und fahren los. Wir sind gut gelaunt und jeder genießt die Gegenwart des anderen. Sie findet mich irgendwie gut und ich bin hoffnungslos verliebt in sie. Und plötzlich bleibt sie an einem Rastplatz stehen, nimmt meine Hand, sieht mir tief in die Augen und sagt: „Ich habe mich, als ich Dich heute auf der Bühne gesehen habe, richtig und endgültig in dich verliebt. Ich möchte eine ernsthafte Beziehung mit dir, ich möchte es versuchen." Das war einer der schönsten Tage in meinem Leben. Ich hatte direkt das Gefühl, all meine Sorgen seien nicht mehr da oder nicht mehr wichtig. Der Wunsch, der mir in meinem Leben am meisten bedeutet hat, ist gerade wahr geworden, jetzt wird alles gut.

War es auch. Lange eigentlich.

Wir haben viel unternommen und Anfang 2019 ist sie bei mir eingezogen. Mein kleiner Sohn hat sie sofort geliebt, mein Großer auch. Das ist ja das Problem mit ihr. Man kann sie einfach nicht nicht lieben.

2019 wurde ich dann von einer ihrer Freundinnen entführt. Sie hat mir gesagt, sie muss mich zu Alex bringen, die müsse mit mir reden. Ich hatte so eine Ahnung, wollte mich aber auch nicht reinsteigern, denn sollte ich mich täuschen, wäre die Enttäuschung nicht ganz so groß.

Wir fahren an den Inn und gehen ein Stück am Wasser. Und dort stand sie. Meine große Liebe. In einem Herz aus Fackeln, Luftballons, ein roter Teppich, Sekt, Blumen, Musik. Das volle Programm. Ich bekomme keine Luft mehr, bin total aufgeregt. Jemand schaltet einen CD-Spieler ein und ich höre wie aus weiter Ferne „love me like you do", unser Lied. Ich gehe auf sie zu, sie weint, gibt mir die Blumen, fällt vor mir und gefühlt 200 fremden Menschen auf die Knie und fragt mich, ob ich ihre Frau werden will. Natürlich will ich das. Nichts anderes im Leben, aber das. Ein weiterer Tag, der als einer der Glücklichsten meines Lebens in meine Geschichte eingehen wird.

In den nächsten 12 Monaten leben wir zusammen. Wir lieben uns, wir vertrauen uns, helfen uns gegenseitig, sind füreinander da. Sie zeigt mir jeden Tag, wie sehr sie mich liebt. Sie schreibt mir kleine Zettel mit lieben Nachrichten drauf, die ich den Tag über überall finde. Sie bringt grundlos Blumen mit nach Hause. Sie verwöhnt mich und umsorgt mich. Ich habe noch niemals jemanden kennengelernt, der mir so intensiv gezeigt hat, dass er mich liebt, und das täglich. Mit jedem Blick, mit jeder Geste, mit jeder Faser ihres Daseins. Ich dachte nicht, dass es jemanden gibt, der so sein kann, und ich hielt es für äußerst ungewöhnlich, dass ich das Glück haben sollte, so eine Person gefunden zu haben. Wir waren wie eine Einheit. Meistens einer Meinung und wenn wir mal unterschiedlicher Meinung waren, konnte jeder die Ansicht des anderen akzeptieren und so stehen lassen. Wenn wir gemeinsam weg waren, mussten wir nicht aneinanderkleben, um zu wissen, dass wir uns auf den anderen zu jeder Zeit zu 100 % verlassen können. Wir hatten so viel Spaß, haben so viel miteinander gelacht und niemals konnte etwas zwischen uns kommen. Ich erinnere mich noch daran, als sie mir einmal eine Freude mit einer Kerze machen wollte. Aber irgendwo ist sie ja doch auch ein Kerl und hatte das Konzept Dekokerze noch nicht so ganz verstanden. Also was bringt sie mir voller Stolz mit nach Hause? Eine Grabkerze. Was haben wir darüber gelacht. Na gut, die Brenndauer ist unschlagbar, da kann man nicht meckern. Und wir hatten noch so viele Erlebnisse und Situationen, in denen wir einfach nur glücklich waren, uns zu haben. Wir hätten niemals etwas anderes gebraucht, denn wir hatten ja uns. Das war die glücklichste Zeit meines Lebens. So unerwartet und intensiv, so voller Liebe und Leidenschaft. So voller Zuversicht in die Zukunft, voller Hoffnung und Leben.

2020 haben wir dann in Dresden standesamtlich geheiratet. Im engsten Familienkreis. Die Krönung unserer bisherigen Beziehung. Beide waren wir zuversichtlich, dass das die richtige Entscheidung ist und dass wir uns ein Leben lang haben werden.

Doch der Teufel liegt im Detail. Und wer hoch oben ist, wird tief fallen. Auch wenn ich das damals niemals für möglich gehalten hätte.

DER SCHLEICHENDE TOD

Dann wurde ich krank. Das muss so kurz nach unserer Hochzeit gewesen sein. Aber ich wusste es damals noch nicht. Ich war immer nur noch müde. Wenn ich während des Tages meinen Kopf auf eine Tischplatte gelegt hätte, wäre ich direkt eingeschlafen. Nur noch erschöpft und ausgelaugt. Und meine Lust auf Sex wurde auch immer weniger. Das hat mich entsetzt, ich habe es nicht verstanden. Auch an Alex ging diese Wendung nicht spurlos vorüber. Zuerst hat sie mir einfach Zeit gegeben und gehofft, dass es sich wieder ändert. Aber je länger es dauerte, umso schlimmer wurde es für uns beide. Für mich, weil ich ihr unbedingt geben wollte, was ihr so sehr fehlte, und nicht verstand, warum ich es nicht konnte, für sie, weil sie die Leidenschaft vermisst hat und von mir keine Erklärung bekam, warum das so ist. Ich wusste immer, dass ich meine Frau genau so sehr liebe wie am ersten Tag. Aber ich konnte es ihr nicht mehr zeigen. Wir haben oft darüber gesprochen und sie wollte etwas haben, mit dem sie was anfangen konnte. Eine Aussage wie zum Beispiel: „Du bist mir zu dick, ich finde Dich nicht mehr anziehend." Dann hätte sie sich hingesetzt und einen Diätplan gemacht, abgenommen und das Problem wäre gelöst gewesen. Aber das war ja leider nicht das Problem. So leicht würde es uns das Schicksal nicht machen. Ich konnte ihr nichts Greifbares anbieten, mit dem sie arbeiten konnte, sie hatte es nicht in der Hand. Genauso wenig wie ich selbst. Und es hat mich innerlich aufgefressen, dass ich nicht einfach anders handeln konnte oder ihr eine schlüssige Erklärung bieten konnte. Es hat mich so unglaublich traurig gemacht, zu sehen, wie meine Frau unter der Situation leidet und wie sehr sie dadurch verletzt wird. Aber ich hatte da selbst noch keine Antworten. Also haben wir so weitergemacht. Sie hat mir Raum und Zeit gegeben. Aber innerlich hat sie da wohl schon angefangen, sich von mir zu entfernen. Hat eine Schutzmauer um sich aufgebaut, um nicht so von mir verletzt zu werden, immer und immer wieder. Das ist ja auch nur verständlich unter den Bedingungen.

Im August 2021 bin ich dann richtig krank geworden. Ich hatte Fieber, Kopf und Gliederschmerzen, meine Muskeln haben nicht mehr mitgespielt und ich hatte Wassereinlagerungen in den Beinen. Mir fielen die Haare aus und mein Herz raste, ich hatte Herzrhythmusstörungen. Wenn ich abends im Bett lag, habe ich geatmet, als hätte ich gerade einen Halbmarathon absolviert. Dabei war ich kurz vorher nur die Treppe hochgegangen. Was war das denn für ein Scheiß. Also bin ich zum Arzt gegangen. Etwas, was ich nicht gern tue. Aber in dieser Situation hatte ich wirklich Angst, denn das waren Symptome, die ich bisher nicht kannte. Wenn man plötzlich seinen Körper nicht mehr unter Kontrolle hat, dann ist das furchtbar. Letztendlich hatte ich Angst um mein Leben. Und mein Arzt war einfach super. Er hat sofort alles abgecheckt, mich zu 4 verschiedenen Spezialisten geschickt und eine Woche später hatte ich das Ergebnis. Autoimmunerkrankung, Schilddrüsenüberfunktion, Morbus Basedow. Was für ein Scheiß. Es gäbe eine medikamentöse Therapie, die würde ein Jahr dauern und dann müsse man sehen, ob alles wieder im Lot sei. Ich habe in kürzester Zeit 5 Kilo abgenommen, obwohl ich für drei gefressen habe (die einzige positive Nebenwirkung der Erkrankung). Und meine Frau war immer noch da. Hat mir immer noch gesagt, dass sie mich liebt und hinter mir steht, dass wir das gemeinsam schaffen. In all dem Tumult habe ich damals nicht direkt daran gedacht, meinen Arzt zu fragen, ob das mit dem Sex auch mit der Erkrankung zu tun hat, daher haben wir, was das angeht, weiter im Trüben gefischt. Wir waren bei zwei Paartherapeutinnen, keine konnte uns weiterhelfen. Denn niemand wusste, wo das Problem eigentlich liegt, weil wir uns ja über alles liebten. Na ja, ich Alex schon, sie heimlich still und leise mich immer weniger. Wieso habe ich es die ganze Zeit nicht gemerkt, dass ihre Liebe langsam stirbt? Natürlich haben wir über das Problem gesprochen, aber nach wie vor konnte ich ihr keine Antwort auf ihre Frage geben. Wie dumm ...

Im Frühjahr dieses Jahres habe ich dann doch daran gedacht, meinen Arzt mal zu fragen. Klar, hat er gemeint, deine Hormone sind aus dem Lot. Libidoverlust sei zwar eher eine Folge einer Schilddrüsenunterfunktion, aber sie sei auch bei Überfunktion zu finden. Herrührend von der absoluten Abgeschlagenheit und Schlappheit, bis hin zu depressivem Verhalten, ist ein Libidoverlust auch hier durchaus möglich und in meinem Fall auch klar festzustellen. Gott sei Dank. Ich hatte eine Antwort. Gleichzeitig merkte ich auch selbst, dass sich die Dinge langsam änderten, ich hatte zu dem Zeitpunkt die Tabletten schon ein halbes Jahr genommen und die Blutwerte hatten sich schon deutlich verbessert. Ich ertappte mich ab und zu dabei, wie ich meine Frau ansah und mir vorstellte, wie sie wohl schmeckt. Wie sie die Augen schließt und stöhnt, wenn ich sie am Hals küsse. Aber es war so lange her, dass ich irgendwelche Anstalten gemacht hatte sie zu verführen, ich hatte erst den Mut nicht. Und wenn ich es dann mal versuchte, ganz subtil, hat sie mir zu verstehen gegeben, mit ihrer Körpersprache, dass sie dazu nicht bereit sei. Dann haben wir darüber gesprochen. Sie hat gemeint, sie habe sich anders arrangiert. Sie liebt mich über alles, aber das Thema Sex ist im Moment so weit weg von ihr, dass sie es nicht von heute auf morgen umsetzen und wieder Sex mit mir haben kann. Nun war es an mir, die Situation zu akzeptieren und ihr Zeit zu geben. Natürlich tue ich das. Ich liebe meine Frau und ich möchte sie nicht verlieren. Die ganze Zeit habe ich mich darauf verlassen, dass sie ihren Weg wieder zu mir finden wird und dass alles wieder gut wird. Wie dumm von mir. Hätte ich nur damals schon gewusst, wie weit sie eigentlich schon von mir weg war. Wie blauäugig und dämlich kann man sein.

MEIN GEBURTSTAG

Am 31.03.22 wurde ich 50 Jahre alt. Alex hat dafür gesorgt, dass „unsere Freunde" mich in der Nacht vom 30. Auf den 31. um Mitternacht überraschen. Ich habe mich sehr gefreut, als plötzlich alle vor der Tür standen, gratulierten und auf einen Drink reinkamen. Alex hatte vor dem Haus lauter Bilder von mir aufgehängt und eine Puppe gebastelt, die mich darstellen sollte. Mit roten Haaren, 'nem Hund im Schoß und 'ner Tasse Kaffee auf dem Beistelltisch. Einfach unglaublich.

Ich bin kein großer Freund von Feiern, denn ich habe nicht viele Freunde. Hunde sind mir bessere Freunde als Menschen, was ich später noch eindrucksvoll vermittelt bekommen werde. Aber meine Frau wollte mir eine Freude machen. Also haben wir uns dazu entschieden, groß zu feiern. In dem Lokal, in dem wir eigentlich nochmal heiraten wollten, bevor Corona kam. Ca. 45 Leute waren da. Alles „unsere Freunde". Wir hatten einen DJ. Und gutes Essen. Und ich hatte meine Frau. Sie hat mir wieder einen großen Strauß Rosen geschenkt und eine lange Rede darüber gehalten, wie sehr sie mich liebt, wie sehr sie auf mich stolz ist und wie sehr sie sich darauf freut, ihr restliches Leben mit mir zu verbringen. Alle haben geweint vor Rührung. Vor allem Alex. Gäste waren neidisch, weil sie auch gerne so eine Liebe in ihrem Leben haben wollen würden. Alles ganz emotional und ich bin drauf reingefallen. Denn danach war alles vorbei. Gefühlt von heute auf morgen. Einfach aus. Und ich habe die ganze Zeit nicht gemerkt, wie eng es für uns wird, bin lachend in die Kreissäge gelaufen. Wie gesagt, die Hellste war ich ja noch nie.

EIN NEUER MENSCH

An dem Abend, als wir meinen Geburtstag gefeiert haben, haben wir auch zum ersten Mal engen Kontakt mit Bettina gehabt. Bettina ist eine sehr hübsche, feurige Frau. Sie ist charmant und lustig. Hat aber auch sehr viele Probleme, denn sie befindet sich in einer aussichtslosen Situation, die mit ihrem Ex, seiner Neuen und ihrem Arbeitsplatz zu tun hat. Und wir sind beide drauf reingefallen. Meine Frau weiß das nur bis heute nicht. Aber ich. Die liebe Bettina. So verzweifelt, anlehnungs- und hilfsbedürftig. Natürlich haben wir sie in der kommenden Woche zum Brunch eingeladen, damit sie sich mal so richtig auskotzen kann. Bei uns beiden, die wir doch zwei Felsen in der Brandung sind und für jeden anderen da sind. Nur für uns irgendwie nicht mehr. Und es hat sich eine Beziehung entwickelt. Zwischen uns dreien. Nicht sexuell, aber mehr als unausgeglichen. Wir haben uns immer gegenseitig Sprachnachrichten geschickt. Wenn Bettina eine Nachricht an Alex geschickt hat, hat sie sie auch gleichzeitig an mich geschickt und andersrum, damit sich niemand ausgeschlossen fühlt. Enge Kiste, aber kann man machen. Und ich merkte immer noch nicht, wie mir meine Frau immer mehr entgleitet. Wir sind dann oft zu Bettina gefahren, um uns ihre Not anzuhören. Immer ging es nur um sie. Und immer mehr hat meine Frau angefangen zu leuchten, wenn sie sich sahen. Es entstand immer mehr Nähe zwischen den beiden und immer mehr Distanz zwischen mir und meiner Frau. Und seit April konnte mir meine Frau dann nicht mehr sagen, dass sie mich liebt. Ganz im Gegensatz zu ihrer feurigen Rede, die sie noch an meinem Geburtstag für mich gehalten hat. Alles weg. Aber Bettina wird geliebt. Das wird ihr auch gesagt von meiner Frau, in meinem Beisein. Da wird Händchen gehalten, Bettina wird

massiert, während ich ihren Hund streichle. Da wird für sie gekocht, da werden Blumen für sie gekauft. Und die Nachrichten,
die man sich immer gegenseitig zugeschickt hat, die werden weniger. Der Kontakt entwickelt sich immer mehr zu einem Kontakt zwischen meiner Frau und Bettina. Bis heute sagt meine
Frau, dass da nie etwas war und auch keine romantischen Gefühle bestehen. Aber trotzdem ist das alles schon schlimm genug und es hat mich furchtbar verletzt. Und ich habe mich zurückgezogen. Jeden Tag ein bisschen mehr. Leider habe ich es
in der Zeit nicht geschafft, meine Frau weniger zu lieben, dann
wäre das, was jetzt folgt, etwas einfacher für mich gewesen, aber
so ist es nun mal, wenn man sich vor Liebe zum Affen macht,
ich bin sicher, da geht es nicht nur mir so.

Und dann ging er los. Der Anfang vom Ende. Oder wie Alice Coo-
per sagen würde, „welcome to my nightmare".

31.07.2022

Ich schreibe das hier, weil ich versuchen muss, alles aus mir
rauszubekommen, auch wenn das wahrscheinlich nicht funktionieren wird, weil es mich sonst zerreißt.
   Heute ist der große Tag, Alex fährt am Abend alleine zu Bettina. Ich kann es nicht fassen, dass sie das tut, obwohl sie weiß,
dass ich damit überhaupt nicht klarkomme.
   Bettina. Alex liebt sie, würde alles für sie tun, verschlingt
sie mit den Augen, wenn wir sie sehen, redet nur noch von ihr.
Seit 4 Monaten geht das nun schon so und ich kann nicht mehr.
Aber die Tatsache, dass sie heute auf eigenen Wunsch alleine zu
ihr fährt, bringt mich um. Wie kann sie das tun. Ich fühle mich,
als ob ich nicht mehr wichtig bin. Mir kann sie erklärterweise
nicht mehr sagen, dass sie mich liebt. Bettina sagt sie schon,
dass sie sie liebt. Wie soll ich mir da vorkommen. Ich soll nicht
mitfahren, weil sie Bettina alleine besser helfen kann, als wenn

ich dabei wäre. Ich bin also unwichtig und ich kann nichts, ich bin unerwünscht, das dritte Rad am Wagen, überflüssig. Wie immer. Und es ist ihr total egal, dass ich jeden Tag deshalb fast zusammenbreche. Ich würde Sachen in den falschen Hals bekommen. Ich bin also auch noch schuld, wenn es mir wegen der Situation schlecht geht, müsste halt einfach alles anders sehen und nicht so zickig sein. Ja, ich weiß, dass ich nichts wert bin und nichts kann, dass ich unwichtig bin und es grundsätzlich egal ist, wie es mir geht. Alex findet Lee, meinen großen Sohn, und meine Mutter scheiße, weil sie nur kommen, wenn sie was brauchen, weil es ihnen immer egal ist, wie es mir geht. Und jetzt ist es ihr auch egal. Sie hasst es, dass die anderen mir mit dem Verhalten weh tun, und jetzt tut sie es selber und zuckt dabei nicht einmal mit der Wimper. Hauptsache, Bettina geht es gut. Natürlich. Die arme Bettina. Und was ich an der Sache auch hasse, ich mag Bettina eigentlich sehr. Sie kann gar nichts für diese Situation. Es sind die Entscheidungen meiner Frau, im Zusammenhang mit ihr, die mir jeden Tag wieder das Herz brechen. Und inzwischen kann ich den Namen Bettina nicht mehr hören, ich kann mich nicht dazu bringen, ihr irgendeine Nachricht zu schicken, ich könnte kotzen, wenn das Gespräch auf sie kommt, was es unweigerlich jeden Tag tut. Und sie kann gar nichts dafür. Aber ich packe das alles einfach nicht mehr. Diese Gleichgültigkeit mir und meinen Gefühlen gegenüber, Hauptsache der Bettina wird geholfen. In einer Zeit, wo sich herauskristallisiert, dass meine Probleme daher kommen könnten, dass ich schon immer vermittelt bekommen habe, dass ich und meine Gefühle unwichtig sind, dass ich nichts kann und nichts bin, in genau dieser Zeit, gibt mir meine Frau zu verstehen, dass es egal ist, wenn ich leide, Hauptsache, Bettina geht es gut. Dass ich nicht mitkommen soll, denn ich bin ja keine Hilfe und nur im Weg. Ich weiß ja jetzt nicht, wie man sich das noch irgendwie so hindrehen kann, dass was Positives dabei herauskommt. Hauptsache, den anderen geht es gut. Alex mit ihrem Helfersyndrom mit ihrer neu auserkorenen Hilfsbedürftigen, Bettina, weil Alex ihr bis zum Anschlag in den Arsch kriecht und AL-

LES für sie tun würde. Jederzeit. Egal ob die Alte daheim hockt und sich die Augen aus dem Kopf heult. Ist ja nicht so wichtig. Ist eh nur zickig und funktioniert nicht so, wie Alex das gerne gehabt hätte. Sorry. Bin also mal wieder im Weg. Tja. Motto meines Lebens. Und dann muss ich durch mein Leben wandern und allen suggerieren, dass ich alles im Griff habe und mir die Sonne aus dem Arsch scheint. Muss meinen Job, einen wichtigen Job im sozialen Bereich, im Griff haben und allen anderen bei der Bewältigung ihrer Probleme helfen. Muss für meine Kinder da sein und auch Alex gegenüber so tun, als ob alles schick wäre, weil sonst bin ich ja zickig und kriege die Dinge in den falschen Hals. Klar. Wie immer, bin ich schuld. Mich würde mal interessieren, wie andere diese Situation einordnen würden. Ich denke nicht, dass irgendwer sagen würde: „Mensch Caro, jetzt stell dich doch nicht so an." Kann ich mir beim besten Willen nicht vorstellen. Mich würde auch Folgendes interessieren. Ich lerne eine tolle, maskuline Lesbe kennen, die den Arsch voller Probleme hat. Und ich will ihr helfen. Ich spreche vor Alex monatelang immer nur von ihr. Will immer zu ihr fahren, mach mir 'nen Kopf, will Tag und Nacht für sie da sein, sage immer wieder, dass ich sie liebe und sie ein ganz besonderer, wichtiger Mensch in meinem Leben ist, und sage dann zu Alex, ich will da alleine hinfahren, sie soll nicht mit. Im Leben kommt sie damit nicht klar, wenn sie was anderes behauptet, dann lügt sie, um das Thema abzuwürgen und die Situation, die sie erzeugt, nicht reflektieren zu müssen, denn das ist es, was sie will, alles für Bettina, und nichts soll sie davon abhalten, scheiß auf die Konsequenzen. Aber im Leben nicht, würde sie die Situation andersrum akzeptieren. Ist ja schon schlimm genug, wenn Martin, mein Ex-Mann, 'ne SMS schickt, weil er wissen will, wie es am Wochenende mit Bastian, meinem Kleinen, läuft. „Was will er denn schon wieder, ist er schon wieder am Jammern, was braucht er denn immer von Dir, kann er dich nicht in Ruhe lassen". Das reicht schon, dass sie auf 180 ist und ich mich rechtfertigen muss. Aber nein, was sie mit Bettina treibt, das ist völlig normal und sollte von mir unhinterfragt so hingenommen werden. Kann ja eigentlich gar nicht sein. Ich weiß, dass ich mich hier auch extrem reinsteigere. Ich habe furchtbare Verlustängste. Das ist mir klar. Aber mir kann keiner sagen, dass ich nicht auch einen Grund habe, das nicht ganz normal zu finden, dass ich keinen Grund habe, emotional zu reagieren. Und ich habe keinen Bock mehr. Wie soll das denn noch weitergehen. Bettina ist jetzt seit 6 Monaten in dieser Situation, trotz intensiver Gespräche hat sich nichts geändert. Es gibt meiner Meinung nach nichts, was Alex, Mutter Theresa, hier noch machen könnte, insbesondere dann nicht, wenn alles, was dabei passiert, das ist, dass unsere Beziehung in Gefahr gerät. Aber das nimmt sie billigend in Kauf, denn Bettina ist wichtiger als ich und als unsere Beziehung. Das ist eigentlich extrem heftig und ich denke die wenigsten Menschen würden sich das so gefallen lassen. Aber da bin halt ich. Ein Arschloch vor dem Herrn, das diese Frau über alles liebt und nicht verlieren möchte. Und wie immer schlucke ich, auch wenn ich daran kaputt gehe. Und ich habe unglaubliche Angst vor der Zukunft. Ich weiß nicht, wo das noch hinführen wird. Wird das ein Dauerzustand, dass Alex Bettina über mich stellt? Wird es sogar so weit führen, dass die zwei was miteinander anfangen? Immerhin hat Alex auch was mit mir angefangen, als es mit ihrer damaligen Freundin gerade nicht so gut lief. Wäre also nicht das erste Mal, dass sie ein Ventil sucht und auch findet. Aber natürlich kann ich ihr das nicht so sagen, denn dann bin ich wieder die Böse und bin zickig und habe wieder Dinge in den falschen Hals bekommen. Wie immer. Bin ja doof und meine Gefühle und Ängste sind irrelevant und sowieso total übertrieben. Und es ist ein so immenser Kraftaufwand durchs Leben zu gehen, jeden Tag, und nicht einfach zusammenzuklappen. Hatte tatsächlich in letzter Zeit schon Situationen, wo mir die Beine weggeklappt sind, weil mein Körper keinen Bock mehr hatte. NEIN. Sag ich keinem. Dann würde ich ja wahrscheinlich nur ein Hypochonder sein, der durch solche Fake-Situationen die Aufmerksamkeit wieder auf sich lenken will, weg von der heiligen Bettina. Wäre ja furchtbar. Wie kindisch. Ne. Kindisch bin ich nicht. Alles andere wohl schon. Unwichtig und ein Versager und zickig und so weiter. Das schon. Natürlich, denn dann ist es einfacher, dann müsste Alex nicht auch ihre eigenen Aktionen und den wirklichen Antrieb für ihre Bettina-Affinität hinterfragen. So kann sie sich einfach heiter weiter anlügen und tun, was sie will, ohne Rücksicht auf Verluste. Schön für sie. Kacke für mich. Aber das ist ja nicht wichtig. Ist ja klar. Ich geh dann mal jetzt lustig tanzen. Ist ja auch schön. Und wenn ich heimkomme, dann ist keiner da, weil Alex ist ja bei Bettina und will nicht, dass ich noch nachkomme. Prima. Ich freu mich schon. Und ich frage mich dann die ganze Nacht, wie das mit uns dreien weitergehen kann. Und wenn Alex nach Hause kommt, werde ich wieder in einem total emotionalen Ausnahmezustand sein. Aber da bin ich ja dann selber dran schuld. Ist ja mein Problem, wenn ich mir das so zu Herzen nehme, wenn meine Frau eine andere Frau über mich und unsere Beziehung stellt. Ich Schaf.

... Und jetzt ist das Training vorbei. Ich bin so um 19 Uhr daheim gewesen. Und wie doof bin ich eigentlich. Bettina hat gesagt, sie muss einfach mal raus von zu Hause. Da habe ich Alex den Vorschlag gemacht, sie könnte doch hierher kommen, dann wären wir alle zusammen, wenn die Probe vorbei ist. (Alex hatte ja nun mit schlechtem Gewissen gesagt, ich kann noch nachkommen, aber ich will nirgends sein, wo ich nicht erwünscht bin ...) Und dann biege ich um die Kurve in unsere Straße, und es ist kein Auto da. Wie blöd bin ich eigentlich. Ich hatte mir wohl echt gewünscht, dass meine Frau einen Kompromiss für ihre Bettina-Liebe und mich findet, aber das war es ihr wohl nicht wert. Sie wollte mit Bettina alleine sein, also hat sie sich dafür entschieden, den Vorschlag gar nicht erst zu machen. Kann die doofe Alte sehen, wo sie bleibt. Und da bin ich nun, ich dummes Arschloch. Hock da und heule mir die Augen aus dem Kopf und besaufe mich. Und ich würde mir so wünschen, dass da irgendjemand wäre, der mich auffängt, aber da ist keiner. Denn meine Frau ist mit einer anderen Frau beschäftigt und ich habe niemanden, den ich mit meinem Mist nerven kann. Oder drücken wir die Sache mal aus, wie sie ist, niemanden sonst interessiert es, wie es mir geht. Niemanden sonst? Außer wem? Meine Frau interessiert es ja auch nicht. Also, es interessiert niemanden, wie es mir geht. Hauptsache Frau Bettina wird der Bauch gepinselt. Ist ja viel wichtiger. Ist schon klar. Also hocke ich hier, alleine, tu mir selber leid, heule und besaufe mich. Prima. Ich bin nur froh, dass Bastian nicht da ist. Das hätte er nicht verdient. Der Wein wird alle. Muss nachfüllen. Ich habe solche Angst davor, wenn meine Frau nach Hause kommt, denn ich habe keine Ahnung, wie ich so tun kann, als ob alles schicke ist, wenn ich gerade innerlich sterbe. Vielleicht fällt mir ja was ein. Vielleicht kann ich mich totstellen oder so. Weiß noch nicht. Aber mir wird gerade jetzt so klar, dass ich alleine bin. Obwohl ich sonst niemanden brauche, niemandem zur Last fallen will, bin ich jetzt deswegen ziemlich verzweifelt. Kurz habe ich gedacht, ich könnte Christoph mit meinem Scheiß auf den Sack gehen. Da schickt er mir ein Bild vom Nico Santos Konzert, auf dem er gerade ist. Da will ich ihm natürlich auch nicht den Spaß verderben. Ich habe niemanden. Frederike? Gerti? Maria? Was für ein Scheiß. Ich bräuchte jetzt meine eigene Alex. Aber das wäre ja dann auch nicht in Ordnung. Alles scheiße. Ich wünsche mir gerade, dass wir Bettina nie kennengelernt hätten. Dann hätten wir immer noch das Problem mit dem Sex, aber immerhin würden wir das dann zusammen bearbeiten, lösen und alles wäre super. Aber so, ist alles scheiße. Denn Bettina rules. Und ich bin unwichtig. Wie immer. Ich kann einfach nicht verstehen, warum Alex nicht verstehen kann, wieso mich das so belastet. Kann sie sich vorstellen, dass ich jetzt heulend zu Hause sitze? Wenn ja, wie kann sie das so kalt lassen? Wenn nein, was stimmt nicht mit ihr, dass sie nicht versteht, dass es mich fertig macht überflüssig zu sein. Das ist doch alles der Wahnsinn! Ich kann gerade einfach nicht mehr. Was tu ich, wenn sie nach Hause kommt? Ich kann doch nicht so tun, als ob alles in Ordnung ist! Ich kann aber auch nicht sagen, wie es mir wirklich geht, denn dann bin ich wieder zickig und egoistisch vielleicht. Ich hab so die Schnauze voll … Kann ich gar nicht in Worte fassen. Ich hoffe darauf, dass der Wein mich so ausknockt, dass ich schlafen kann und auch schlafe, wenn meine Frau nach Hause kommt, von Ihrer Mission Bettina zu retten, bei der ich keine Rolle spiele. Dann haben wir wenigstens heute keinen Streit mehr. Und morgen habe ich vielleicht wieder die Kraft, so zu tun, als ob alles schicke ist. Oder ich habe nur Kopfweh. Kann auch sein. Muss eh arbeiten und kriege meine Wimpern gepimpt. Meine Kosmetikerin wird sich bedanken, denn meine Augenlider werden morgen sehr am Zucken sein, weil ich einfach fertig bin mit der Welt. Aber sie kann ich auch nicht mit meinen Problemen nerven. Ich hätte jetzt einfach gerne jemanden zum Reden. Meine eigene Alex, die es interessiert, wie es mir geht. Aber da hab ich Pech, denn meine Alex ist bei jemand anderem, dem es schlecht geht. Tja. Arschkarte, würd ich sagen.

... So. Inzwischen bin ich sturzbetrunken. Ich gehe jetzt mal duschen, denn wenn ich noch länger warte, krieg ich das nicht mehr hin ... Und meine Frau hält es nicht für nötig, mir zu schreiben. War ja eigentlich klar. Denn sie ist mit Bettina beschäftigt. Das ist ja das, was zählt, dass es Bettina gut geht. Ich könnte soooo kotzen. Vielleicht schaffe ich es ja noch, zu kotzen. Aber egal. Eigentlich wäre es ja wurscht, wenn es mich nicht mehr gäbe. Lee hat sein eigenes Leben, Bastian könnte zur Not zu seinem Vater, und Alex hat ja Bettina. Alles ist super. Freut mich für alle. Wieso bin ich nur jedem immer so egal ... Das kotzt mich an. Ich will nicht mehr und ich kann nicht mehr. Ich hoffe, dass ich bald so besoffen bin, dass ich es nicht mehr hinbekomme, immer auf mein Handy zu schauen, in der Hoffnung, dass meine Frau mir schreibt. Das wird nämlich nicht passieren, denn die ist ja mit der heiligen Bettina beschäftigt. Hauptsache, der geht es gut. Ich hoffe, dass ich nicht ins Bett kotze, aber ich hoffe auch, dass ich einen Pegel schaffe, bei dem ich einfach einschlafe, nicht mehr diskutieren muss, nicht mehr fragen muss: „Wie geht es der lieben Bettina, geht es ihr gut, jetzt nachdem Du, heilige Alex, mit ihr gesprochen hast?" Nein, wie es mir geht ist ja egal. Alles wurscht. Schon wieder bin ich an dem Punkt, wo ich glaube, es wird erst wichtig, was mit mir ist, wenn ich zu stinken anfange ... Ich habe einfach keine Kraft mehr ...

... Und jaaaaa, was für ein Arschloch bin ich denn eigentlich. Immer wieder glotze ich auf mein Handy, in der Hoffnung, dass meine Frau mir schreibt. Also ob sie nicht anderweitig beschäftigt wäre ... Ich bin so ein dummes Arschloch ... Unglaublich ... ... Und nun ist es 0.35 Uhr. Meine Frau ist immer noch auf Rettungsaktion. Wie lächerlich. Und ich dummes Arschloch habe gefragt, wann sie denn mal nach Hause kommt. Natürlich hat sie keine Zeit zu antworten. Ist ja mit Bettina beschäftigt. Und ich will, dass sie nach Hause kommt, und ich habe Angst davor, dass sie nach Hause kommt, denn das geht nicht gut. Ich kann nicht so tun, als ob ich mir nicht den ganzen Abend die Augen ausgeheult hätte. Ich kann nicht so tun, als ob ich nicht eine Flasche Wein gebraucht hätte, um überhaupt etwas zu schlafen, aber damit ist jetzt auch Schluss. Ich bin wach, ich bin besoffen und ich habe scheiß Laune, denn meine Frau und Bettina hocken jetzt schon 7 Stunden aufeinander und es scheint noch nicht genug zu sein. Und ich frage mich, ob Bettina weiß, dass Alex mir gesagt hat, ich soll nicht mitkommen. Ich frage mich, ob Bettina weiß, was sie hier auslöst, zusammen mit den beschissenen Entscheidungen von meiner Frau, Mutter Theresa. Und ich frage mich, ob es überhaupt irgendwen interessiert, außer mir. Was für eine Scheiße. Wäre ich nicht so besoffen, würde ich jetzt spazieren gehen, damit ich nicht daheim bin, wenn Alex kommt. Aber bei meinem Glück falle ich in 'nen Graben vor lauter Suff, oder ich geh ewig und wenn ich nach Hause komme, ist meine Frau immer noch nicht da. Alles für den Arsch. Interessiert es eigentlich irgendjemanden, wie es mir geht? Nein, natürlich nicht. Warum auch. Ist ja auch egal. Und ich blöde Sau starre immer wieder auf mein Handy, in der Hoffnung, dass ich irgendeine Reaktion auf meine Frage bekomme. Aber man hat anscheinend anderes zu tun, als sich mal zu melden. OOOOHHHHH ja, der Empfang dort ist scheiße. Wie praktisch. Mich kotzt das so an, das kann ich überhaupt nicht in Worte fassen. Es ist genug jetzt! Was man in 7 Stunden nicht auf die Reihe bekommen hat, schafft man jetzt auch nicht mehr. Und wenn mir nicht die Sonne aus dem Arsch scheint, wenn sie nach Hause kommt, dann bin ich diejenige, die einen schönen, oder wichtigen oder sonst was Abend zerstört. Zum Glück interessiert es keinen, wie mein Abend war. Zum Glück …

01.08.22

Der Tag danach. Tja. Natürlich hatten wir Streit, als sie nach Hause kam. Ich habe ihr gesagt, ich wollte so sehr, dass sie nach Hause kommt, aber ich hatte auch Angst davor, weil mir klar war, dass wir wieder diskutieren würden. Komischerweise sagte sie, sie hatte auch Angst davor, nach Hause zu kommen. Das heißt doch eigentlich, sie hat ein schlechtes Gewissen. Warum auch immer. Weil sie genau weiß, dass mich das so sehr belastet und weil es ihr egal ist oder weil sie sich bezüglich ihrer Gefühle für Bettina vielleicht anzulügen versucht? Wer weiß das schon. Aber da ist auf jeden Fall was, sonst hätte sie nicht Angst davor gehabt, nach Hause zu kommen, denke ich.

Und bei dem Gespräch bin ich ein bisschen dahintergekommen, was es ist, was mich daran unter anderem so sehr belastet. Sie hat ja schon im Vorfeld gesagt, dass sie sich emotional von mir entfernt hat. Das ist mir gestern so richtig klar geworden, als ich eine Schublade aufgemacht habe und eines ihrer Zettelchen gefunden habe, die sie mir früher immer geschrieben hat. Mit lieben Worten, mit „Ich liebe Dich" drauf und so weiter. Und so etwas gehört zu den Kleinigkeiten, die sie seit April nicht mehr macht. Da ist gar nichts mehr. Keine Blumen, keine Zettel, keine Freude mir gegenüber. Eher ein dahinquälen. Kein Gefühl, das mir vermittelt, es interessiert sie ernsthaft, wie es mir geht. Aber all diese Sachen tut sie jetzt für Bettina. Sprüche, Geschenke, das Angebot immer und jederzeit zur Stelle zu sein, die ständige Sorge um ihr Wohlergehen. Das hatte ich früher. Jetzt nicht mehr. Jetzt hat sie es. Das ist es, was mich so fertig macht. Früher waren wir ein eingeschworenes Team. Wir standen ganz dicht beieinander, jeder war sich der Gefühle der anderen sicher, man konnte sich blind vertrauen. Und Alex konnte machen, was sie wollte, weil ich wusste, dass wir eine Einheit sind. Jetzt steht jeder alleine da. Sie vergibt ihre Aufmerksamkeit und ihre Sorge ums Wohlergehen und all die Kleinigkeiten an jemand anderen. Und das macht mich kaputt. Was kommt denn dann als Nächstes? Ich weiß es nicht und es macht mir Angst. Heute laufen wir herum wie geprügelte Hunde. Wir sind freundlich zueinander, aber jeder ist auch irgendwie gebrochen. Und ich halte das nicht mehr aus. Sie hat mir gestern bestätigt, dass sie mir nicht mehr sagen kann, dass sie mich liebt, der Bettina schon. Da meint sie es halt anders. Aber das hilft mir nicht weiter, wenn sie es zu mir nicht mehr sagen kann. Tja. Und so ist alles scheiße, und ich habe keine Ahnung, wie es weitergehen kann. Ich weiß nicht, wie ich das nächste Mal reagiere, wenn ich wieder aufs emotionale Abstellgleis geschoben werde und Bettina wichtiger ist als ich. Keine Ahnung, wie oft ich das noch packe. Es wird ja dadurch auch nicht besser. Jedes Mal stirbt ein Teil in mir und in ihr, wenn ich das dann wieder zum Thema mache. Aber nichts sagen funktioniert auch nicht, weil es mich auffrisst. Da ist guter Rat teuer. Und ich bin total verzweifelt. Aber wie immer habe ich niemanden, mit dem ich darüber reden kann. Das kotzt mich so an. Die einzige Person, mit der ich je reden konnte, wendet sich von mir ab.

... Ich habe gerade solche Angst vor den Dingen, die wir uns nicht sagen. Die in uns gären, besonders in ihr, jetzt wo sie mich so erlebt hat. Und ich habe furchtbare Angst davor, dass sie plötzlich sagt, sie will die Trennung von mir. Das hatten wir jetzt schon zweimal durch, ein drittes Mal schaffe ich das einfach nicht mehr. Und es gibt rein gar nichts, was ich dagegen tun kann. Die Emotionen sind da, sie sind übergeschwappt und ausgesprochen, ich kann nichts zurücknehmen. Ich kann mir nichts wegwünschen. Nur hoffen, dass ich sie damit nicht zu diesem Schritt dränge. Sie ist zum Teil sehr ruhig. Sie überlegt viel. Und ich habe solche Angst.

... Ich bin so total überfordert. Alex hat vorhin zu mir gesagt, wir können morgen nochmal über alles reden. Sie wirft mir den gestrigen Abend nicht vor (weil ich ja diejenige war, die alleine zu jemandem gefahren ist und nicht wollte, dass sie mitkommt ... Sarkasmus ...). Aber ihr Verhalten mir gegenüber ist noch einmal um einiges schlimmer geworden, als es vorher war. Sie ist total verschlossen und in sich gekehrt und ich stelle mir die ganze Zeit die Frage, ob sie dabei dauernd unsere Beziehung, unsere Ehe in Frage stellt. Weil, und jetzt kommts, das ist hier jetzt das erste Mal, dass sie ein Problem mit mir hat. Bis auf die Sex-Sache. Aber die anderen Male hat sie immer die Probleme verursacht, indem sie mich immer wieder weggestoßen hat. Zuerst 2013 und dann bevor wir zusammengekommen sind. Da wollte sie ja auch wieder Schluss machen, weil sie sich nicht sicher war. Und wenn sie sich mal für etwas entschieden hat, dann zieht sie es ohne Rücksicht auf Verluste durch. Und davor habe ich Angst, dass sie in ihrer jetzigen Verfassung solche Gedanken hat, die Beziehung zu beenden. Oder hat sie nur Kopfschmerzen oder Herzrhythmusprobleme, da guckt sie genauso. Und in keinem der drei Fälle kann ich etwas tun. Oder war sie nur müde. Ist sie ja normalerweise nicht. Ich dreh total am Rad und bin einfach nur noch verzweifelt. Und ich frage mich, ob sie überhaupt eine Ahnung davon hat, was für große Angst ich habe. Und wenn sie es weiß, ist es ihr dann egal? All die anderen Male, als sie mich abgeschossen hat, waren ihr meine Gefühle letztendlich auch egal. Sie hat konsequent ihren Entschluss umgesetzt. Ich weiß nicht, was ich tue, wenn sie sich wieder zu diesem Entschluss durchringt. Ich habe keine Ahnung. Dann ist alles vorbei für mich.

15.08.22

So. Nun sind zwei Wochen seit diesem Drama da oben vergangen. Und ich weiß auch nicht, was ich sagen soll. Es ist immer noch alles offen, es ist aber auch vieles in Perspektive gerückt worden, womit ich überhaupt nicht gerechnet hätte. Zuerst einmal waren wir beide bei Katharina. Hypnosetherapie. Ich muss sagen, irgendwie ist das ganze am Rad drehen und sich in Bettina reinsteigern komplett weg, womit ich überhaupt nicht gerechnet hätte. Mir war ja immer klar, dass ich übertreibe, aber ich habe das alleine nicht in den Griff bekommen. Aber nach der Sitzung bohrt sich das irgendwie nicht mehr rein. Alex war auch dort. Sie ist, hoffe ich, in sich etwas ruhiger geworden. Der Rat von Katharina an sie war, dass wir in nächster Zeit nicht über die Beziehung reden sollen, da sich jede für sich in Ruhe ihre Gedanken ordnen soll, bevor überstürzt Entscheidungen getroffen werden, die man dann bereut, da sie im Aufruhr getroffen worden sind. Jedenfalls haben wir das beherzigt und gehen sehr freundlich miteinander um. Nur drüber nachdenken darf ich nicht, denn natürlich wird sie grübeln. Und natürlich weiß sie immer noch nicht, wohin die Reise für sie gehen soll. Das ist mir gestern wieder so klar geworden, war wie ein Schlag ins Gesicht. Wir hatten Siedlungsfest hier. War total schön. Und gesungen habe ich auch. Und Alex war die ganze Zeit da und hat mich angefeuert und mitgesungen und sah glücklich aus, wie früher. Und dann habe ich den Fehler gemacht, ihr aus dem Gefühl und der Situation heraus zu sagen, dass ich sie liebe. Die Antwort war: „Ich weiß" ... Aha. Was ist denn da jetzt los? Also lügen wir uns ja die ganze Zeit an. Sie weiß immer noch nicht, was sie will und sie liebt mich immer noch nicht wieder. Prima. Ich dachte, dass es besser wird. Ganz toll. Ich habe das Gefühl, dass es nichts gibt, was ich tun kann, um Ihre Entscheidung, ich weiß nicht, wie ich sagen soll, beeinflussen ist nicht richtig. Ich hab halt langsam keine Geduld mehr. Immer zu warten, bis Alex sich entscheidet, ob sie mit mir weitermachen will oder nicht. Wie die beiden Male vorher. Jedes Mal geht ein Stückchen in mir kaputt, wenn Alex nicht weiß, ob sie mich noch liebt oder nicht. Und ich kann hier hocken und warten, bis sie sich entschieden hat ... Mir geht einfach die Kraft aus. Und jetzt schreibt sie mir, fragt, wie es mir geht (sie ist auf der Arbeit) wie immer. Aber kein „ich liebe Dich". Keine Berührung auf der Feier. Wie ich Christoph heute geschrieben habe, die restliche Siedlung hatte die Hände gestern öfter an meinem Arsch als meine eigene Frau. Und das ist furchtbar. Ich frage mich, ob sie weiß, wie weh sie mir jeden Tag tut. Ob es sie interessiert? Ob sie sich emotional immer weiter von mir entfernt? Ich weiß es nicht. Aber ich liebe sie eben. Ich dummes Arschloch. Und trotzdem merke ich, wie ich 'ne Mauer um mich rum baue, weil ich es nicht ertrage, wenn ich jeden Tag wegen dieser Kleinigkeiten traurig bin. Und ich weiß nicht, ob das gut ist. Denn dann gehen wir beide in entgegengesetzte Richtungen. Ich aber nur aus dem Grund, weil ich den Schmerz nicht ertrage sie zu lieben. Sie, weil sie mich nicht mehr liebt?

20.08.22

Bettinas Geburtstag. Es wurden teure Geschenke gekauft und ein Tisch reserviert. Aber Bettina steht im Stau. Echt Mist, besonders an so einem Tag, da wünscht man sich was anderes, als im Stau zu stehen. Was haben wir also, einen reservierten Tisch und mal Zeit für uns. Das täte uns echt gut. Die haben wir nämlich nicht, und ich weiß nicht, warum. Weil es sich nicht ergibt, oder weil Alex mit aller Kraft versucht, nicht mit mir alleine zu sein. Ich hätte mir ein zweites Loch in den Arsch gefreut, wenn meine Frau gesagt hätte, scheiß drauf, verbringen wir beide mal wieder, nach langem, einen gemeinsamen Abend nur zu zweit. Ne. Susan, ihre Arbeitskollegin, muss mit zum Essen. Alles ist besser, als mit mir alleine zu sein. Und langsam kotzt mich das so an. Meine Frau ist immer für alle da, nur für mich nicht. Wie geht es weiter. Am Sonntag kommt ihre Mutter, dann fahren wir alle zusammen zum Geburtstag von Omi, mit Susan. Wird ja sonst langweilig. Immer so viele Menschen um uns herum, ja nicht mal auf uns selber zurückgeworfen sein, damit man mal an diesem Problem weiterarbeiten kann. Verdrängung und Flucht in die Masse ist Trumpf. Hilft ihr vielleicht, mir nicht. Ich kann die Leute alle nicht mehr sehen. Oh, ich vergaß. Am Sonntag fahren wir dann mit Mutti zu Bettina. Ich hab echt riesige Lust gar nirgends mehr hinzufahren. Soll sie doch machen, was sie will, mit wem sie will, Fakt ist, dass sie mit mir nichts mehr machen will. Langsam kotzt mich das echt an. Mein ganzer Urlaub im Arsch. Immer diese anderen Leute. Schon seit einer Ewigkeit nicht mehr nur Alex und ich. Ich vermisse das sehr, aber langsam krieg ich auch eine Wut auf dieses ewige „alle anderen zuerst". Irgendwann muss sie sich damit auseinandersetzen, dass wir noch verheiratet sind und sich der Frage stellen, ob sie da eine Zukunft sieht. Ich weiß nur nicht, wie lange ich noch warten kann, bis alles in mir stirbt. Und wieder einmal schläft meine Frau und merkt gar nicht, dass was nicht stimmt. Na klar, sie hat mich gefragt. Aber wenn ich ihr gesagt hätte, was los ist, hätte ich als Antwort bekommen: „Oh je, mach ich schon wieder alles falsch." Also kann ich das natürlich nicht zur Sprache bringen, denn dann bin ich im Umkehrschluss wieder die Böse, weil ich ihr „vorwerfe", dass wir nicht genug Zeit miteinander haben. Also halt ich mein Maul und spiele mit. Aber ich habe so gar keinen Bock mehr. Immer mit anderen unterwegs und so tun, als ob alles schick ist. Immer mit den anderen lachen, immer sehen, wie glücklich meine Frau ist, wenn sie nicht mit mir alleine sein muss. Das tut unglaublich weh. Die arme Bettina hat nur am Sonntag Zeit, also hin. Mutti geht es nicht gut, also kommt sie. Omi hat Geburtstag, also alle hin. Alle anderen. Nur ich nicht. Nur wir nicht. Das macht mich so alle. Ich habe überhaupt keine Lust, nach NRW zu fahren, nur, um zu sehen, wie Alex sich mit allen anderen amüsiert, wie bei Omi die Sonne aufgeht, weil Susan da ist. Mich dahinstellen und lustig ein paar Liedchen singen und dann die Teller wegräumen, damit alle anderen einen schönen Abend habend und meine Frau nicht mit mir alleine sein muss. Ich habe keinen Bock mehr. Ich will, dass meine Frau mich in den Arm nimmt und nicht mehr loslässt. Dass sie mir sagt, dass sie mich liebt und alles gut wird. Dass sie mich küsst. Aber das bin ja nur ich, die das will. Keine Priorität. Alle anderen zuerst. Nicht vergessen. Wie lange kann ich da noch mitspielen? Ich weiß es nicht. Immer mit diesem total negativen Gefühl bei allen mit ihr angeschissen kommen und auf happy machen. Ganz ehrlich, wenn da irgendwer was Falsches sagt, dann haut's mir den Schalter um. Wenn Mutti, die bekannt für ihre unbedarften Wortäußerungen ist, etwas wegen der Beziehung zwischen Alex und Bettina sagt, dann kann ich nicht mehr. Nicht, weil ich da jetzt glaube, da ist was, sondern weil sie registrieren würde, dass da Nähe ist, die ich von meiner Frau nicht mehr habe. Dann muss ich leider zu Fuß von Hinterbergbach, wo Bettina wohnt und arbeitet, nach Hause gehen, sonst geh ich in die Luft. Und trotzdem, das wäre ja für Alex ein vorgehaltener Spiegel, dass nicht nur ich das alles so empfinde, sondern andere das auch so sehen. Susan hat Alex wegen Bettina ja schon die ganze Zeit aufgezogen. Die ist ja auch nicht doof. Und nochmal. Ich unterstelle meiner Frau hier nichts. Es ist nur die Nähe, die ich nicht mehr habe. Von der ich nicht weiß, ob ich sie je wieder bekommen werde. Nach wie vor weiß ich nicht, ob es mit uns weitergeht. Ich sehe nur, dass sich meine Frau ins außen flüchtet. Mit aller Kraft und bei jeder Gelegenheit. Und ich weiß nicht, wie lange ich da noch zugucken kann. Denn ich habe keine Lust und keine Kraft mehr. Ich könnte nur noch kotzen. Aber interessiert ja auch keinen. Hauptsache, ich zieh mit, bei ihrem Drang nach außen. Was bleibt mir anderes übrig. Und doch hätte ich, wie bereits angemerkt, große Lust, nirgends mehr hinzufahren mit ihr und allen und mir selber etwas vorzuspielen. Was für ein Mist.

31.08.2022

Und nun ist der Geburtstag von Omi vorbei. Es war alles, nur nicht einfach. Es hat auf verschiedenen Ebenen stattgefunden. Ebene eins, der Geburtstag, die Leute. Das war total schön. Alle nett, einige schwierig, andere durchgeknallt, aber es war schön, das zu sehen, mit dem Wissen, dass man keinen von denen mit nach

Hause nehmen muss. Einfach nur schön. Omi hat sich gefreut und 4 Tage lang durchgefeiert, so wie es sein soll. Einfach toll. Ebene zwei. Die Vergangenheit. Wir waren im Hotel Admiral, wo wir schon vorher waren, als alles noch gut war. Das alleine war schon der blanke Horror für mich. Ich habe mich an die Zeit vorher dort erinnert und ich hätte schreien können, weil damals alles so einfach und klar war, weil wir damals so glücklich waren. Ich hätte alles dafür gegeben, diese Zeit zurückzuholen und von dort an alles anders zu machen, mit dem Wissen, das ich heute habe. Aber das ist leider nicht möglich. Ebene drei. Meine Frau. Wir waren uns, meines Erachtens, wieder nähergekommen. Sie war sehr einfühlsam, kleine Küsse, mich im Arm halten, mir die Hand halten, miteinander lachen. Jedoch hatten wir auch ein paarmal kleine Gespräche über die Situation, bei denen mir klar wurde, dass es immer noch kein Stück besser geworden ist für sie und das kapiere ich nicht. Nicht so, wie sie sich verhält mir gegenüber (bis auf den Sex, den ich jetzt von ihr nicht bekomme). Alle Leute (Ebene vier) haben dauernd darüber gesprochen, was wir doch für ein tolles Paar sind, wie man merkt, dass wir uns lieben, „lass uns doch mal ein Foto machen mit dem Traumpaar" und so weiter und ich hatte jedes Mal Kotze im Mund. Gut so. Denn nur das konnte mich davon abhalten komplett durchzudrehen und rauszuschreien: „Merkt man gar nicht, dass mich meine Frau nicht mehr liebt, ne?". Aber wir haben das gut gespielt. Und es war, bis auf Ebene eins, ein ganz grauenhafter, furchtbarer, schmerzhafter Urlaub, der mir das Herz aus dem Leib gerissen hat. Und Alex konnte das alles sehr gut verstecken. Sie hat sich halt um alle gekümmert, war immer das Zentrum der Party, hat andere angetanzt, so wie sie mich früher angetanzt hat und ich bin halt doof dagestanden und habe gewartet, bis sie mal wieder Zeit für mich hat. In der Zwischenzeit hatte ich die Gelegenheit, dem schönen Peter zu erklären, warum ich meine Frau so liebe und wie man plötzlich lesbisch werden kann. Hab ihm auch 'ne schöne Geschichte erzählt. Und mit Alex' Onkel gab es Krach wegen meiner Musikanlage. Tja. Wäre früher nicht passiert, denn da wäre meine

Frau dagewesen. Sie war aber jetzt mit allen anderen beschäftigt. Nicht mehr wie früher mit mir. Sie sagt, sie liebt mich total als Mensch, aber ich komme mir vor, wie das dritte Rad am Wagen. Immer am Hinterherlaufen, wenn sie Arm in Arm mit Susan rumläuft. Nein, ich bin nicht eifersüchtig. Das ist nicht der Punkt. So was hätte es halt einfach früher nicht gegeben, da wäre ich in ihrem Arm gewesen. Das zeigt halt einfach, wo wir in unserer Beziehung im Moment stehen. Und ich würde alles dafür tun, dass es wieder anders wird. Aber es gibt nichts, was ich tun kann. Gar nichts. Und das ist so furchtbar. Was soll ich denn tun? Ich müsste mich von meiner besten Seite zeigen, damit sich meine Frau wieder in mich verliebt. Ich müsste lustig und charmant sein, frei und glücklich wirken, damit sich meine Frau wieder in mich verliebt. Und was würde ich die ganze Zeit am liebsten tun? Mit einem Hundeblick durch die Gegend laufen und mir die Augen aus dem Kopf heulen, weil das hier nicht vorbei sein kann. Es darf nicht vorbei sein. Das geht einfach nicht. Also versuche ich, hier 'ne Show abzuziehen, damit der Hundeblick versteckt ist und die Tränen fließen, wenn ich alleine bin, denn so ein Verhalten ist alles andere als attraktiv. Ich kann langsam nicht mehr. Ich möchte wieder in das Hotel. Mit meiner Frau. Alleine. Nicht, um mit irgendwelchen anderen Leuten Zeit zu verbringen. Nein. Um mit meiner Frau alleine zu sein. Um ihr zu zeigen, wie sehr ich sie liebe. Sie zu spüren und zu verwöhnen. Doch das will sie nicht. Sie meint, sie ist blockiert, weil sie Angst hat, dass wir es versuchen und es dann wieder so wird zwischen uns. Ich habe daraufhin gesagt, wenn wir es nicht versuchen, werden wir es nicht wissen, wie es ausgehen könnte. Andere Paare haben eine mit Abstand schlechtere Basis als wir und ziehen auch durch. Ich kann mir nicht vorstellen, dass wir nicht die Kraft haben, das gemeinsam wieder hinzubekommen. Vielmehr finde ich, ist es eine Aufgabe, an der wir als Paar wachsen können. Wir hatten noch nie einen großen Konflikt in unserer Beziehung. Wie erbärmlich wären wir, wenn wir an dem ersten, der da kommt, gleich scheitern würden. Ich weigere mich, dass einfach so hinzunehmen.

03.09.2022

Und wieder ein paar Tage vergangen und nichts hat sich geändert. Ich bin immer noch vor den Kopf gestoßen. Ich habe fürchterliche Angst, weil ich die ganze Zeit das Gefühl habe, meine Frau hat sich längst entschieden, sie weiß nur nicht, wie sie es mir sagen soll. Und ich versuche mit aller Kraft, dieses Gefühl zu verdrängen, aber es klappt halt nicht immer. Und sie verwirrt mich. Sie ist lieb zu mir, wir versuchen, miteinander zu lachen, sie nennt mich Schatz und Mausi und so weiter, das alles geht bis zu einem bestimmten Punkt und dann ist einfach Stopp. Und sie hat mir geschrieben, sie hat Angst davor, eine Entscheidung aus schlechtem Gewissen heraus zu treffen. Und sie kann einfach nicht auf mich zugehen. Daher denke ich, dass die Entscheidung gefallen ist. Und ich kann es einfach nicht verstehen. Und ich habe solche Angst vor dem Moment, in dem sie sagt: „Schatz, wir müssen reden", dann muss sie eigentlich gar nichts mehr sagen. Dann ist mein Leben vorbei. Und das weiß sie. Darum quält sie uns so lange mit schwammigen Aussagen. Aber ich kann es auch nicht ändern. Ich verstehe nicht, wie sie mich einfach nicht mehr lieben kann. Ich kann mir nicht vorstellen, dass ihre Ex ihr mehr Liebe entgegengebracht hat als ich, mit all ihrer Eifersucht, ihren Vorschriften, ihrer „die Freundin verstecken damit niemand mitkriegt, dass man lesbisch ist" und so weiter. Und doch hat sie es 6 Jahre mit ihr ausgehalten. Und all das musste sie mit mir nicht durchmachen, und trotzdem soll es schon nach 2 Jahren vorbei sein? Das kann ich einfach nicht begreifen. Ich frage mich, wie es ihr ginge, wenn ich von jetzt auf gleich alles beenden würde und sie bitten würde auszuziehen. Nicht, dass ich das je könnte. Aber würde sie das etwas wachrütteln, ihr klarmachen, was sie hier eigentlich aufs Spiel setzt? Das würde mich schon mal interessieren. Aber das kann ich natürlich nicht. Gleichzeitig frage ich mich, ob es ihr 'nen Ansporn geben würde, wenn ich mal nicht so gefügig und verständnisvoll bin und alles mit mir machen lasse. Das könnte eine gute Idee sein, könnte aber auch total nach hinten losgehen. Aber ist ja auch egal, denn ich könnte es sowieso nicht. Das wäre, als ob ich plötzlich die Luft anhalten würde, um zu sehen, was danach passiert. Wer ist schon so doof. Und dauernd hoffe ich auf jedes kleine Fünkchen mehr Zuneigung von ihr, in der Hoffnung, dass sich die Sache bei ihr wieder zu meinen Gunsten verändert, und jedes Mal, wenn ich meine, dieses Fünkchen zu sehen, erklärt sie mir, dass sich nichts verändert hat. Und sie hat Angst davor, dass es wieder so werden könnte zwischen uns. Dass was? Dass ich keinen Sex mehr will? Kann sie mir nicht die Chance geben, das Risiko einzugehen? Ich halte es für sehr gering, da wir ja, was dieses Problem angeht, einiges weitergekommen sind, neue Erkenntnisse haben, die das Problem schon so sehr relativiert haben. Neue Medikamente und ein Gyn-Termin steht auch noch aus. Das alles tue ich, damit ich sie nicht verliere und für sie scheint es schon zu spät zu sein. Wieder stellt sich mir die Frage, war ihre Ex wirklich eine bessere Freundin als ich, wenn sie es mit ihr so viel länger ausgehalten hat? Ich kann es mir eigentlich gar nicht vorstellen. Will es mir nicht vorstellen. Und die Tage sind endlos und furchtbar. Wenn sie nicht da ist, vermisse ich sie ganz schrecklich und habe Angst davor, dass sie in der Zeit, in der wir nicht zusammen sind, letztendlich doch einen Weg für sich findet, mir zu sagen, dass es vorbei ist. Wenn wir zusammen sind, könnte ich mir das Herz aus der Brust reißen. Ich möchte witzig, charmant und attraktiv wirken, damit sie sich an unsere guten Zeiten erinnert, doch gleichzeitig könnte ich nur schreien und weinen. Ich frage mich, wie lange ich das noch durchhalte. Und immer fröhlich, wenn wir mit anderen zusammen sind. Heute geht es mal wieder zu Bettina. Ihre Tochter hatte Geburtstag. Natürlich kann Frau Bettina noch keine genauen Angaben zu wann und wo machen, weil sie arbeitet, aber irgendwann wird schon mal 'ne Ansage kommen. Und dann, auf die Pferde und in den Kampf. Kampf deshalb, weil wir ja dann wieder das perfekte Paar geben müssen. Weil die Kleine von Bettina hat ja Geburtstag gehabt und die Bettina muss ja nicht wissen, dass wir vielleicht bald getrennte Wege gehen. Wie in NRW. Und dann wird man sich wieder denken, was für ein tolles Paar wir doch sind und ich hab wieder nur den ganzen Abend Kotze im Mund und könnte ununterbrochen schreien. Wenn mich nur ein Bus überfahren würde. Das tut sicherlich nicht so weh.

... Und dann immer so kleine niedliche WhatsApp-Nachrichten von meiner Frau. Wie früher. Und ich fange an, von innen zu leuchten. Und dann denk ich mir, hör auf mit dem Quatsch, das meint sie nicht so. Sie hat dich gefriendzoned. Die Liebe Deines Lebens möchte „nur noch" deine beste Freundin sein. Und was dann? Bleibt sie hier wohnen und wir zahlen alles gemeinsam weiter? Warum? Weil sie so ihr schlechtes Gewissen in den Griff bekommen kann? Ich meine, ganz davon abgesehen, ist mein komplettes Leben in jeglicher Hinsicht vorbei. Romantisch: Die Liebe meines Lebens liebt mich nicht mehr. Ist nur noch meine beste Freundin. Was tun beste Freundinnen? Sich gegenseitig zugucken und das Beste wünschen, wenn die andere jemand neuen kennenlernt. Aha. Also, mein Bedarf an neuen Beziehungen ist restlos gedeckt. Ich habe keine Kraft mehr noch einmal, schon wieder, ganz von vorne anzufangen. Ist doch eh alles für den Arsch. Und. Niemand kann Alex das Wasser reichen. Ganz einfach. Sie, na toll. Wenn sie jemand Neuen kennenlernt, was mach ich dann? Mir jedes Mal die Augen aus dem Kopf heulen, wenn ich sie sehe? Kommt die Neue dann zu „uns" nach Hause, um ihre Freundin zu besuchen? Schlaf ich dann auf der Couch? Verbringe ich Nächte alleine, weil Alex bei der neuen Freundin ist? Kann ich mir ja gleich die Pulsadern aufschneiden. Zudem. Wenn sich Alex wieder richtig verliebt, was dann? Dann kann diese Konstellation ja nicht so fortbestehen. Ich denke nicht, dass viele Menschen da mitspielen würden, wenn die Freundin bei der Ex-Ehefrau wohnt. Da lach ich ja. Es wird auch hier wieder Entscheidungen geben müssen. Wohl natürlich zu Gunsten der neuen Liebe. Dann steh ich letztendlich doch ganz alleine da. Was noch. Das Haus. Verlier ich. Kann ich alleine nicht bezahlen. Die Arbeitsstelle verlier ich. Ist ja in dem Haus, das ich verliere. Mein Kind könnte ich verlieren. Ist ja dann einfacher, beim Vati zu wohnen. Die Hunde. Verlier ich. Welcher Vermieter toleriert denn drei durchgeknallte Hunde? Freunde. Verlier ich. Sind ja alles in erster Linie Alex' Freunde. Also, nix mehr. Zudem, wenn sie eine Neue hat und ihre Freunde mit der Neuen besucht, einen Teufel werd ich tun und dann auch da hinfahren. Nicht mal, wenn sie da alleine hinfährt. Ich könnte sie nicht mehr sehen, denn es würde zu weh tun. Ich habe also nichts mehr, in jeglicher Hinsicht. Was für eine Scheiße. Ich frage mich, ob sie über all diese Konsequenzen jemals nachgedacht hat. Ich wage es zu bezweifeln. Und dann sagt sie, sie möchte mich nicht verletzen, nicht enttäuschen. Sie verletzt mich jeden Tag aufs Übelste. Und enttäuscht bin ich von uns beiden. Von mir, dass ich nicht bemerkt habe, wie ernst die Situation eigentlich geworden ist, von ihr, dass sie nicht die Kraft hat, mit mir um uns zu kämpfen. Dieses eine Problem und beschissenes Timing auf beiden Seiten zerstört das Wertvollste, was ich jemals in meinem Leben hatte. Und ich frage mich langsam, kenne ich meine Frau eigentlich wirklich? Hat sie jemals wirklich so viel für mich empfunden, wie sie immer gesagt hat? Oder ist das ein Männerding. Der Frau sagen, was sie hören will, damit man bekommt, was man möchte. Hinterher kann man sich ja immer rausreden mit Sachen wie „Gefühle ändern sich eben mal". Davon war vorher keine Rede. Wir waren immer der Meinung, dass wir jedes Problem miteinander lösen können. Und dann scheitern wir an dem ersten Problem, das wir haben. Wie jämmerlich.

04.09.2022

Der Tag nach dem Termin bei Bettina. Und ich weiß nicht, meine Welt wird immer dunkler. Ne, sie hat nicht ausschweifend mit Bettina geflirtet und bei dem, was Bettina erzählt hat, war auch zu erkennen, dass da bisher nichts vorgefallen ist. Bettina hat auch viel an mir rumgefummelt und mir Nacktbilder von sich gezeigt. Hätt ich jetzt auf beides verzichten können. Aber gut.

Und dann hat Bettina uns erklärt, dass sie die Nase voll hat von der Situation, wie sie gerade für sie ist. Sie möchte nicht mehr in der Schwebe sein, sie will eine Beziehung. Egal ob mit einem Mann oder einer Frau. Pflichtbewusst erkundigt sich meine Frau sofort, ob sie denn auch Zeit für eine Beziehung hätte. Bettina meint, das müsse man da sehen. Ich hab mir nur gedacht, ich kann ja auch im Auto warten, wenn's ist. Ne, ich hätte fahren können, war ja selber da. Und ich seh die ganze Zeit, wie Alex den Spaß ihres Lebens mit den Kindern von Bettina hat und wie sehr sie Bettina mag und nun signalisiert Bettina, dass sie offen für eine Beziehung ist, auch mit einer Frau, ja worauf wartet denn meine Noch-Frau noch? Dort ist alles, was sie möchte. Eine neue Beziehung, mit einer schönen Frau und drei tolle Kinder. Hier bin nur ich altes Arschloch und der Junge, den sie seltsam findet. Sie behandelt weder mich noch Bastian wie jemanden, den man liebt. Also was hält sie auf? Soll sie es doch einfach sagen. Dann ist es vorbei. Dann muss ich nicht mehr jeden Tag heulen. OK, werde ich trotzdem, weil mein Leben dann vorbei ist, aber dann weiß ich wenigstens, wie ich dran bin. Kann mir überlegen, wo ich hinziehe und wie ich mein Leben wieder einigermaßen auf die Reihe kriegen kann. Wobei ich eigentlich wirklich keine Kraft für so was habe. Nicht schon wieder. Ich kann und will nicht mehr, ich will sie. Aber entscheiden muss sie. Und wie die Sache aussieht, steht es jeden Tag schlechter um uns. Ich frage mich zurzeit sehr oft, wer eigentlich bei ihrer Ex und ihr Schluss gemacht hat. Sie oder die Ex? Wenn sie es war und sie hat dann noch weiter dort gearbeitet und gewohnt, dann ist es ja das gleiche Schema, das sie jetzt auch mit mir fahren will. Das wird aber nicht klappen. Wenn sie sich entscheidet zu gehen, dann muss sie ganz gehen. Dann will ich sie nicht mehr sehen und nie wieder etwas von ihr hören. Das hier ist kein Wunschkonzert, wo sie sich nehmen kann, was sie will und auf die Gefühle anderer scheißen kann. Ich käme mit ihrer Wunschvorstellung nicht klar. Soll ich alleine dahocken und zugucken, wie die Liebe meines Lebens neue Wege einschlägt, mit anderen Menschen glücklich ist und ich frage mich jeden

Tag, vor welchen Zug ich mich werfen könnte? Das wird so nicht klappen. Ist das ihr Schema? Von Blume zu Blume hüpfen, wie es ihr gefällt, und sich einzureden, dass man mit der Ex-Blume ja befreundet bleiben kann? Sicher nicht. Ich glaube, das ist ihr nicht klar. Das wird sie sich aber klar machen müssen. Entweder oder. Ich bin doch hier nicht der Depp vom Dienst? Der immer die eigenen Emotionen hinunterschluckt, damit es den anderen gut geht, auch wenn ich daran ersticke? Sicher nicht.

... Und jetzt haben wir wieder ewig auf WhatsApp geschrieben und mit jedem Wort, das ich schreibe, denke ich immer, ich kann den Weg zu ihr wiederfinden, bzw. es ihr ermöglichen zu mir zurückzufinden. Und im nächsten Moment sagt sie etwas, dass all meine Hoffnungen in Schutt und Asche legt. Wie ihr letzter Satz. Sie liebt mich auch ..., aber halt anders. Was Dümmeres habe ich wirklich noch nie gehört. Was soll ich denn damit anfangen. Das ist doch genau das gleiche wie „lass uns Freunde bleiben". Sie versteht nicht, dass es mich nur ganz oder gar nicht gibt. Für mich, weil ich mir ein letztes Fünkchen Stolz bewahrt habe. Für sie. Sie gibt immer an, sie mag keine Entscheidung aus schlechtem Gewissen heraus treffen und das wäre es, wenn sie halbherzig wieder in die Beziehung zurückkommt. Aber genauso halbherzig und aus schlechtem Gewissen heraus ist es, mit mir nur befreundet zu sein, mich als Freund zu lieben. Dann kann sie sich ja gut einreden, dass sie ja trotzdem für mich da ist und „aufpasst, dass mir nichts passiert". Ich komm gut alleine klar. Ich muss mich doch nicht verarschen lassen. Zum Leben brauche ich niemanden. Aber für die Liebe hätte ich sie gebraucht. Wenn sie mir das nicht mehr geben kann, dann ist es komplett vorbei. Ich könnte es nicht ertragen, sie ständig vor Augen zu haben, mit ihrer guten Laune bei allen Menschen, die Liebe meines Lebens, und sie nicht mehr meine Frau nennen zu können. Ich verstehe nicht, dass sie nicht selber auf die Idee kommt, dass das für mich viel schlimmer als ein klarer Schlussstrich ist. Natürlich kommt sie nicht darauf. Denn in dem Moment geht es gar nicht mehr um mich, sondern darum, dass sie kein so schlechtes Gewissen haben muss. Sie ist ja noch „da für mich". Was für eine Verarsche. Wenn ich Kohle hätte, wäre das jetzt der Zeitpunkt, an dem ich sie vor die Tür setzen würde. Hat sie denn gar keinen Respekt vor mir? Vor meinen Gefühlen? Das ist wirklich absolut unfassbar. Unglaublich. Wie kann sie mich so behandeln, so etwas von mir verlangen, glauben, dass das ok ist für mich. Ich muss eben jetzt nur herausfinden, wie ich mit der Situation klarkomme. Wie ich mein Leben ohne sie in den Griff bekommen kann, denn wirtschaftlich bin ich am Ende. Ganz klar. Das Haus ist dann weg. Wo soll ich hin, von wo soll ich arbeiten, was ist mit meinem Kind und meinen Hunden? Das ist ihr alles scheißegal. Hauptsache, sie kann ihr Ding durchziehen, wie sie es für richtig hält, ohne Rücksicht auf Verluste. Ganz ehrlich, wenn ich nicht meine Kinder und meine Hunde hätte, würde ich mich umbringen, denn ich habe einfach keine Lust mehr auf dieses scheiß Leben. Immer bin ich der Arsch, der mit den Entscheidungen der anderen klarzukommen hat. Immer kann ich wieder ganz von vorne anfangen. Für sie ist das ja nicht so schwer. Ich verliere alles. Sie verliert nur Dinge, die ihr eh nie wichtig waren. Mich, unser Zuhause, Bastian. Das ist ja alles nicht so wichtig. Ich bin wie immer nicht so wichtig. Ich kann einfach nicht mehr so weitermachen. Wo soll ich denn nur hin? …

… Noch später. Bastian ist wieder zu Hause und mit seinem Freund unterwegs. Ich könnte nur noch schreien. Ich kippe von Hoffnung in absolute Verzweiflung. Von der Erinnerung des warmen Gefühls der Liebe, die ich einmal von ihr bekommen habe, hinunter in einen furchtbaren Abgrund aus Selbsthass und Hoffnungslosigkeit. Mal geht es, mal heul ich mir die Augen aus dem Kopf. Ich habe alle Bilder von ihr, von uns, abgenommen, weil ich sie nicht mehr anschauen kann. Sie erinnern mich an eine Zeit, in der wir noch eine Chance hatten. Diese Zeit ist wohl vorbei. Ich überlege, was ich mache, wenn sie weg ist. Was ich alles noch wegwerfe, was mich an sie erinnert. Die Hochzeitskleider, alle Geschenke von ihr, die Zettel, die sie mir früher geschrieben hat und die mir die Welt bedeutet haben. Einfach alles, sonst kann ich dieses Leben nicht mehr ertragen. Und sie schreibt mir jetzt Nachrichten, als ob nichts gewesen wäre. Was machst Du? Scheint bei Euch auch die Sonne? Ganz ehrlich, das ist mir scheißegal, was die Sonne macht, weil meine nicht mehr scheint. Wie kann sie da gar kein Gefühl für meine Empfindungen haben. Sie kann sich wohl überhaupt nicht vorstellen, dass ich hier gerade mit meinem Leben abschließe, weil sie auf der Freundschaftswelle schwimmt und glaubt, das sei ok für mich. Ich versteh das alles nicht. Andere Paare haben viel schwerwiegendere Probleme. Und die sind noch zusammen, die arbeiten an der Beziehung und es klappt. Und wir sollen keine Chance mehr haben? Das ist doch lächerlich. Vielmehr hat sie sich entschieden, dass sie der Sache keine Chance geben will, weil es ihr mit mir zu schwierig wird, weil sie sich anders orientieren möchte. Eine lustigere Frau mit tolleren Kindern, oder eine jüngere, die ihr noch ein eigenes schenkt. Ohne Hunde, auf die man aufpassen muss. Ohne die ganzen Rechnungen, die man zahlen muss. Alles einfacher, neu und schön. Scheiß auf die Alte.

13.09.2022

Meine Frau hat die Beziehung beendet. Es gibt nichts mehr zu sagen.

16.09.2022

... Oder vielleicht doch. Oder auch nicht. Ich weiß es nicht. Ich kann einfach nicht aufgeben und mir eingestehen, dass es endgültig vorbei ist. Und ich habe auch den Eindruck, dass es für Alex nicht so einfach ist, hinter ihrer Entscheidung zu stehen. Aber ich kann nicht abschätzen, wieso das so sein sollte. Vielleicht klammere ich mich einfach aus Verzweiflung an jeden noch so kleinen Strohhalm, den ich zu finden vermute. Das wäre ja auch ganz normal. Wann ist es genug, wann muss ich aufgeben, ich weiß es nicht.

Ich habe Alex ja einen Brief geschrieben. Meinen letzten. Da habe ich ihr die Konsequenzen ihrer Handlung aufgezeigt, und es hat sich herausgestellt, dass sie das alles noch gar nicht bedacht hatte. Fakt ist, und das ist unumgänglich, früher oder später die Konsequenz aus ihrer Entscheidung, dass sie ausziehen muss und das Haus verkauft werden muss. Denn die Märchenwelt, die sie sich erträumt, die gibt es nicht. Die Vorstellung, dass wir hier als beste Freunde weiter alles zusammen wuppen, die existiert nicht. Aus vielen Gründen. Der aktuellste und täglich tragende ist natürlich der, dass ich sie nicht anschauen kann, ohne sterben zu wollen, weil sie nicht mehr meine Frau sein möchte. Jedes Lächeln von ihr gibt mir die Hoffnung, dass doch nicht alles verloren ist, und womöglich belüge ich mich an diesem Punkt bereits selber. Aber es bereitet mir unglaubliche Schmerzen in diesem Limbus herumzusuppen, ich denke, das würde niemand ertragen.

Wie stellt sie es sich vor. Wir sind hier best buddies. Nur mit dem Unterschied, dass sie mich nicht mehr liebt. Was zur Konsequenz hat, dass sie offen für neue Beziehungen ist. Ist ja auch logisch. Sie wird also früher oder später jemand Neues kennenlernen. Und ich sitze hier und sterbe weiter vor mich hin, weil ich es nicht ertragen kann, dass jetzt eine Person all das bekommt, was ich eigentlich gerne hätte, weil ich ja ihre Ehefrau bin. Auf dem Papier für sie nur noch. Aber das versteht mein Herz ja nicht. Langfristig wird es dann nicht ausbleiben, dass sie eine tiefere Beziehung mit jemand anderem eingeht. Auch logisch. Wenn ich dann überhaupt noch lebe, denn das alles ist einfach nicht zu ertragen, dann wird sie früher oder später vor die Wahl gestellt werden „ich oder Deine Ex". Denn keine „neue Freundin" kann sich in meinen Augen mit dem Konzept, das sich Alex vorstellt, anfreunden. So wie sie es will, ist ja jede vernünftige Zukunftsplanung mit einer Neuen zum Scheitern verurteilt. Wer will denn in einer Beziehung leben, in der die

Freundin noch mit der Ehefrau zusammenlebt und auch finanziell weiter an diesem gemeinsamen Ziel arbeitet. Für eine neue Familie von Alex bleibt da kein emotionaler und finanzieller Spielraum, keine macht das mit. Es wird sich also unweigerlich irgendwann so ergeben, dass mein größter Alptraum zur Realität wird, das Haus wird verkauft, ich verliere restlos alles in meinem Leben, was mir etwas bedeutet, was mich am Leben hält, finanziell wie emotional. Und durch all diesen Scheiß geht Alex davon aus, wir könnten dann noch beste Freunde sein? Es muss doch einfach jedem restlos klar sein, dass das im Leben nicht möglich ist. Und sie hat ja nichts zu verlieren, wenn sie geht. Sie ist dann glücklich mit der Neuen, hat finanziell keine Probleme mehr, denn sie muss keine Kredite mehr mit mir abbezahlen. Nur ich stehe vor den Scherben meines Lebens und habe mit 50 Jahren keine Ahnung, wie ich da jemals wieder rauskommen soll. Weil meine „beste Freundin" mein Leben in die Tonne getreten hat. Schon komisch.

Also habe ich einen Plan gefasst. Ich habe ihr das alles geschrieben. Daraufhin hat sie einen Weinanfall bekommen, weil sie „mich ja nicht verlieren will". Wie würde das denn wohl gehen. Ich weiß an dieser Stelle nicht, ob ich mir einreden kann, dass sie selber nicht ganz von ihrer Entscheidung überzeugt ist oder ob sie lediglich ein schlechtes Gewissen hat, weil ich ihr geschrieben habe, dass ich maßlos von ihr enttäuscht bin. Da bin ich jetzt etwas ratlos. Aber da ist er wieder, der kleine Strohhalm. Ich rede mir jetzt halt ein, dass sie mich schon noch liebt, aber dieses kleine Fünkchen, das es braucht, um alles wieder in Ordnung zu bringen, das hat sie hinter einer Mauer versteckt und sie kommt selber nicht ran. Weil sie ja der Meinung ist, ihre Märchenversion von unserer Beziehung ist tragfähig, und dann muss sie sich nicht weiter mit der Thematik herumärgern. Sie war aber auch, seit wir 2018 ein Paar geworden sind, noch niemals länger als zwei Tage ohne mich. Und wenn wir getrennt waren, dann hatten wir immer viel WhatsApp-Kontakt. Fakt ist, wenn sie bei ihrem Entschluss bleibt, muss sie gehen und es ist Schluss mit Best Friends. Hat sie schon mal darüber nachgedacht, ob sie das überhaupt aushält? Wenn nicht, ist ihre Entscheidung dann überhaupt richtig? Ich habe sie darum gebeten, im Oktober zwei Wochen wegzufahren. Ich werde sie am Handy blockieren. Es wird keinerlei Kontakt geben. Dann kann sie mal sehen, wie es sich anfühlt, ohne mich zu sein. Ich hoffe eben, dass sie erkennt, dass das eigentlich gar nicht das ist, was sie wirklich will. Vielleicht findet sie so wieder zu besagtem Fünkchen, auf das ich so sehr hoffe. Ganz ohne mich sein. Kann sie das? Ich hoffe nicht.

Horrorszenario. Sie kann sehr wohl ohne mich sein, denn vielleicht hat sie sich ja doch in Bettina verliebt. Vielleicht ist ihr das auch noch gar nicht klar, aber so doof kann man ja eigentlich gar nicht sein, wenn es denn so ist. Also weiß sie es. Und lügt mich die ganze Zeit an, macht mir was vor. Dann soll sie es halt sagen. Dann weiß ich wenigstens, dass ich nicht komplett meinen Verstand verloren habe, auch wenn das nichts am Ausgang der Gesamtsituation ändert. Aber Frage: Wie kann eine Ehefrau/Beste Freundin einen so dermaßen anlügen und für dumm verkaufen und dann meinen, es wäre alles ok für mich? Da ist doch hinten und vorne der Wurm drin. Dinge machen keinen Sinn, Dinge sind nicht zu Ende gedacht. Sie sagt, die Situation mit dem Sex hätte sie so verletzt, dass sie den Partnerschaftsdraht mit mir verloren hätte. Aber wie mickrig war ihre Liebe zu mir dann letztendlich? Meine Frau lehnt mich jetzt seit April ab (witzig, im April haben wir Bettina kennengelernt, just saying) und ich stehe hier und würde sie mit offenen Armen empfangen, wenn sie ihre Meinung ändert. Was ist da wohl schlimmer? Ich könnte es gerade gar nicht sagen. Aber hey. Andere können auch alleine und von Harz 4 leben. Warum würde das bei mir letztendlich nicht gehen? Wer weiß. Ich würde mir gerade wünschen, dass es einen Zauber gibt, bei dem plötzlich für jeden ganz klar ist, was eigentlich los ist und was gemacht oder nicht gemacht werden kann. Und einen Lottogewinn, dann wäre ich finanziell nicht am Ende. Aber so müssen wir weiter rumdümpeln und darauf hoffen, dass ihre Abstinenz von mir doch noch etwas bringt. Und wenn nicht, tja dann, kann ich mich eigentlich aufhängen, denn meine beste Freundin, meine Ehefrau, die Liebe meines Lebens, der ich voll und ganz vertraut habe, hat mich abserviert und es ist ihr eigentlich scheißegal. Klar weint sie auch. Aber warum? Nicht wegen uns. Ich denke eher, weil sie immer für alle da ist. Das macht sie, weil sie es nicht ertragen kann, dass jemand schlecht von ihr denkt. Und das würde ich tun, wenn sie mich so dermaßen an die Wand laufen lässt. Damit kann sie nicht umgehen, dass ich nicht mehr sage, sie ist die Tollste. Schlechtes Gewissen, sonst nichts? Wie billig.

17.09.2022

Ich bin so verwirrt. Wie schon so oft. Und ich habe solche Angst. Die Zeit mit ihr ist so schön. Wir lachen, wir machen Witze, wir funktionieren zusammen, ich habe das Gefühl, dass sie mich näher an sich ranlässt. Ich habe Hoffnung. Aber ich habe auch Angst, dass ich mir, wie immer, nur was vormache und sie nur entspannter ist, weil sie glaubt, durch meine „gute Laune" habe ich die Situation akzeptiert. Das habe ich nicht. Ich bin einfach nur verwirrt und ein dummer Idiot, der immer noch hofft. Wie ein Esel habe ich „Love of my life" aufgenommen, vielleicht muss ich es ihr schicken, damit sie was zu lachen hat. Damit sie mich hassen lernt, weil ich einfach keine Ruhe geben kann. Das Problem ist, sie kann mit der Situation besser umgehen, weil sie mich weniger liebt. Ich komme niemals mit dieser Situation klar, weil ich sie einfach nicht weniger lieben kann. Ich liebe sie von ganzem Herzen, weniger geht einfach nicht. Das wäre aber für mich notwendig, um mich in die Situation zu ergeben und zu akzeptieren, dass sie mich nicht mehr liebt und ihren eigenen Weg gehen möchte. Wie jedoch schon viele Male zuvor beschrieben, muss ihr eigener Weg aber dann komplett ohne mich sein. Denn sonst gehe ich kaputt. Wie kann ich die Liebe meines Lebens weniger lieben. Das geht einfach nicht. Ich hoffe sehr, dass ihre Auszeit etwas bewirkt. Sie weiß nicht, wie es ist, ohne mich zu sein. Da gibt es dann keine lustigen WhatsApp-Nachrichten mehr von mir, denn dann versinke ich in meinem Schmerz über mein abermaliges Versagen im Leben. Über den Verlust der größten Liebe, die ich jemals erfahren durfte. Kein Raum für lustige, liebe SMS. Nur noch Dunkelheit.

Ich habe ihr eine Karte zu ihrem Geburtstag geschrieben. Ich habe Briefe von ihr gefunden, die ich vergessen hatte wegzuwerfen. Ich habe sie in einem Brief, der dem Geburtstagsgeschenk beigefügt wird, zitiert. Die Briefe habe ich ihr dazugelegt. Außerdem ein Bild von unserer Verlobung. Und meinen Ehering. Der symbolisiert für mich alles, was wir sind. Ich habe sie in dem Brief darum gebeten, nach der Zeit ohne mich zu entscheiden, ob sie das wirklich so will. Alles oder nichts. Wenn sie bei ihrer Entscheidung bleibt, muss sie den Ring wegwerfen. Wenn sie Ihre Meinung ändert, soll sie ihn mir zurückgeben. Ich setze all meine Hoffnung auf diese Auszeit, denn sie war noch nie ohne mich. Wenn auch nur irgendwas von dem, was sie immer gesagt hat, was sie in den Briefen immer geschrieben hat, stimmt, dann kann sie das nicht. Dann gibt sie mir den Ring zurück und wir haben eine neue Chance. Und manchmal tagsüber, da lauf ich rum und bin einfach nur ungeduldig und freu mich auf einen Neustart, weil wir uns so eigentlich gut verstehen, aber manchmal, da bricht es aus mir heraus. Diese Angst, dass sie ohne Ring zurückkommt. Dass sie vielleicht gar nicht zurückkommt. Dass wirklich alles aus ist. Ich weiß nicht, wie ich das überleben soll.

Was nicht wirklich hilft, das habe ich heute festgestellt, ist die Tatsache, dass ich keine Freunde habe. In der RHPS-Gruppe, das ist eine WhatsApp-Gruppe von dem Musical, in dem ich gerade mitspiele, schreiben alle, wie sie sich auf die Premiere freuen und wie ihre Freunde und Verwandten kommen und alles geil und so. Nur bei mir kommt keiner. Meine Frau meint, sie müsse leider arbeiten. Wie dem geneigten Zuhörer vielleicht nicht entgangen ist, gibt es so etwas wie einen Wunschplan. Man hätte ja mal eintragen können, dass man am Tag der Premiere frei braucht. Das macht eine Ehefrau, das macht eine beste Freundin. Für Ersteres möchte sie sich ja derzeit nicht qualifizieren, jedoch schreibt sie sich Zweiteres groß auf die Fahne. Wo ist also das Problem. Also kann sie nicht mal die beste Freundin an so einem Tag unterstützen. Schon komisch. Aber das ist nicht ihr Problem alleine. Mir wurde nur dadurch klar, dass ich tatsächlich niemanden habe. Bei allen anderen kommen Freunde und Verwandte, nur bei mir kommt keine alte Sau. Wie immer. Altes Kind zu sehr mit sich selber beschäftigt, junges Kind kann das natürlich nicht alleine wuppen. Frau/beste Freundin, keine Ahnung, andere Freunde, kein Interesse. Wäre ich reich und ungebunden, dann wäre das jetzt tatsächlich der Zeitpunkt für mich, ohne ein weiteres Wort an irgendjemanden auszuwandern. Fickt euch alle. Dankeschön.

19.09.22

Ich rutsch rein und raus. Manchmal geht es mir gut, weil ich Hoffnung habe, dann geht es mir wieder beschissen, weil ich erkenne, dass es wohl nix mehr wird. Gestern hab ich wieder viel geweint, vor allem als Alex zur Arbeit gefahren ist. Es scheint sie überhaupt nicht zu berühren. Und das macht mir solche Angst, macht mich so traurig. Am Nachmittag habe ich geweint, weil bei allen vom Musical Freunde und Familie zur Premiere kommen, nur bei mir kommt keiner. Da hat sie gleich Karten bestellt. Für sich. Am 22.10. und am 31.12. Weil ich ihr leidgetan habe. Aber Fakt ist, sonst interessiert das überhaupt keinen. Ich scheiß auf alle Freunde. Sowas von.

Und Frau Bettina weiß immer noch nichts von unserer Situation, weil es sie nicht interessiert. Und dafür haben wir unsere Beziehung aufs Spiel gesetzt. Hätte Alex sich nicht so für sie aufgeopfert, hätte ich nicht so übertrieben, wären wir jetzt vielleicht nicht an diesem Punkt, denn dann hätte sie mich nicht so erlebt, wie ich dann eben war. Und wofür? Für eine „Freundin", die sich nur für sich selber und ihre eigenen Probleme interessiert. Alex hat ja vor ein paar Wochen mal zu ihr gesagt, sie wolle mit ihr reden, weil es ihr nicht gut geht. Und die heilige Bettina hatte keine Zeit und hat seither auch nicht mehr nachgefragt, weil es ja immer nur um ihre Probleme geht, da bleibt keine Zeit für die Probleme anderer.

Heute habe ich Alex' Horoskop gelesen. Witzig. Hieß da, sie solle sich von überflüssigem Ballast befreien, auch wenn es auf der anderen Seite lange Gesichter gibt. Ich bin also überflüssiger Ballast. Das weiß ich doch alles schon. War ja nie anders.

Heute fahren wir in den Tschechenmarkt. Vorgestern war ein guter Tag mit ihr, wir haben viel gelacht. Gestern war es nicht gut, aber ich war Gott sei Dank die meiste Zeit weg. Heute hoffe ich, dass ich die Kraft habe, mich von der besten Seite zu zeigen. Viel zu lachen, Spaß mit ihr zu haben, lustig zu sein, vielleicht erinnert sie sich, wie schön es war. Vielleicht bringt es ja was. Sie hat gestern gesagt, sie freut sich schon auf heute. Ich würde mich mehr freuen, wenn sie meine Frau wäre. Immer noch. Oder wieder. Hauptsache, meine Frau. Und ich hoffe auch, dass sie nicht glaubt, falls ich die Kraft habe, einen auf lustig zu machen, dass ich mich an die Situation gewöhnt habe. Das werde ich auf keinen Fall können. Niemals. Mir wird jedes Mal schlecht, wenn ich an die Konsequenzen ihrer Entscheidung denke. Ich sehe mich schon alleine in einem Altenheim sterben, weil sie weg ist und es sonst keinen interessiert.

Gestern hatte ich, zu meinen Herzrhythmusstörungen, die ich seit einiger Zeit immer mehr habe, auch noch Schmerzen in der Brust. Na, vielleicht dauert's ja nicht mehr lang. Wäre auch egal. Bastian wäre vielleicht traurig. Das wär's dann aber auch schon. Und das Leben ginge weiter. Nur nicht für mich. Für mich ist es sowieso vorbei. Herzinfarkt hin oder her. Was soll's.

Lustig. Dieses Jahr im Frühjahr habe ich wieder nach Eierschalen von Singvögeln geguckt, wie jedes Jahr. Das ist so ein Spleen von mir. Ich hebe die Schalen dann das ganze Jahr über auf, als Zeichen für das Leben und das Glück. Aber ich habe von Anfang an nur tote, kleine Vögel gefunden und erst sehr spät mal eine Schale. Und ich habe mir gedacht, das wird ein schreckliches Jahr. Gleichzeitig habe ich mir gesagt, ich solle nicht so spinnen, alte Schamanin, die ich bin ... Vielleicht bin ich ja doch eine, denn ich habe schon zu Beginn des Jahres gewusst, dass es furchtbar wird. Ich wusste nur noch nicht wie schlimm. Das soll mir eine Lehre sein.

10.10.2022

Es ist einige Zeit vergangen. Wir haben noch ein paarmal gut miteinander geredet. Wir hatten auch eine schöne Zeit, ohne Spannung. Mit lachen und allem, was uns ausmacht. Bis auf die Nähe, die für ein Paar spezifisch ist. Körperlich, wie persönlich. Es geht so und so lange gut, und dann kommt da diese Mauer, gegen die ich volle Rotze knalle. Immer wieder.

Ich habe Alex darum gebeten, wegzufahren. Ich kann sie nicht mehr sehen. Ich habe ihr seit dem 13.09. immer wieder mal Briefe mit meinen Gedanken geschrieben, alles, was hier auch so zu lesen ist. Die ganze Sache mit den Konsequenzen ihrer Entscheidung nochmal und so weiter und eine klare Bitte, sich mal alleine Zeit zu nehmen, das alles zu lesen und mal alles zu Ende zu überlegen. Ich habe ihr meinen Ehering mitgegeben mit der Bitte, ihn entweder wieder mitzubringen und mir zu geben, als Zeichen, dass sie sich doch letztendlich für uns entscheidet, oder ihn wegzuwerfen, wenn sie bei ihrer Entscheidung bleibt, weil ich ihn dann nicht mehr brauche. Das kalte Stück Metall. Es ist ja dann nur ein Symbol für etwas, dass es nicht mehr gibt. Warum daran festhalten. Nur um mir selbst wehzutun. Nein, wird dann auch so hart genug, da muss ich mich nicht auch noch selbst sabotieren.

Und heute ist der Tag, an dem sie wahrscheinlich zurückkommt. Und ich könnte nur noch kotzen. Warum, weil ich irgendwie über das Wochenende das Gefühl bekommen habe, dass doch alles vorbei ist. Und wenn sie dann heute nach Hause kommt und mir das sagt, dann ist endgültig die letzte Hoffnung verschwunden, an der ich mich noch so krampfhaft festgehalten habe. Und ich habe einfach Angst, denn heute ist wohl der letzte Tag, an dem ich vielleicht noch etwas hoffen darf, aber wenn sie mit einem Nein zurückkommt, dann war's das. Dann habe ich keine Kraft mehr und dann macht es auch keinen Sinn mehr, denn mehr habe ich nicht aufzubieten, um zu versuchen sie zu halten. Dann muss ich sie gehen lassen. Im Übertragenen wie im wörtlichen Sinne. Dann muss sie hier weg, denn ich kann es nicht ertragen mit dieser Angst zu leben, dass sie jemanden kennenlernt und ich ihr dabei zusehen kann, wie sie wieder glücklich wird, ohne mich. Ich mag ein kleiner Mensch sein, wenn es sich so anhört, als ob ich der Liebe meines Lebens kein Glück wünschen würde. So ist es nicht. Sie soll glücklich sein. Aber ich möchte es nicht mit ansehen müssen, wo ich alles verloren habe. Ich möchte nicht mitansehen, wie jemand anderes bekommt, was mir alles bedeutet hat. Das könnte ich nicht ertragen.

Ich habe sie jetzt schon seit einigen Stunden wieder entblockiert. Wäre ich an ihrer Stelle und hätte ich positive Nachricht, was uns angeht, würde ich dauernd auf mein Handy schauen, ob meine Frau die Blockierung aufgehoben hat, damit ich wieder mit ihr in Kontakt treten kann. Das tut sie nicht. Warum wohl. Der Countdown läuft. Und ich denke, das wird's dann auch gewesen sein. Ich habe noch keine Ahnung, wie ich damit umgehen werde. Am Samstag dachte ich, ich hätte es im Griff. Am Sonntag war ich mir nicht mehr sicher. Heute habe ich schon wieder geheult, weil die Zeit ausläuft. Und trotzdem muss ich hier alles wuppen und die gute alte Mutti usw. sein, denn ich habe ja Verantwortung. Und ich habe Angst davor, die Leute alle zu treffen, nachdem sie erfahren haben, dass Schluss ist. Ich habe dann auch keine Freunde mehr. Das sind ja alles ihre Freunde. Wenn sie feiern, würden sie mich vielleicht schon einladen, aber Alex halt auch. Und ich werde 'nen Teufel tun und irgendwo aufschlagen, wo sie dann auch ist, nur um zu sehen, wie gut es ihr geht. Mit 'ner neuen Freundin im schlimmsten Fall. Ne, danke. Also werde ich wieder alleine sein. Ich kann gut alleine sein, solange ich das selbst wähle. Aber wenn ich alleine sein muss, weil der wichtigste Mensch überhaupt für mich aus meinem Leben gegangen ist, dann kann ich es nicht. Aber es gibt ja immer noch Rotwein. Gut, der Port von Lee ist 'ne Ecke zu süß, sogar für mich, aber heute beim Netto hat ein Kerl 7 Liter lieblichen Weißwein (Tetrapack) gekauft, für gerade mal 7 Euro. Geht doch.

Ich hab ja noch das Musical. Lauter nette Leute. Und ein neuer Freund. Ne, zwei. Marco und John. Da kann ich auch hin, ohne Alex. Aber denen will ich natürlich auch nicht die Tür einrennen … Auf keinen Fall. Und im Januar ist das Musical dann vorbei. Dann habe ich gar nichts mehr. Dann brauch ich mir auch nichts mehr anfangen, denn ich habe dann kein Geld mehr für Fahrtkosten zu diversen Proben. Und ich habe keine Zeit für Proben usw., denn ich bin dann mit Bastian alleine. Gut, der ist am Wochenende immer bei Papa oder Oma, aber man muss ja vorausdenken. Oma wird nicht mehr lange durchhalten, Papa ist am Wochenende selber oft nicht da. Das heißt, es bleibt an mir, mich um Bastian zu kümmern, auch am Wochenende. Da brauch ich gar nix mehr anfangen.

Und die Zeit schreitet voran, der Moment, in dem sie nach Hause kommt, kommt immer näher. Ich weiß zwar nicht wann, aber irgendwann heute wird sie da sein. Und dann ist es vorbei. Ich könnt kotzen …

11.10.2022

Was soll ich sagen. Ich hatte mal wieder Recht. Wie mich das ankotzt. Ich war gestern fassungslos. Sie kam zurück und hat sich verhalten, als ob nichts Besonderes wäre. Hat mir ganz locker erzählt, was sie alles erlebt hat in den vier Tagen, wie schön es war. Als ob sie sich nicht denken kann, dass ich hier auf Kohlen sitze, denn der Grund für mich, sie fortzuschicken war der, dass sie sich mal klar über die Situation wird. Und sie kommt heim und „den hab ich gefahren, da waren wir essen, da waren wir Bootfahren und blablabla ..." Was ist das für ein kaltes Verhalten? Ich habe es ja schon bei der Begrüßung gemerkt. Distanziert und kalt. Wunderbar. Und hier hat sie mir Schokolade mitgebracht (als ob ich was essen könnte) und da 'ne Hose. Als ob es mich gerada interessiert, was ich anziehe. Irgendwann hab ich sie gefragt, ob sie sich mal Zeit genommen hat. Sie meinte: „Ja. Können wir morgen darüber reden?" Alles klar. Wenn sie sich umentschieden hätte, dann hätte sie mir einfach den Ring wieder angesteckt, dann hätten wir beide geheult vor Erleichterung, und dann hätten wir versucht, da wieder neu anzufangen, wo wir aufgehört haben. Ne. Wir reden morgen. Natürlich hab ich dann erst mal blöd geguckt. Was denn los sei, meint sie. Ich weiß auch nicht. Vielleicht hab ich gerade an was Lustiges gedacht, darum schau ich so blöd. Also haben wir die ganze Sache nochmal durchgekaut. Dabei ist mir klargeworden, dass wir uns beide in unseren eigenen Kreisen drehen. Sie versteht mich nicht und ich verstehe angeblich sie nicht. Sie hat mit ihrer Cousine darüber geredet. Hat auch nichts geholfen. Ich verstehe nicht, wieso sie nicht einfach einen Cut machen kann, wenn ich doch der wichtigste Mensch in ihrem Leben bin, und nochmal von vorne anfangen kann. Aber da verstehe ich ihrer Meinung nach sie nicht, denn da ist ja dieser Riss, auf dem sie ewig rumreitet. Bei mir hat es auch eine Menge Risse wegen ihr gegeben. Aber ich liebe sie und habe immer alles geschluckt, verstanden, verziehen und mich nicht beirren lassen. Also frage ich mich, ob ihre Liebe jemals so groß gewesen ist, wie sie immer sagt. Und wieder habe ich das Thema Ponyhof aufgefasst. Dass ich es nicht ertrage, wenn wir hier Best Friends sind. Und ich habe ihr noch einmal, wie bereits drei Mal vorher gesagt, ob sie sich schon mal überlegt hat, dass eine potentielle Freundin von ihr dieses Szenario niemals akzeptieren wird. Sie guckt mich mit großen Augen fassungslos an und meint „nein". Echt jetzt? Das Thema hatten wir schon mehrmals. Wie kann sie sich das noch nicht überlegt haben? Schlimm genug, dass sie nicht selber darauf kommt, dass das nicht klappen wird, aber wir hatten das

Thema schon. Ganz zu schweigen von der Tatsache, was diese Best-Friends-WG mit mir jeden Tag macht. Ich kann einfach nicht verstehen, wie sie so ok damit sein kann, dass jeder Tag für mich die Hölle ist. Für mich, den wichtigsten Menschen in ihrem Leben. Wenn das keine Ironie ist, dann weiß ich es auch nicht. Ich habe keine Worte mehr. Hier augenscheinlich schon, irgendwo müssen die ja hin, aber für sie nicht mehr. Ich habe alles mehrfach erklärt und gesagt. Ich habe geweint und mich zusammengerissen und Buddy gespielt. Und ich kann nicht mehr. Keine Erklärung dieser Welt hat diese Frau dazu bewegen können, mich wieder zu lieben, wenn ich es mal so ausdrücken darf. Dann kann ich es jetzt auch nicht mehr ändern. Dann muss auch ich eine Mauer um mich herum aufbauen, um nicht komplett durchzudrehen. Aber dann wird das mit den Buddies auch nix mehr werden, denn dann bin ich einfach nicht die Caro, die sie jetzt als Buddy so schätzt. Denn, Überraschung, so wie ich bin zu ihr, bin ich zu meiner Frau. Nicht zu irgendeiner Freundin. Freundinnen bekommen von mir keine Umarmungen und Küsse. Dann wird sie hier nicht mehr das vorfinden, was sie sich in ihrer Ponyhofwelt so ausdenkt. Dass wir Best Friends sind und ich einfach jede Entscheidung von ihr mittrage, egal was sie mit mir macht. Ich kann es nicht verstehen. Die Tasten, die ich für diese Worte brauche, werden bald völlig abgenutzt sein, denn ich brauche sie häufig. Und weiter geht es in dem Hamsterrad, das ich mein Leben nenne. Wo soll sie hin? Bisher hat sie ja immer gemeint, sie kann bleiben. Macht es Sinn, wenn sie bleibt? Ihre Cousine hat gemeint, wir würden Zeit brauchen. Noch mehr Schmerzen jeden Tag. Ohne zu wissen wie lange, ohne zu wissen, wie es ausgeht. Jeden Tag die Angst, dass sie doch jemanden kennenlernt. Eigentlich sind wir also nicht weiter als vor ihrer Reise. Ich bin nur etwas klarer gewesen, ich weiß aber nicht, ob das bei ihr angekommen ist. Aber wie lange soll ich das noch ertragen. Ich hoffe doch schon wieder. Wahrscheinlich umsonst. Und habe gute und schlechte Tage. Und ich werde bald aussehen wie meine eigene Mutter, denn diese emotionale Achterbahn kann nicht spurlos an mir vorübergehen.

Sie kann nicht verstehen, warum ich nirgends mehr mit ihr hinwill. Wieder mal habe ich ihr erklärt, dass ich es nicht ertrage, wie locker sie mit allen anderen umgeht, und wie distanziert mit mir, dem wichtigsten Menschen in ihrem Leben. Das ist doch unsinnig. Und jedes Mal habe ich die Angst, dass jemand auf 'ner Feier ist, in den sie sich verliebt. Sie streitet zwar ab, dass das ihr Ziel ist, aber das ist ja nicht die Frage, ob es ihr Ziel ist. Wenn sie sich emotional von mir gelöst hat, ist sie offen für alles Neue. Und wenn das Neue kommt, wird sie nicht nein sagen. Könnte ja Sex bei rauskommen. Und ich hock da wie ein Depp und schau mir das dann entspannt an, oder was? Wie kann sie einfach nicht verstehen, was das mit mir macht. Wie kann sie es zulassen, dass ich mich wegen ihr so fühlen muss, jeden Tag. Ich habe ihr gestern ganz klar gesagt, es gibt eigentlich nur zwei Möglichkeiten. Entweder wir sind zusammen oder eben nicht, aber dann mit allen Konsequenzen. Das kapiert sie einfach nicht. Und das verstehe ich nicht. Bin ich die Doofe hier? Ich habe keine Ahnung.

13.10.2022

Bin ich doof, oder was? Ich verstehe das Ganze überhaupt nicht. Sie ist immer noch bei ihrem Standpunkt. Meint zwar, weil ich halt so traurig bin, sie würde es versuchen, die Liebe mit mir wieder zu finden, aber wenn was weg ist, ist es halt weg und sie möchte aus Mitleid nichts versprechen. Gleichzeitig ruft sie mich dauernd an, wenn sie nicht zu Hause ist, sie scherzt mit mir, wir lachen zusammen, wir umarmen und küssen uns. Alles fast wie vorher. Vorgestern hat sie mich sogar gefragt, ob ich mir vorstellen kann, ein anderes Haus mit ihr zu suchen. Sie mag das hier nicht. Außerdem bietet es keinen Platz, wenn ihre Oma ein Pflegefall werden sollte. Sie würde auch zur Miete irgendwo hingehen, denn die Schulden gefallen ihr nicht. Wieso plant man so etwas mit jemandem, den man nicht mehr als Partner liebt, jemandem, der einem schon so oft erklärt hat, dass die Pony-hof-Best-Friends-Version für sie nicht funktioniert. Ich habe daraufhin zu ihr gesagt, ich bin für alles offen, aber erst, wenn die Situation zwischen uns geklärt ist, denn ich schmeiß jetzt nicht alles hin und mach große neue Pläne, und nach dem Um-zug fällt ihr ein, sie kann doch nicht mehr mit mir, und dann stehe ich alleine mit einem riesen Haus da, das ich mir nicht leisten kann. Wenigstens das scheint sie verstanden zu haben. ABER. Was sie immer wieder nicht versteht, ist, dass wir die-se Schulden ja nicht ewig haben werden. Irgendwann werde ich zwangsläufig erben, dann sind wir schuldenfrei. Ich denke, das wird innerhalb der nächsten 10 Jahre passieren. Daran denkt sie einfach nicht. Sie will immer alles alleine regeln, aber das ist ein unumgänglicher Fakt, der die ganzen Sorgen um Geld und so weiter regeln wird. Das blendet sie total aus. Was mir heute eingefallen ist, ich werde einen Teufel tun und mit ihr in eine Mietwohnung ziehen. So sind wir in 10 Jahren schuldenfrei. In einer Mietwohnung muss ich bis an mein Lebensende Miete bezahlen. Wenn sie doch plötzlich meint, sie liebt mich nicht mehr und geht, dann kann ich mir das auf keinen Fall leisten, denn ich bekomme nur wenig Rente und muss meine Kranken-versicherung auch selber bezahlen. Da kann ich mir Mietzah-lungen nicht auch noch leisten. Daran denkt sie gar nicht. An mich denkt sie da gar nicht. Sie scheint überhaupt nicht der Typ zu sein, der Entscheidungen, die er trifft, großartig zu Ende denkt. Und es ist schlimm genug, wie es gerade ist und was die Optionen sein könnten. Da darf ich auf keinen Fall so dumm sein, für mich noch mehr aufs Spiel zu setzen. Ich seh mich tat-sächlich schon als kleine, alte, verrückte Frau in irgendeinem Heim sitzen. Ganz alleine, ohne dass mich jemals irgendwer be-sucht. Das ist meine größte Angst und so wird es kommen. Ich muss echt aufpassen. Ich bin jetzt 50 Jahre alt und mein Leben geht den Bach runter. Die Liebe meines Lebens liebt mich nicht mehr und als Folge geht mein komplettes restliches Leben ka-putt und ich habe keine Ahnung, wie ich das verhindern kann, weil ich ihr vertraut habe und mich auch wirtschaftlich so von ihr abhängig gemacht habe. Ich kann das alleine nicht mehr richten. Ich werde alt und einsam sterben. Verarmt wohl auch noch. Alles, weil ich ihr vertraut habe. Hätte ich nicht tun sollen. Blabla ... Aber ich habe ihr geglaubt. Und ich möchte nicht ihr Objekt werden, an dem sie ihre guten Absichten demonstrieren kann. Nach dem Motto: „Und das ist meine Ex. Ich sorge für sie, weil sie es alleine nicht kann und weil ich so ein guter Mensch bin." Zu was macht mich das dann? Zu einer hilflosen, nutzlosen, beschissenen Person, die genauso ist, wie es meine Mutter schon immer über mich gesagt hat. Zu dumm, um alleine im Leben klarzukommen. Alles nur, weil ich so sehr geliebt und vertraut habe. Nur leider bin ich eben jetzt zu alt, um noch einmal, schon wieder, ganz von vorne anzufangen. Ich habe weder die emotionalen noch die wirtschaftlichen Ressourcen dazu, das zu tun. Vielleicht könnte ich einfach tot umfallen, dann wäre allen geholfen. Einfach allen.

15.10.2022

Tja. Wieder einige Tage her, dass ich hier geschrieben habe. Ist wieder einiges passiert und ich weiß nicht, wie ich es einzuordnen habe, denn ich weiß eigentlich gar nichts mehr. Am Donnerstagabend habe ich meine Frau gefragt, ob ich sie küssen dürfe. Sie meint, wie küssen. Na küssen halt. Sie saß im Bett mit dem Oberkörper angelehnt und ich habe mich auf sie gesetzt und sie ganz vorsichtig geküsst. Dann etwas weniger vorsichtig. Sie hat sich darauf eingelassen. Dann habe ich sie ein paarmal gefragt, ob ich aufhören soll, und sie hat nein gesagt. Also habe ich weitergemacht. Und wir hatten Sex. Nicht wie früher. Stundenlang und hemmungslos. Aber wir hatten Sex. Definitiv besser als die letzten Male, bevor wir keinen mehr hatten. Und dann sind wir eingeschlafen. Und am nächsten Tag, ging es ihr vom Kreislauf und vom Herzen her nicht gut. Das tat mir fürchterlich leid für sie. Ich habe sie gefragt, ob sie bereut, dass wir miteinander geschlafen haben. Das hat sie verneint. Ist aber auch nicht näher drauf eingegangen. Und ich wollte da jetzt nicht drauf rumreiten, denn man kann Dinge auch zerreden und wenn es ihr gesundheitlich nicht gut geht, dann muss man sowieso keine Diskussionsrunde starten. Aber ich sitze nun wieder mal mit ein paar Fragen mehr hier. Ich weiß nicht, ob das jetzt gut war. Ob das ein Schritt in die richtige Richtung war. Oder ob es ein Versehen ihrerseits war. Sie hat mich auch berühren wollen. Sie hat alles erwidert, was ich gemacht habe. Das spricht ja eigentlich gegen das, was sie die letzten Monate immer zu mir sagt, dass sie sich nicht mehr zu mir hingezogen fühlt. Aber ist es so, dass sich das jetzt langsam gibt, haben wir wieder eine Chance, denn der Sex und das zugrundeliegende Gefühl, war ja das, was ihr gefehlt hat. Und nun hatten wir Sex. Bei ihr ohne das dafür notwendige Gefühl? Oder doch mit? Oder wie. Ich habe keine Ahnung. Und ich habe Angst davor, mir wieder irgendwas einzureden, mir Hoffnung zu machen, wo doch keine mehr ist. Dann war Kindergeburtstag am Freitag. Also wieder mal die Bude voll, immer abgelenkt. Am Abend kamen dann die ganzen Muttis von den Kindern und dann gabs noch Wein und Schlagerparty. Und ich hatte wieder mal, wie immer in letzter Zeit, wenn wir unter Leuten sind, das Gefühl, dass sie so weit von mir weg ist. Ich weiß nicht, ob es am Wein lag, den ich mir gegeben habe oder an der für mich so schwierigen Gesamtsituation. Interpretiere ich jetzt etwas in Situationen hinein, die ich früher niemals beachtet und beanstandet hätte, oder ist sie wirklich anders. Jedenfalls war das alles scheiße. Ich bin dann zweimal reingegangen. Das erste Mal hab ich 20 Minuten Rocktherapie gemacht, denn der ganze Schlagerscheiß ist mir tierisch auf den Sack gegangen. Wäre er sonst nicht. Ich hätte halt einfach mitgefeiert, da bin ich eigentlich nicht so. Aber unter den gegebenen Umständen hat's mir einfach gereicht. Später bin ich dann nochmal rein und hab 10 Minuten im Bad geheult, weil ich alles so scheiße finde. Sie hat kein einziges Mal nach mir gesehen. Früher wäre sie schon nach zwei Minuten angekommen, um zu sehen, ob es mir gut geht. Die Zeiten sind vorbei.

Dann kam Samstagmorgen und ich hatte einen kompletten Nervenzusammenbruch, als sie noch schlief. Bin im Bad am Boden gelegen und hab vor lauter Heulen keine Luft mehr bekommen. Alles hat weh getan. Wir mussten gestern gute Miene zum bösen Spiel machen und für heute haben sich wieder Freunde von ihr angemeldet, diesmal zum Brunch. Und ich hatte echt riesige Angst davor, dass ich mich nicht rechtzeitig wieder einkriege und den Vormittag nicht durchstehe. Ich habe alles Mögliche versucht, die verheulten Augen wegzuschminken, damit keiner merkt, wie es mir wirklich geht, auch sie nicht, denn falls doch alles in die richtige Richtung gehen sollte, würde ich das nicht durch meine Emotionalität aufs Spiel setzen wollen. Also Lächeln aufsetzen und durch. Und dauernd geht mir durch den Kopf, dass sie Bettina sagen kann, dass sie sie liebt und immer und überall für sie da ist, egal womit, und mir kann sie nicht sagen, dass sie mich liebt. Das tut so unglaublich weh. Das bohrt sich in mein Gehirn und dreht sich dort langsam im Kreis, damit ich es auch dauernd von allen Seiten sehen und voll und ganz genießen kann. Ich frage mich echt, wie lange ich das noch aushalte. Heute war es richtig knapp und ich hätte mich fast nicht mehr eingekriegt. Und das ist neu. Denn normalerweise weiß ich, wann ich zu funktionieren habe, und dann krieg ich das in der Regel auch hin. Heute war es knapp. Und ich frage mich, wie lange es noch dauern muss, bis ich es mal nicht mehr schaffe. Dann kann man mich gerne einweisen lassen, denn dann habe ich hier nichts mehr im Griff. Dann will ich auch nicht mehr. Dann bitte Psychopharmaka, bis ich nur noch sabbernd in der Ecke liege, Hauptsache, ich kann nichts mehr fühlen. Denn lieber fühle ich nichts als all diesen Schmerz und die Angst die ganze Zeit.

Gott sei Dank war Musicalprobe. Hat mich dann etwas abgelenkt, auch wenn ich gemerkt habe, dass ich ganz schön gerädert war. Bin auch da jetzt oft davor, dass ich einfach losheule. Wie soll ich das denn den Leuten dort erklären. Ich hoffe nur, dass ich mich Marco gegenüber im Griff habe, denn er und John sind echt liebe Leute. Da wir uns nicht so lange kennen, ist das

Letzte, was ich will, vor ihm auseinanderbrechen. Das würde ihn überfordern. Das würd ich nicht wollen. Dann sind die auch wieder weg, weil sie sich sagen, was wollen wir denn mit der Irren. Wollten doch einfach nur mal normale Leute kennenlernen, und dann das. Ne. Geht gar nicht. Ich weiß es auch nicht.

Morgen wieder Probe. Alex hat Nachtschicht, daher seh ich sie bis Montag kaum. Gut oder schlecht, ich weiß es nicht. Bettina meldet sich laut Alex sehr selten. Bin ich jetzt ehrlich gesagt gar nicht böse. Mich ärgert das irgendwie, dass sie dauernd auf der Matte stand, als sie uns gebraucht hat, und jetzt ist sie einfach nicht mehr greifbar. Noch immer hat sie das Thema nicht aufgegriffen, dass Alex mal mit ihr reden wollte wegen uns. Sowas macht eine Freundin einfach nicht. Wir sind immer für sie da (Alex auch Tag und Nacht, egal wann, weil sie sie liebt … Sarkasmus mit inbegriffen) und sie scheißt sich 'nen Dreck darum, wie es uns geht. Und Alex würde sie noch in Schutz nehmen. „Oh, die arme Bettina, so einen Stress, die Arme." Was für ein Scheiß. Wir haben auch Stress hier. Ohne Ende. Und trotzdem würde Alex bei Wind und Wetter zu Fuß und ohne Schuhe zu ihr rennen, wenn sie das Startzeichen gibt. So macht man das einfach nicht. Tut mir leid.

17.10.2022

Ich liebe Dich. Daran hänge ich mich gerade unglaublich auf. Wir haben das Thema nur kurz per WhatsApp noch mal angeschnitten, als sie in der Arbeit war. Sie meint, auch wenn sie nicht so aussieht, sie grübelt die ganze Zeit über uns nach. Sie weiß nicht weiter. Da sind wir dann schon zwei. Sie will nicht, dass es mir schlecht geht und dass ich traurig bin. Was für ein frommer Wunsch. Und wie undurchführbar, betrachtet man die Umstände. Ihre Wünsche. Best Friends, WG, dass ich nicht traurig bin. Bin ich denn ein Holzklotz, dass ich das alles so mittragen kann? Ich bin nur noch am Heulen hier. Und gerade regen mich die Worte „ich liebe Dich" so unglaublich auf. Warum? Weil sie diese Worte jedem entgegenwerfen kann. Besonders Bettina. Ich liebe Dich. Ich bin immer für Dich da, egal was Du brauchst, egal wann. Kein Problem. Und mir, ihrer Frau, die mit Händen und Füßen um diese Beziehung kämpft, der kann sie das nicht sagen. Das tut so unglaublich weh. Mir wird regelrecht schlecht, jedes Mal, wenn ich daran denke. Und die Tage denke ich häufig daran. Was ist nur los? Ich verstehe es nicht. Mir gehen auch langsam die Worte und Argumente aus. Manchmal möchte ich sie anschreien, dass sie sich verpissen soll. Aber im letzten Moment denke ich mir dann, dann wäre es sicher vorbei. Sollten wir noch irgendwo eine Chance haben, dann hab ich sie mit diesem Ausbruch kaputt gemacht. Aber ist das wirklich so? Ich bin ja nicht die, die geht. Ich bin nur die, die es nicht mehr ertragen kann, wie sie sich behandeln lassen muss. Und das von jemandem, der mir noch im April die große Liebe geschworen hat. Und ich kann es nur immer wieder erwähnen, dann haben wir Bettina kennengelernt. Und der kann sie sagen, dass sie sie liebt, mir nicht. Ich weiß ja nicht, wie blöde man sein muss, um da nicht einen Zusammenhang zu vermuten. Sei es auch nur, dass sich meine Frau in Bettina verliebt hat. Ohne weitere Unterstellungen. Einfach so. Dann kann sie aber verdammt nochmal ehrlich sein, denn dann könnte ich ihr Verhalten wenigstens verstehen. Um die entsprechenden Konsequenzen kommen wir dann auch nicht drum rum, denn das schau ich mir sicherlich nicht aus der Nähe an, aber dann würde ich es wenigstens verstehen.

Was hat sie vorher in mir gesehen, dass sie jetzt nicht mehr sieht. Wieso sieht sie es nicht mehr. Ich bin der gleiche Mensch wie immer. Der Mensch, der sie über alles liebt.

Und ihre Blicke. Die gehen mir auch so dermaßen auf den Keks. Nicht die, die da sind, die, die nicht mehr da sind. Was ich an meiner Frau so geliebt habe, war, dass sie mir mit einem strahlenden Lächeln das Gefühl gegeben hat, dass ich der einzige Mensch auf der Welt bin, der für sie zählt. Dieses Lächeln hat sie jetzt für alle anderen. Vielleicht hatte sie das vorher auch schon. Mir fällt es nur jetzt auf, weil sie für mich diesen Blick jetzt nicht mehr hat. Jetzt guckt sie eher verzweifelt und mitleidig. Kann ich auch drauf scheißen. Wenn sie gehen will, soll sie das tun, wenn sie bleiben will, soll sie sich verdammt nochmal zusammenreißen und an sich und uns arbeiten. Mit mir. Aber dieses vielleicht heute, vielleicht morgen, oder auch nicht, mal sehen, ..., das ertrage ich nicht mehr viel länger. Sag ich immer. Und dann hock ich doch da und hoffe weiter. Als ob ich überhaupt keinen Stolz und kein Rückgrat mehr hätte. Wie erbärmlich bin ich eigentlich. Ich kann schon gar keinen Respekt mehr vor mir selber haben. Vorgestern Nacht, als wir wegen Vorschlägen, wie es weitergehen kann, geschrieben haben (keine Angst, es wurde nie konkret, das ist ja das Problem), habe ich ihr geschrieben: „Wir haben nichts zu verlieren, wenn wir es zusammen versuchen, aber wir verlieren alles, wenn wir es nicht versuchen". Ist ja mal 'ne klare Aussage, würde ich meinen. Als Antwort kommt dann immer sowas wie „Ich weiß, was Du meinst". Bringt uns jetzt nicht wirklich weiter. Ich habe das Gefühl, sie sträubt sich mit allem, was sie hat, dieser Beziehung noch eine Chance zu geben, und ich verstehe einfach nicht, warum. Wir haben uns nie angelogen, wir haben uns nie respektlos behandelt, wir haben immer zusammengehalten. Wir hatten viel zu lachen, liebten unsere Gemeinsamkeiten und respektierten die Unterschiede. So eine Beziehung findet man nicht oft. Und jetzt versucht sie mit aller Kraft, sich das, was wir hatten, madig zu reden und keinen Ausweg zu finden. Ich befürchte, das ist das einzige, was dabei rauskommt, wenn sie grübelt. Und ich verstehe nicht, wie sie zu dieser Entscheidung gekommen ist. Es ist alles für sie da, wie vorher. Es heißt ja: „In guten wie in schlechten Zeiten". Und dann haben wir dieses eine Problem, das inzwischen behoben ist, und sie gibt einfach auf. Sollte das jemals jemand lesen, würde es mich schon sehr interessieren, ob ich da stur oder doof bin, oder ob das wirklich nicht zu verstehen ist.

... Und jetzt steht sie dann gleich auf. Sie hatte Nachtschicht. Jetzt ist es halb eins. Und ich habe solche Angst davor, dass sie

mir ansieht, dass ich eigentlich am Rande eines Zusammen-
bruchs stehe. Das sieht ja nicht hübsch aus. Mit so einer Fresse bekomme ich sie bestimmt nicht zurück. Mit so einer Dis-
kussion, die dann aus meiner Fresse resultiert, mache ich keine
Punkte bei ihr. Aber ich merke, wie mir echt langsam die Kraft
ausgeht, immer so zu tun, als ob ich klarkomme. Ich muss mich
eigentlich den ganzen Tag zusammenreißen, dass ich nicht losheule. Gestern im Auto hab ich eben auch schon Anspielungen
Marco gegenüber gemacht. Der wäre auch gleich da gewesen,
aber wenn ich da angefangen hätte, hätten wir umdrehen können, denn in dem Zustand hätte ich dann auf keinen Fall zur
Probe fahren können. Und wie immer in meinem Leben, the
show must go on. Darunter zu leiden hätte die Produktion in
dem Fall, denn ich eröffne das Musical ja immerhin. Ich muss
da sein. Ich muss funktionieren. Und wenn das Musical vorbei
ist, muss ich weiter funktionieren, für meine Kinder, für meinen Job, für mich. Aber ich habe Angst davor, dass ich das bald
zum ersten Mal in meinem Leben nicht mehr kann. Denn so verzweifelt war ich noch nie. Ich wünschte, ich würde nichts mehr
fühlen. Gar nichts. Das wäre immer noch besser als das hier.
    ... Und ich sitze im Büro und warte darauf, dass ich sie oben
höre. Hab sie schon vor 'ner halben Stunde geweckt. Wollte sie
so. Aber ich glaube, sie ist wieder eingeschlafen. Und ich sitze
hier. Ich starre aus dem Fenster und könnte kotzen. Und Ge-
dankenfetzen jagen durch mein Gehirn. Denk nach. Nein, denk
einfach mal an nichts. Aber dann sitze ich in 3 Tagen noch so
hier. Denk vielleicht ein bisschen. Aber nicht an das Schlimme ...
Aber an was sonst. Es ist halt immer gleich da, wenn sich mein
Gehirn meldet. Das Schlimme. Und ich starre aus dem Fenster
und möchte weinen. Aber weil ich manchmal eben nicht nachdenke, weiß ich gar nicht, warum ich weinen möchte. Aber das
Gefühl ist das Gleiche. Egal ob ich denke oder nicht. Ich möchte einfach nicht mehr da sein. Dann starre ich nicht. Dann denke ich nicht. Nicht mehr.
    Und es ist so verrückt. Früher, wenn die Tränen kamen, dann
hab ich meistens auch wieder aufhören können, denn man muss

ja funktionieren. Aber ich merke immer mehr und mehr, wie ich es nicht mehr unter Kontrolle habe. Wenn ich mir jetzt erlauben würde zu weinen, dann könnte ich nie wieder damit aufhören. So fühlt es sich jedenfalls an. Kompletter Kontrollverlust. Das Wetter draußen ist schön. Nicht so kalt. Die Sonne scheint. Die Sonne für alle Menschen. Nur meine Sonne hat aufgehört zu scheinen.

21.10.22

Ich kann gerade wieder mal gar nicht mehr. Die letzten Tage waren ganz gut, für mich aber immer mit dem traurigen Unterton der aktuellen Ereignisse. Und dann kam gestern Abend. Ich war in der Probe. Ich schicke meiner Frau ein Video von der Halle, in der wir proben. Und es kommt keine Antwort. Sehr lange nicht. Ich frage, ob alles ok ist. Keine Antwort. Und sie hat die Nachrichten auch gar nicht gesehen. Sofort frage ich mich, wo kann sie sein, dass sie vielleicht keinen Empfang hat, denn es ist ungewöhnlich, dass sie sich das nicht anguckt und dass die Mailbox ans Telefon geht, wenn man anruft. Da gibt es nur einen Ort. Bettina. Gegen halb 10 ist sie dann wieder online. Ich frage, ob alles ok ist. Ja, sie fährt gerade heim, sagt sie. Ich frage blöde, ob sie bei ihrer Freundin Verena war. Nein, kommt die Antwort, bei Bettina. Aha. Was denn los sei. Der Sohn von Bettina hätte sie angerufen, sie solle kommen. Drama, das Übliche. Blabla. Mir haut's den Schalter. Aber ich reiß mich zusammen. Ich schreibe ihr, dass ich mich auf sie freue. Sie meint, sie auch. Dann fahr ich heim und im Gespräch daheim kommt heraus, dass es gar kein Notfalleinsatz war. Nein. Bettinas Sohn hätte sie angerufen, Bettina habe gekocht, ob Alex nicht zum Essen kommen wolle. Natürlich. Also hat meine Frau, ich betone, MEINE Frau, einen wunderschönen Dinnerdate-Abend mit der Frau verbracht, der sie ständig sagt, dass sie sie liebt, während sie mir das nicht mehr sagen kann. Und mit ihren Kindern, die sie so toll findet. Und ich sitz da wie ein Depp. Ich frage mich wirklich, wie sie mir das antun kann, wenn sie weiß, wie ich fühle. Ich kann es irgendwie gar nicht mehr glauben, dass ich der wichtigste Mensch in ihrem Leben bin. Ich bin der am meisten verarschte Mensch in ihrem Leben, sonst nichts. Gar nichts. Wie kann sie so kalt mir und meinen Gefühlen gegenüber sein. Es gibt nur zwei Möglichkeiten, entweder es ist wirklich nichts dahinter (was ich hoffe, aber ich kann es mir nicht vorstellen) oder sie ist so weit von mir entfernt, dass es ihr wirklich scheißegal ist, wie es mir wegen ihres Verhaltens eigentlich geht. Dann hat sie hier einfach nichts mehr verloren, denn ich ertrage das nicht.

Als ich nach Hause kam, war sie ganz lieb und gut gelaunt (hatte ja auch einen tollen Abend, wer wäre da nicht gut gelaunt) und ich frage mich, hat Bettina eigentlich gefragt, ob ich da bin, oder war von vornherein klar, dass nur Alex eingeladen wird. War das wirklich eine spontane Einladung, wie sie gesagt hat, oder war das schon lange so geplant, ohne mich. Eigentlich fast schon egal, wie es war, es ist einfach scheiße. Und ich kann einfach nicht mehr.

Und im Bett habe ich sie gefragt, ob sie mir noch 'ne Massage geben könnte. Um die Uhrzeit, hat sie gemeint? Sowas hätte sie früher nie gesagt. Wenn ich sie um 3 Uhr morgens aufgeweckt hätte, hätte sie mich massiert und sich gefreut, dass ich sie darum gebeten hätte. Und dann habe ich sie gefragt, ob sie es bereut, dass wir Sex hatten. Sie hat nein gesagt. Ich habe sie gefragt, ob sie wieder mal Sex mit mir haben wollen würde. Sie wisse es nicht, vielleicht irgendwann, wenn es passt. Es hätte sich anders angefühlt, weil ihre Gefühle anders sind. Und ich weiß einfach nicht, was ich noch tun kann, um ihre Gefühle zu ändern. Ich glaube langsam, nichts mehr, denn ich habe alles versucht, ich habe lange genug gewartet. Ich habe keine Kraft mehr. Aber was macht sie dann noch hier. Ich habe sie darum gebeten, mich nie anzulügen. Sie fängt dann immer an mit „was meinst Du", „worauf beziehst Du Dich". Wenn ich sage, allgemein halt, weil wir uns das nicht antun dürfen, dann kommt als Antwort „das Gleiche verlange ich von Dir". Ich bin aber nicht in der Situation, vielleicht über etwas Lügen zu müssen. Es kotzt mich so an, dass sie sich bei Fragen und Gesprächen, die für mich wichtig sind, windet wie ein Aal und ich mit keiner Antwort, mit der ich was anfangen kann, dastehe. Sie hat gemeint, ich soll mir jetzt keine Gedanken machen, ich soll erst mal das Musical rumkriegen. Ich habe gemeint, das dauert ja noch bis Januar, so lange schaue ich mir das sicher nicht mehr an. Sie meinte nur, ne, die Premiere jetzt, dieses Wochenende. Und dann? Was ist dann anders? Sagt sie mir dann, dass sie geht? Denn alles andere habe ich schon von ihr gehört und es hat nichts gebracht. Meint sie, ein Darling zu sein, indem sie mir nicht sagt, dass es aus ist, wenn ich vor der Premiere stehe, weil sie wenigstens den Anstand hat, mir nicht einen Tag vorher den Schädel wegzusprengen? Ich weiß es nicht. Und wenn sie aufwacht, ist wieder alles schick. Und man tut so, als ob man sich prima versteht, aber eigentlich will sie nicht mehr hier sein, jedenfalls nicht so, wie ich sie hier haben will. Und ich halte es einfach nicht mehr aus.

… Jetzt noch? Ich kann es gar nicht fassen eigentlich. Jetzt noch war ihre Aussage, als ich sie um 00.30 Uhr heute gefragt habe, ob sie mich massieren kann. Jetzt noch? Früher hätte ich sie um 3 Uhr morgens aufwecken können und sie hätte sich gefreut, dass ich eine Massage will. Sie hätte Öl warm gemacht, mir was zu trinken gebracht und mich massiert. Wenn Bettina um 3 Uhr morgens anrufen würde, weil sie etwas braucht, würde meine Frau definitiv nicht sagen „jetzt noch". Sie würde ins Auto steigen und fahren. Aber ich bin halt nicht Bettina. Hab ich wohl Pech gehabt. Was braucht es denn eigentlich noch für mich, dass ich die Schnauze voll habe. Und wenn sie dann aufsteht, wird mein kleines dummes Herzchen wieder puckern, weil meine Frau wieder da ist. Weil ich sie ansehen kann und so tun kann, als ob fast alles in Ordnung wäre. Fast. Aber sie liebt mich nicht mehr. Ein kleines Detail. Dumm gelaufen. Und ich wünsche mir die Kraft, dass ich sie einfach rausschmeiße, denn ich kann einfach nicht mehr. Aber ich habe diese Kraft nicht mehr. Ich habe überhaupt keine Kraft mehr. Wenn sich nicht so viele Leute gerade auf mich verlassen würden, dann würd ich echt den Stecker ziehen, denn ich habe nichts mehr, wofür es sich zu leben lohnt, außer meine Kinder.

Und ich frage mich gerade heute, ob es vielleicht Sinn macht, Kontakt zu Bettina aufzunehmen. Irgendwie bin ich an dem Punkt, an dem es eh nicht mehr schlimmer kommen kann. Und wenn das alles stimmt, was meine Frau mir da immer so erzählt, dann ist sie eine Freundin (auch von mir). Nur das. Und Freundinnen sind füreinander da. Und wenn das so stimmt, dann ist es vielleicht gar nicht schlecht, sie mit ins Boot zu holen. Angeblich weiß sie von alledem ja gar nichts. Angeblich. Wenn die zwei natürlich mehr verbindet, dann weiß sie alles und reibt sich schon die Hände, weil sie die nächste Frau Neuhofer werden könnte, aber auch dann würde ein Gespräch Klarheit schaffen. Und wenn sie wirklich nur eine Freundin ist, dann kann sie vielleicht helfen, die Dinge für Alex und mich wieder in Perspektive zu setzen. So oder so könnte das vielleicht ein Motor sein, die Dinge weiterzubringen. Wohin auch immer. Ich weiß es nicht. Bin mir da so unsicher. Eigentlich wollte ja Alex schon mal mit ihr reden. Hat sie aber angeblich nicht, weil Bettina keine Zeit hatte. Wenn das stimmt, hat sie keine Ahnung. Und dann könnte es vielleicht helfen, wenn jemand, den „Alex liebt", ihr die Dinge mal klar vor Augen hält. Vielleicht ist Alex aber auch beleidigt, weil ich mich hinter ihrem Rücken mit Bettina treffe. Natürlich würde ich ihr hinterher davon erzählen, macht sie ja auch so. Dürfte ja eigentlich kein Problem sein. Aber weil ich unser Problem ohne ihre Zustimmung vor ihre große Liebe zerre. Das könnte problematisch werden. Oder aber auch helfen. Ich weiß es halt einfach nicht. Irgendwas würde es auf jeden Fall bewirken. Nur was, ist völlig unklar. Aber wie gesagt, schlimmer kann es auf keinen Fall mehr werden. Wenn sie letztendlich gehen würde deshalb, dann wäre es halt einfach nur vorgezogen. Sonst nichts. Wenn die beiden schon angebandelt haben, würde es die Dinge auch in diese Richtung beschleunigen. Ich habe einfach keine Ahnung. Ich bin total ratlos und hoffnungslos und verzweifelt. Todtraurig, so verletzt, so müde. Wir eiern jetzt mit diesem „ich liebe Dich halt nicht mehr so wie vorher" schon so lange rum, wodurch sollte sich das denn nochmal ändern. Ich habe nichts mehr anzubieten als meine Liebe für sie. Wenn das nicht reicht, dann habe ich sonst einfach nichts. Und Kraft habe ich auch keine mehr. Also ist es eine gute Idee? Oder ist es eine schlechte Idee? Oder ist es eh schon wurscht? Wenn ich doch einfach mehr Klarheit hätte. Darüber, was ich noch tun könnte, was eine gute Idee ist und was nicht. Was noch was bringen könnte. Oder ob eh schon alles zu spät ist. Es kotzt mich alles so an.

Und wieder hock ich da und heul mir die Augen aus dem Kopf. Wie ein Trottel. Und habe keine Ahnung, was ich hier mache. Was ich noch machen kann. Sie sagt, ich bin der wichtigste Mensch in ihrem Leben und trotzdem gibt sie mir jeden Tag das Gefühl, dass ich so unwichtig bin. Dass alle anderen ihr mehr bedeuten. Obwohl ich sie mehr liebe als alle anderen. Wie paradox. Wie dumm von mir. Ich suche immer noch den Schalter in mir, mit dem ich „Liebe" einfach abschalten kann. Dann wäre alles einfacher. Find ihn nur leider nicht. Was für ein Scheiß ... Warum tue ich mir das an? Warum lasse ich das mit mir machen? Ich muss so unglaublich bescheuert sein. Kein anderer Mensch auf der Welt würde sich über so lange Zeit so behandeln und verletzen lassen. Niemand. Wieso bin ich so dämlich. Warum habe ich kein Rückgrat, keinen Respekt vor mir selber, keinen Stolz. Wo kann ich das Zeug herbekommen?

Ich wünschte mir so sehr, dass es mir egal wäre. Dass es mir nicht so weh tun würde. Ich frage mich, wie viel davon ich mir selber antue. Aber Fakt ist, dass mich meine Frau nicht mehr liebt. Wem das nicht weh tut, der hat kein Herz. Es wäre schön, wenn ich keines mehr hätte. Supi. Aber wie kann ich das nur anstellen. Das Schlimmste ist, dass ich es nach wie vor nicht verstehen kann. Wir hatten dieses Problem, aber eben nur dieses eine. Und das verändert meine Frau so sehr, dass sie nicht mehr zu uns zurückfinden kann? Das ist wirklich schwer zu glauben. Immerhin sind wir verheiratet. Und nicht zum Spaß. Weil wir dachten, wir hätten alles, was man braucht um auch mal 'nen Sturm zu überstehen. Wie man das eben so macht in einer guten Ehe. Aber da habe ich mich wohl getäuscht. Daher stelle ich mir abermals ernsthaft die Frage, ob meine Frau mich je so sehr geliebt hat, wie sie immer gesagt hat. Denn dann hätte sie die Kraft, das mit mir durchzustehen. Aber sie schmeißt einfach hin. Wirft alles weg, was uns ansonsten verbunden hat. Und versteht gleichzeitig nicht, dass ich mich auf diese halbgare Freundschaftsidee einfach nicht einlassen kann, versteht einfach nicht, dass mir das so unglaublich weh tut. Wie kann sie das nicht verstehen? Das kapiere ich einfach nicht. Kann mir das mal jemand erklären? Wäre echt nett.

Es ist jetzt so halb neun. Ich bin seit 6 Uhr wach, weil ich Fabian für die Schule eingenordet habe. Eigentlich war gestern noch mein Plan, dass ich mich danach wieder hinlege. Aber wie soll ich schlafen? Ich habe keine Ahnung. Um sieben habe ich darüber nachgedacht, mit Wein anzufangen. Natürlich mache ich das nicht. Heute ist ein wichtiger Tag. Generalprobe. Aber so weit bin ich schon, dass ich meine, es hätte mir gutgetan, mich um 7 Uhr morgens aus der Umlaufbahn zu schießen. Dann hätte ich wenigstens für einige Stunden Ruhe vor diesem Horror, der gerade mein Leben ist. Wenigstens eine kleine Pause. Danach natürlich Kopfweh und alles wieder auf Anfang, aber wenigstens ein bisschen nichts. Das wünsch ich mir gerade. Dass ich einfach mal nicht mehr fühle, nichts mehr denke, nichts mehr mitbekomme. Es ist ein ewiges Taxieren und Hoffen und Rückschlag Wegstecken und Weinen und Verzweifeln. Es kotzt mich so an. Wie lange soll das denn noch so gehen? Wie egoistisch von ihr eigentlich, mich in dieser Situation zu halten, tagein und tagaus. Und das von jemandem, der behauptet, ich sei der wichtigste Mensch in ihrem Leben. Das ist doch lächerlich. Ich komme mir vor wie ein ehemaliges Projekt, das nicht geklappt hat. Aber weil man so viel Zeit darauf verwendet hat, stellt man es halt in den Schrank, anstatt es in den Müll zu kippen. Der Nostalgie wegen. Ich bin also ein altes Stück Nostalgie, um nicht zu sagen, ein altes Arschloch. Kann man jetzt sehen, wie man will.

... Ich musste gerade über mich lachen. Was ich doch für ein dummes Arschloch bin. Bei allem, was hier seit Monaten abgeht, sitze ich gerade beim Zähneputzen und denke mir so: „Ich muss gleich noch den Kaffeesatz aus der Kaffeemaschine entfernen, damit ich meiner Frau gleich einen Kaffee machen kann, wenn sie runterkommt ..." Wie lächerlich ist das eigentlich. Was für ein dummes, rückgratloses Arschloch bin ich eigentlich? Ich geh jetzt mal den Kaffeesatz rausmachen ...

... Über die Idee mit Bettina nachgedacht. Ist vielleicht gar nicht so schlecht. Wenn zwischen den beiden was ist, wird Bettina klar, dass das kein Ponyhof ist, dass ich Bescheid weiß. Dass Entscheidungen zu treffen sind. Vielleicht ist es auch so, dass Bettina nicht weiß, dass sich meine Frau in sie verliebt hat. Dann finde ich es wichtig, dass sie es weiß, dass das der Fall sein könnte. Dass sie mal ein bisschen aufpasst, wie sie mit ihr umgeht. Dass von ihrer Seite Klarheit entsteht meiner Frau gegenüber. Und wenn das alles nicht stimmt, dann kann es vielleicht wirklich helfen, wenn Alex die Meinung einer Frau erhält, die sie sehr schätzt. Vielleicht könnte dann ein Dreiergespräch stattfinden, in dem Bettina meiner Frau neue Sichtweisen vermitteln kann. Das könnte in dieser Situation vielleicht etwas zur Lösungsfindung beitragen. Also, egal wie die Sachlage tatsächlich ist, es werden Antworten generiert. Das ist es ja, was mir so sehr fehlt seit einem halben Jahr. Seit wir Bettina kennen. (Wink mit dem Zaunpfahl) ...

24.10.2022

Premierenwochenende vorbei. Gut gelaufen, außer, dass gestern bei meinem Abschlusslied das Mikrofon hin war. Aber ansonsten Bombe. Einfach geil.

Und ich hatte den Plan, meine Frau wiederzugewinnen, indem ich das alles gut mache und knattergeil aussehe. Und es hat ihr gefallen. Das Musical. Aber ich nicht mehr so wie früher. Sie war nachher bei Marco auf der Aftershow Party sehr distanziert. Hat mir keine Komplimente gemacht, wie sie es früher getan hätte.

Gestern habe ich ihr dann ein Foto von mir geschickt vor dem Auftritt, weil das Make-Up und die Haare gestern Bombe waren. Und sie schreibt zurück „sehr hübsch". Aha. Ja. Na gut. Früher hätte sie geschrieben „Du siehst rattenscharf aus. Ich würd Dich jetzt am liebsten sofort ausziehen, du geile Sau." Hübsch ist da ja wohl emotional meilenweit von entfernt. Danke schön für das Kompliment. In der Form habe ich es von allen anderen auch bekommen, aber mit denen bin ich ja nicht verheiratet …

So. Und dann habe ich gestern einfach so der Bettina mal ein Foto von mir als Concierge geschickt und sie gefragt wie es ihr geht und gemeint, es freut mich, dass sie am Donnerstag einen schönen Abend mit meiner Frau hatte, dass es schön wäre, wenn wir uns alle mal wieder sehen könnten.

Und es kam zurück eine 6-Minuten-Nachricht. Und sie hat dabei erklärt, dass es spontan war, es schön wäre, wenn wir uns alle mal wiedersehen würden und dass Alex mit ihr über uns gesprochen hat. Große stilistische Pause an dieser Stelle bitte … Davon hat mir Alex nichts gesagt. Ich bin total sprachlos und entsetzt, dass Alex das nicht erwähnt hat, obwohl ich sie explizit danach gefragt habe. Wieso nicht. Was sagt sie mir sonst noch nicht? Ich finde es einfach nur scheiße. Aber gut. Bettina wünscht sich, dass wir wieder zusammenkommen, und dann wird das auch sicher klappen, denn wenn sich Bettina was wünscht, dann wird dieser Wunsch ja in der Regel von meiner Frau erfüllt. Also wird es doch gut ausgehen, denke ich … Was für ein Scheiß.

Ich habe es mir nicht nehmen lassen, Bettina eine Nachricht zurückzuschicken. Es hat sich ja in ihrer Nachricht so angehört, als ob Alex gerne haben wollen würde, dass es wieder so wird wie vorher. Aber die einzige Person, die dem im Wege steht, ist

Alex selber. Und ich habe alles versucht, ihr zu zeigen, dass ich da bin und wieder von vorne anfangen möchte. Sie kommt nicht in die Gänge. Und es gibt inzwischen nichts mehr, was ich nicht schon gesagt hätte oder getan hätte, um sie umzustimmen. Ich bin am Ende mit meiner Weisheit und sterbe innerlich einfach so vor mich hin. Wenn ich nichts zu tun habe, sitze ich grübelnd oder weinend rum oder starre aus dem Fenster, als ob ich einfach nicht mehr funktionieren würde. Ich bin ja auch zerbrochen irgendwie ... Ob man das noch mal kitten kann, weiß ich nicht. Jedenfalls nicht, wenn Alex noch lange so weitermacht. Von wegen „mein Sex-Entzug hat Spuren bei Ihr zurückgelassen" ... Aha. Ich habe sie aber immer geliebt. Ich lebe jetzt schon seit Monaten mit einer Frau zusammen, die mich erklärterweise nicht mehr liebt und die mich das auch spüren lässt. Weiß jetzt auch nicht, wie lange da die durchschnittliche Durchhaltedauer bei Menschen ist, in so einer Situation, aber ich denke, ich schlage mich ganz gut. Oder ich bin einfach nur unfassbar doof. Wahrscheinlich Letzteres.

Jedenfalls habe ich Bettina erklärt, dass ich dem Ganzen nicht im Weg stehe. Und ich habe sie auch mal wissen lassen, wie schwer es mir fällt, mit Alex zu ihr zu kommen. Einfach, dass sie mal weiß, was da so abgeht. Dass es mir unglaublich weh tut, wenn ich immer zuschauen muss, wenn die ganze Liebe, Wärme, das Leuchten in Alex' Augen, die Sorge, die Berührungen, die Blicke jetzt ihr gehören und nicht mehr mir. Und ich sitz da und schau mir das Ganze jedes Mal an und streichle den Hund. Es war mir wichtig, dass sie das weiß. Es ist ja nichts, was ich Alex nicht schon oft gesagt hätte. Aber es scheint ihr egal zu sein. Und immerhin sitzen in diesem Boot drei Personen, also sollten auch alle drei drüber Bescheid wissen. Das tun sie jetzt. Ich weiß jetzt einfach nicht mehr weiter. Ich könnte die ganze Zeit heulen, aber irgendwie fehlt mir gerade sogar dazu die Kraft. Und ich habe mit Marco über alles geredet, er versteht die ganze Sache auch nicht. Er hat nur gemeint, freilich haben wir schwerwiegende Probleme, aber wir sind verheiratet, verdammt noch mal, da muss man sich mal zusammenreißen und das wieder hinbekommen und nicht einfach gleich alles wegwerfen. Recht hat er. Und gestern als ich in die Umkleide ging, haben die Mädels gerade über Beziehungen geredet und Steffi hat gemeint, um wieder glücklich werden zu können, muss man das Risiko in Kauf nehmen auch wieder verletzt zu werden, anders geht es nicht. Man hat da nicht über mich und Alex gesprochen, aber es hat gepasst wie die Faust aufs Auge. Aber ich werde es ihr gegenüber nicht erwähnen weil ich keine Lust mehr habe, immer wieder irgendwelche herzerwärmenden Reden zu schwingen, die im Endeffekt doch nix bringen. Es gibt nichts mehr, was ich tun kann, und ich frage mich nur, wie lange ich mir das Theater noch antun möchte oder kann. Ich warte auf den Moment, wo diese Trauer und Verzweiflung in Wut umschlägt. Und dann ist alles vorbei. Ponyhof, Ehe, mein Leben. Alles. Ich habe Angst davor. Gott sei Dank habe ich jetzt die Kraft dazu nicht.

… Und jetzt sitze ich hier und heul mir die Augen aus dem Kopf. Es ist 11 Uhr und ich habe erkannt, ich habe nichts mehr anzubieten. Ich habe alles getan, was ich konnte. Mich von meiner besten Seite gezeigt, nicht immer diskutiert. Ich war auf der Bühne vor ihr. Das hat ja beim ersten Mal funktioniert. Ich war rattenscharf angezogen auf der Aftershow Party. Und alles hat nichts gebracht. Wir haben geredet und geschwiegen. Und nichts hat etwas gebracht. Und ich kann nichts mehr weiter anbieten. Nichts mehr tun. Außer warten. Warten, bis sie sich entscheidet. Aber das ertrage ich nicht mehr lange. Und sie schreibt mir, als ob nichts los wäre in unserem Leben, das nennenswert wäre. Als ob alles gut ist. Sie hat Essen hergerichtet für später. Trallala. Als ob alles schick wäre. Und sie hat keine Ahnung, wie es mir geht. Und ich weiß nicht, ob es sie überhaupt noch interessiert. Und ich will nicht mehr mit ihr darüber reden, denn dann kommt als Antwort sowas wie „mir geht es doch auch nicht gut" oder „mhm". Ich habe nicht mehr die Kraft, durch eine adäquate Antwort auf ihre Frage, was denn los sei, immer wieder nur eine reingewürgt zu bekommen.

… Nachdenken darf ich ja nicht. Das wird ja eigentlich immer schlimmer. Wir haben jetzt ca. halb vier. Und ich grüble wieder. Vor einigen Tagen habe ich zu Alex gesagt, ich will, dass wir immer ehrlich sind miteinander und uns alles sagen, denn die Situation ist schon schwer genug, wie sie ist. Und sie hat mir versprochen, immer ehrlich zu sein, mir alles zu sagen. Und dann fährt sie am Donnerstag zu Bettina und bespricht unsere Situation mit ihr. Und als ich nach Hause komme, frage ich sie, was besprochen worden ist und sie sagt „Ach, das Übliche, die Kinder, usw." Und in dem Moment entscheidet sie sich bewusst, mir NICHT zu sagen, dass sie mit Bettina über uns gesprochen hat. Sie hat sich bewusst dazu entschieden, ihr Versprechen zu brechen, immer über alles mit mir zu reden. Wie viel Wert hat dieses Versprechen dann überhaupt. Was sagt sie mir sonst noch nicht? Wenn jetzt auch das bisschen Vertrauen, das ich noch hatte, kaputt geht, dann haben wir natürlich keine Chance. In so einer schweren Situation, wenn beide sagen, sie wollen daran arbeiten und ehrlich sein, ist so ein Vertrauensbruch das Schlimmste, was passieren kann. Das öffnet allen anderen schlechten Gedanken natürlich Tür und Tor. Und was mache ich jetzt? Spreche ich sie darauf an, dass ich es weiß und scheiße finde? Schlucke ich es runter und erwähne es nicht? Stelle ich ihr eine Fangfrage? Dann bin ich aber nicht besser als sie. Dann sage ich nicht, dass ich etwas weiß, und lasse sie bewusst auflaufen. Das reißt uns beide nur noch weiter rein. Also was soll ich tun. Es zerreißt mich fast. Ich möchte sie anschreien und schütteln, was sie sich überhaupt einbildet. Gleichzeitig möchte ich gar nicht mehr mit ihr reden. Klappt ja wohl nicht so ganz. Ich frage mich, wie sie tatsächlich zu mir und uns steht, wenn sie jetzt schon Sachen verheimlicht. Das schiebt die ganze Kiste jetzt natürlich komplett in die Scheiße, denn in so einer schwierigen Situation wie der unseren, ist Vertrauen vielleicht gerade der einzige Trumpf, um durchzuhalten. Und wenn das kaputtgeht? Was dann. Ich könnte kotzen. Mir ist so schlecht. Was sagt sie mir sonst noch nicht? Ist sie mir auch schon mit irgendwem fremdgegangen und sagt mir das halt auch einfach nicht? Weil sie das ja anscheinend so macht. Dinge für sich entscheiden und mir nichts erzählen. Weil ich, die dumme Kuh, blöd zu Hause rum hocke. Mir kann man ja alles erzählen, weil ich so ein beklopptes Weichei bin. Ich hab so eine Wut gerade, das kann sich keiner vorstellen ...

... Blöde Zwischenfrage. Wieso kämpfe ich um diese Frau eigentlich? Ist mir gerade so eingefallen. Natürlich, weil ich sie liebe. ABER. Inzwischen, denke ich, sind wir an einem Punkt, wo die Rollenverteilung nicht mehr so klar ist. Ich hatte lange keinen Sex mit ihr, weil ich krank war. Das hört sie, das versteht sie aber nicht. Sie hat sich die ganze Zeit eingeredet, dass ich sie nicht mehr liebe. Für das, was sie sich einredet, kann ich aber nichts. Die Quittung, die ich jetzt bekomme, ist, meine Frau liebt mich nicht mehr wegen etwas, das sie sich eingeredet hat. Wo ist hier genau meine Schuld. Punkt 1. Und dann: Seit Monaten verletzt mich meine Frau ständig. Mit ihrer lieblosen Zurückweisung, mit Fahrten zu Bettina alleine, die ich nicht gutheiße, mit der Tatsache, dass sie sich mit allen anderen lieber beschäftigt als mit mir und zu guter Letzt mit der neuen Angewohnheit, dass sie nicht ehrlich zu mir ist. Dahingestellt, ob diese Angewohnheit neu ist oder jetzt erst aufgeflogen ist. Aber. Betrachtet man den Verlauf, dann müsste sie eigentlich diejenige sein, die um mich kämpfen muss, denn keine andere würde sich das so lange auf diese Art und Weise gefallen lassen wie ich. Sie sonnt und badet sich in ihrer Opferrolle und mir wird, obwohl nicht ausgesprochenermaßen, hier der schwarze Peter zugeschoben. Der Verlust der Liebe ihrerseits ist eine Konsequenz meines Libido-Verlustes. Ich bin schuld. Was wohl nun rechtfertigt, dass sie mir täglich mein Herz herausreißt und darauf herumtrampelt. Was ist denn das für ein Scheiß? Wieso lasse ich mir das überhaupt gefallen? Bin ich komplett verrückt? Was würde passieren, wenn ich jetzt sage, es reicht. Wahrscheinlich würde sie einfach gehen. Aber sie würde nicht reflektieren, dass wir hier beide ein Problem haben und ich nicht alleine daran schuld bin und es vor allem nicht verdient habe, mich so von ihr behandeln zu lassen. Das ist ja eigentlich eine absolute Frechheit. Wenn sie mich nicht mehr liebt, soll sie gehen. Dann kann ich versuchen, zu heilen, und muss nicht jeden Tag von vorne anfangen.

Und wenn da noch was ist, dann soll sie sich verdammt nochmal zusammenreißen und auch mal ein bisschen reflektieren, was sie die letzten Monate mit mir gemacht hat. Hinterfragen, ob das alles so in Ordnung ist oder ob sie eigentlich ganz schön abgebrüht und grausam ist. Vielleicht gefällt es ihr ja, dass ich so bettle. Mal sehen, wie lange ich das noch durchhalte ...
... 19.30 Uhr. Was ist eigentlich, wenn jetzt durch den Kontakt zwischen Bettina und mir herauskommt, dass sich Alex in Bettina verliebt hat. Es muss ja nix passiert sein. Vielleicht hat Alex es Bettina gestanden und Bettina hat gesagt, da wird nix draus. Aber was, wenn es passiert ist und jetzt kommt alles raus? Weil ich Bettina in meiner Sprachnachricht mitgeteilt habe, dass es hart für mich ist zu sehen, dass sie jetzt all das bekommt, was ich vorher hatte? Was ist dann? Dann raste ich komplett aus. Denn dann hat mir meine Frau die ganze Zeit die Schuld gegeben, obwohl sie es war, die den Verrat begangen hat. Niemand kann etwas dafür, wenn er sich verliebt. Aber jeder hat es in der Hand, wie er damit umgeht. Und dann hätte Alex prüfen müssen, ob der Grund für ihre Verliebtheit nicht der ist, dass sie sich von mir vernachlässigt gefühlt hat. Und dann hätte sie das Gespräch suchen müssen. Aber auch wenn sie sich tatsächlich verliebt hat. Egal ob sie mit Bettina eine Zukunft hat oder nicht. Aus Fairness mir gegenüber. Guck, das passiert in meinem Kopf, wenn man zu mir nicht ehrlich ist. Sie hat mir etwas verschwiegen, und jetzt frage ich mich natürlich, was sie mir sonst noch nicht gesagt hat. Ob es so ist, und ob es Bettina weiß. Ob sie jetzt Kontakt haben und Bettina ihr sagt, dass sie glaubt, dass ich es weiß. Ob es nicht besser wäre, es zuzugeben. Und ich habe solche Angst davor, dass meine Frau die Tage darauf auf mich zukommt, und mir sagt, dass sie sich wirklich in Bettina verliebt hat. Wie niederträchtig wäre das denn dann? Wenn sie mich die ganze Zeit hätte glauben lassen, dass ich schuld bin daran, dass sie mich nicht mehr liebt, wo doch die ganze Zeit sie diejenige wäre, die mich nicht mehr lieben konnte, weil sie jemand anderen liebt? Dann würde ich komplett ausrasten. Denn das wäre, zu der Katastrophe, die es ist, auch noch abso-

lut niederträchtig und feige. Dann wäre die Kacke am Dampfen aber komplett ... Oh Gott, was mach ich nur. Ich habe von Bettina noch keine Antwort auf meine Sprachnachricht von gestern. Was, wenn sie weiß, dass Alex in sie verliebt ist und jetzt keinen Sinn mehr darin sieht, es geheim zu halten. Mir ist jedes Mal schlecht, wenn das Handy piept, weil ich immer befürchte, dass jetzt der Super-GAU kommt. Ich könnte kotzen ... Hat Bettina noch nicht geantwortet, weil sie keine Zeit hatte oder weil sie nach Worten sucht oder Kontakt mit Alex abwarten möchte, um sich mit ihr abzusprechen. Spätestens um 9 werde ich ein bisschen schlauer sein, denn wenn die zwei deshalb Kontakt hatten, wird Alex mit mir reden. Wenn sie nicht redet, werde ich mich schwertun, nicht anzusprechen, dass ich es scheiße finde, dass sie mir das Gespräch mit Bettina verschwiegen hat. Alles Kacke wieder heute ... Hört das denn nie auf?

... 20.45 Uhr. Blutdruck von 150 zu 100. Kein Witz. Ich sterbe also an gebrochenem Herzen. Läuft.

25.10.2022

... Und dann kam meine Frau gestern Abend nach Hause, und ich spüre, wie mein Körper in die Küche hüpft, um ihr einen Kaffee zu machen, wie mein kleines, dummes Herzchen vor Freude puckert, wie mein Blutdruck wieder runtergeht. Sie kommt bei der Tür rein, ist supergut gelaunt, süß, lacht, erzählt, alles gut. Erzählt natürlich von Omi und der Arbeit, nicht, dass sie mit Bettina darüber geredet hat. Und ich verwerfe den Gedanken, sie darauf anzusprechen, denn ich will die gute Stimmung nicht kaputt machen. Ich genieße einfach meine Frau und ihre gute Laune. Entschuldigung, wer hat mein Rückgrat gesehen? Oh, ist mit meinem Stolz durchgebrannt, ich verstehe. (hinterherwink ...)

Großes Fragezeichen an dieser Stelle auch bezüglich Bettina selber. Ich habe ihr am Sonntag eine Sprachnachricht geschickt, in der ich ihr mitgeteilt habe, dass es mir schlecht geht und besonders, wenn ich sehe, wie meine Frau mit ihr umgeht. So. Jetzt würde ich mir denken, wenn sie so eine gute Freundin von uns „beiden" ist, hätte sie sich schon lange melden müssen. Dann würde es sie kümmern, dass ich am Rad drehe. Immerhin waren wir für sie auch dauernd und immer, zu jeder Zeit ansprechbar, als sie wegen ihrem Kerl die Krise hatte. Aber nix. Oder hat sie ein schlechtes Gewissen, weil doch etwas zwischen den beiden vorgefallen ist? Oder ist sie so schockiert, weil ihr nicht klar war, wie sie mit Alex umgeht und was das mit mir macht? Ahnt sie, dass sich Alex vielleicht in sie verliebt hat? Hat ihr Alex das sogar gesagt? Wie ging es dann weiter mit den beiden? Hat Bettina nein gesagt, hat sie ja gesagt? Lief was? Hätte was laufen können? Jedenfalls weiß sie jetzt, dass ich nicht doof bin, und ich frage mich darum, was genau ist der Grund, dass sie sich nicht zurückmeldet. So oder so denke ich, war meine Nachricht eine gute Sache. Ist alles gut, dann hat sie was zum Nachdenken und kennt nun beide Seiten der Geschichte. Ist nix gut, weiß sie, dass ich etwas ahne. Schadet ja auch nicht. So. Jetzt muss ich aufhören, bevor mein Blutdruck wieder durch die Decke geht.

... Und ich frage mich die ganze Zeit, wieso meldet sich Bettina nicht auf meine Nachricht vom Sonntag. Ich verstehe es einfach nicht. Ich habe aber auch nicht das Gefühl, dass sie sich mit Alex irgendwie abgesprochen hat, denn Alex ist ganz normal. Wenn sie mir da nur was vormacht und weiß, dass wir Kontakt hatten, dann ist sie eine richtig falsche Schlange. Es muss jetzt hier irgendwie was vorwärtsgehen, denn so kann das alles nicht stehen bleiben.

... Schön, langsam kriege ich eine Wut. Nachdenken darf ich ja nicht. Wir hatten dieses eine Problem, das ich verursacht habe, unabsichtlich, weil ich krank war. Und meine Frau, die Krankenschwester und Gutmensch ist, kann es nicht verkraften, nicht verstehen, hat sich die ganze Zeit eingeredet, dass ich sie ablehne, nicht, dass ich einfach kein Verlangen habe. Hat ja prima funktioniert. Also bin ich schuld an der Situation, die sie jetzt vorschiebt, um eine Trennung zu rechtfertigen. ABER. Seit

April. Was macht sie mit mir seit April. Sie sagt mir, dass sie mich nicht mehr liebt. Sie zeigt mir die kalte Schulter. Sie verwöhnt Bettina, kriecht ihr in den Arsch und sagt ihr, dass sie sie liebt. Sie bittet mich, nicht dazuzukommen zu einem Treffen, weil sie mit Bettina alleine sein will. An einem anderen Tag bin ich krank und sie fährt trotzdem zu Bettina und hilft ihr heulen, weil das ja wichtiger ist. Sie umgibt sich immer mit anderen Menschen, auch wenn ich dabei bin. Sie tut mir jeden Scheiß-Tag so weh, und trotzdem bin ich schuld an der Situation, wie sie jetzt ist? Das kann ja wohl nicht ihr Ernst sein ... Ich war krank, verdammt nochmal. Ich wusste selber nicht, was los war. Sie weiß ganz genau, was sie mir mit ihren Handlungen antut, trotzdem will sie als das arme Schwein wirken, weil ich sie ja eine Zeitlang nicht vögeln wollte, ich Böse. Dass sie mir mit ihrem Scheiß jeden Tag das Herz bricht, das sieht sie gar nicht. Warum denn eigentlich? Ist das Rache? Gleichgültigkeit? Ist sie meiner einfach überdrüssig? Weil sie sich doch verliebt hat und jetzt was Neues will? Ich sollte wirklich aufhören, ihr in den Arsch zu kriechen und die ganze Zeit so zu tun, als ob ich schuld wäre. Ich war Auslöser, weil ich krank war. Dafür kann ich aber nichts. Aber alles, was danach kam, hat sie selber erschaffen. Und ich habe darunter zu leiden. Geht es eigentlich noch? Was für ein Scheiß?

... 17 Uhr. Sie hat das Gespräch angefangen. Alles, was ich sage, nervt sie, nichts, was ich sage, lässt sie gelten. Sie beharrt auf ihrer „ich bin so verletzt worden von Dir"-Masche und weigert sich, das mal loszulassen, um zu sehen, was sonst noch da ist. Ich habe sie gefragt, ob sie mich noch liebt. Irgendwo ist da schon noch ein Gefühl, meint sie. Prima. Das hilft uns wirklich weiter. Ich habe ihr gesagt, dass ich sie liebe, obwohl sie mich seit 7 Monaten jeden Tag verletzt. Trotzdem bin ich da, bereit an unserer Beziehung zu arbeiten. Hilft ja alles nix. Ich habe das Gefühl, sie will raus. Habe mich zurückgezogen. Sie ist hinterhergekommen und hat gefragt, was ich mir wünsche. Ich habe gesagt, ich wünsche mir, dass sie sich entscheidet. Seitdem reden wir nicht mehr miteinander. Läuft ja hervorragend. Und ich

habe auch irgendwie die Schnauze voll, immer auf die Befind-
lichkeiten von Madame einzugehen und meine komplett hinten-
anzustellen. Sowas von die Schnauze voll. Und trotzdem habe
ich gehofft, sie holt meinen Ehering raus, als Zeichen, dass sie
es weiter versuchen will. Hab mich getäuscht. Sie hat den Müll
geholt. Na ja, ist ja inzwischen irgendwie das Gleiche.

26.10.2022

Monatstag. Mir ist so schlecht. Schon gestern, als mich mein
Kalender daran erinnert hat, dass wir heute Monatstag haben …
Was heißt das noch. Gestern ist sie in die Arbeit gefahren und
ich bin zum ersten Mal, seit wir hier zusammenwohnen, nicht
mit rausgegangen und habe ihr hinterher gewunken. Ich bin
einfach gegangen und habe eine geraucht. Die ganze Nacht keine Nachricht von ihr. Am Morgen keine Nachricht, kein Anruf.
Mein Herz wird immer schwerer. Dann kommt sie nach Hause.
Total lieb, einfühlsam, gut gelaunt, mit Kaffee und der Ankün-
digung, sie möchte nochmal mit mir reden, gestern lief nicht
gut. Und mein dummes Herzchen puckert wieder und ich seh
sie, wie sie mich berührt, anlacht, Witze macht, einfach der tolle Mensch ist, in den ich mich verliebt habe, und ich schöpfe unsinnigerweise wieder Hoffnung. Unsinnigerweise deshalb, denn
wenn sie ihre Meinung, mit der wir gestern abgeschlossen haben,
geändert hätte, dann hätte sie mir heute Morgen einfach meinen Ring wieder angesteckt, aber das hat sie nicht getan. Also
muss ich davon ausgehen, dass sie mir das Gleiche wie gestern
sagt, dass sich nichts geändert hat, es wird halt von ihr einfach
in nettere Worte verpackt werden. Aber vom Inhalt wird sich
nichts geändert haben. Und das ist das Auf und Ab, das ich nicht
mehr möchte. Hoffen, heulen. Die zwei H's, die derzeit mein
Leben bestimmen. Aber wenigstens kann ich in der momenta-
nen Schwebephase bis zum Gespräch mal was essen, ohne dass
mir gleich schlecht wird. Danach wird eh mal wieder Schicht im

Schacht sein mit dem Appetit, wie jedes Mal. Wenigstens pass ich jetzt zum ersten Mal gut in ein Kleid rein, dass ich mir vor Jahren gekauft habe. Das hat noch nie gepasst. Bis jetzt. Juhu.

27.10.2022

Tja, wo sind wir. Genau da, wo wir schon die ganze Zeit immer wieder sind. Ich kenn mich nicht aus und mach mir mal wieder Hoffnung, wo wahrscheinlich keine mehr ist. Und das ist furchtbar. Aber wenigstens tut es zu den Zeiten, in denen ich mir Hoffnung mache, nicht ganz so weh. Da hab ich dann mal 'ne kleine Pause und kann etwas durchatmen. Sonst brech ich total auseinander. Ist ja auch schon mal gut.

Warum das alles? Nach dem letzten Gespräch, das wirklich nicht gut lief, und ich weiß nicht, warum, ich habe es ja immerhin nicht begonnen und ich war auch nicht diejenige, die davon letztendlich genervt war, gab es die ganze Nacht und den folgenden Morgen keinen Kontakt mit meiner Frau. Das kenne ich so nicht. Und ich habe schon mit dem Schlimmsten gerechnet. Habe immer wieder geschaut, ob sie online ist. War sie aber nicht, jedenfalls nicht, wenn ich geguckt habe. Ich habe ihr auch nicht geschrieben, denn an diesem Punkt gibt es nichts, was ich noch sagen kann. Nichts, was ich nicht schon 100 Mal gesagt hätte, nichts, was sie nicht nervt. Also blieb ich still. Nicht wie sonst, da hätte ich irgendwann mal geschrieben. Ich konnte aber einfach nicht mehr. Immer wieder habe ich Heulkrämpfe bekommen, aus denen ich fast nicht mehr rausgefunden habe. Sie hat mir an dem Abend sogar noch was zu essen gemacht. Wie kann sie glauben, ich kriege was runter, wenn sie so zu mir ist und wieder mal alles zu scheiße wird. Hab's dann auch gelassen.

Und dann am nächsten Morgen, gestern, kommt sie von der Arbeit, ist total lieb zu mir, mehr als sonst die letzten Monate. Sie entschuldigt sich für ihr Verhalten von vorgestern. Es sei nicht richtig gewesen, es täte ihr leid, sie sei furchtbar gewesen. Wir haben heute (also gestern) Monatstag und sie wollte mich als Entschuldigung und zur Feier des Tages zum Essen einladen. Ich frage mich an dieser Stelle, was es zu Feiern gibt, denn eigentlich will sie ja nicht mehr mit mir zusammen sein. Also was soll das mit dem Monatstag noch, ich weiß es nicht. Ich verstehe die Frau einfach nicht mehr. Will sie jetzt bei mir bleiben, dann muss sie aber mal einen Schlussstrich unter ihre Verletzungen ziehen, oder will sie weg, dann muss sie aber gehen. Und dann gibt es auch keinen Monatstag zu feiern. Keine Ahnung. Und es war ein schöner Tag. Wir waren uns näher als die Wochen und Monate zuvor, aber ich kann nicht mehr einschätzen, ob das schlechtes Gewissen war, eine Show, weil sie es nicht ertragen kann, wenn ich weine, oder ernsthafte, gewollte Nähe von Ihrer Seite. Das ist natürlich auch scheiße.

Und Bettina. Da weiß ich gerade auch nicht weiter. Ich habe ihr ja am Sonntag diese Sprachnachricht geschickt, in der ich ihr erzähle, wie es mir geht, dass ich am Ende bin. Und bis jetzt kam keine Rückmeldung von ihr. Sie war aber auch mehrmals in der Zwischenzeit online, sie braucht mir also nicht erzählen, sie hätte keine Zeit gehabt. Vor allem, weil wir immer, wenn sie was gebraucht hat, sofort gesprungen sind. Immer standen wir ihr für ihren Mist zur Verfügung. Nun geht es uns schlecht und sie ist nicht da. Warum nicht? Hat sie ein schlechtes Gewissen oder sind wir ihr einfach egal? Oder wenigstens ich? Ich habe das mit Marco erläutert. Er meint, sie ist ein schlechter Mensch, der nur saugt, aber nichts gibt. Vielleicht ist das auch der Grund dafür, warum ihr ältester Sohn keinen Kontakt zu ihr möchte. Wenn sie so toll ist, wie es für uns immer ausgesehen hat, dann macht diese Reaktion des Sohnes so gar keinen Sinn. Aber wenn sie nicht die Lichtgestalt ist, für die wir sie immer gehalten haben, dann schon. Was würde sie sagen, wenn sie wüsste, dass es hier massive Probleme wegen ihr gab? Dass ich mit Alex Streit hatte, weil sie alleine zu Bettina fahren wollte? Dass es mich so verletzt hat, dass Alex, obwohl ich krank war, lieber zu ihr gefahren ist, als ihre Freundin den Unfall hatte? Sie war ja immerhin nicht alleine. Alex hat erzählt, da war noch eine andere Frau. Also was will sie von Alex. Nur Energie ziehen. Auf Kosten unserer Beziehung. Also wieso meldet sie sich nicht. Ich habe das auch Alex gesagt gestern, dass ich das scheiße finde, immerhin haben wir alles für sie getan und jetzt haben wir Probleme und sie ist nicht greifbar. Sie hat mir an dieser Stelle sogar recht gegeben, aber wie ernst sie das gemeint hat, das kann ich nicht einschätzen. Alex ist eine Person, die würde Bettina ewig hinterherlaufen. Hauptsache, sie kann für sie da sein, egal wie scheiße die sich verhält. Ich bin eigentlich an dieser Stelle fertig mit ihr. Ich werde sie nicht mehr kontaktieren. Ich habe den Chat mit ihr gelöscht. Sollte das mit Alex und mir wieder werden, dann müsste sie sich genau überlegen, wie sie die Beziehung zu Bettina in Zukunft gestalten möchte, denn ich bin einfach absolut dagegen, dass Alex ihr die Tür einrennt, wenn sie nicht für uns da ist, wenn wir sie brauchen. Generiert das wieder neue Probleme? Wäre das dann der Auslöser für neue Heimlichkeiten, denn ich will ja nicht, dass da Kontakt ist, also muss man das unter der Hand regeln? Wohin führt uns das dann wieder? Aus meiner Sicht haben wir die größten Schwierigkeiten gerade wegen Bettina. Ja, Alex ist verletzt wegen des Sexmangels. Aber die Schmerzen, die sie mir wegen Bettina zugefügt hat, ohne mit der Wimper zu zucken, die sind nicht zu vernachlässigen. Und wenn das hier wieder werden soll, muss sie sich genau überlegen, ob sie das so weitermachen will. Immerhin hätte sich ja unsere Beziehung, was den Sex angeht, auch wieder geändert. Also muss sie auch an ihrem verletzenden Verhalten mir gegenüber etwas ändern. Kann/Will sie das, oder ist ihr Bettina wichtiger als ich (sollten wir eine Zukunft haben meine ich ... Ansonsten ist es ja für mich eh egal, wie deren Beziehung weitergeht ... Ich fände es nur total rücksichtslos, wenn da was weitergeht, denn immerhin war sie schuld an so viel Schmerz für mich. Und ich habe auch das mit Marco erörtert. Nie im Leben hätte er sich das alles von seinem Mann bieten lassen. Niemals. Der wäre schon lange rausgeflogen. Und ich bin die ganze Zeit dagesessen und habe mir das angeschaut und toleriert und habe heimlich so sehr darunter gelitten. Es wäre schön, wenn Alex das auch mal in Betracht ziehen würde, dass es auf meiner Seite viel Schmerz gab. Nicht nur immer um ihren eigenen Schmerz kreisen. Wäre toll ...)

28.10.2022

Und nun sind wir hier. Wieder einmal kreisen wir. Zurzeit ist es schön mit ihr. Aber sie hat immer ihr Handy dabei und ich frage mich, warum. Das hatte sie sonst nie immer dabei. Und ich frage mich, ob sich Bettina aufgrund meiner letzten Sprachnachricht vom Sonntag bei ihr gemeldet hat. Bei mir jedenfalls nicht. Und ich frage mich, was sie besprechen. Wieso sie es mir nicht sagt, wenn es so ist. Wenn es für uns positiv wäre, würde sie es doch sagen. Wenn es bei ihrem Kontakt um etwas anderes geht, warum ist sie dann jetzt nett zu mir. Warum sagt sie mir nicht einfach, was nun ist. Ob da was ist. Ob sie Bettina schützt, indem sie mir nichts sagt, und wann es so geworden ist, dass jemand anderes geschützt werden muss und nicht mehr ich. Und ich möchte sie fragen, ob sie mit ihr Kontakt hat. Aber würde sie mir die Wahrheit sagen? Und wenn Kontakt besteht, würde es die Stimmung wieder verderben, gerade fühlt es sich an, als ob wir auf einem guten Weg sind. Wie schon so viele Male zuvor. Wir scherzen und lachen. Und ich frage mich, ob sie Geheimnisse vor mir verbirgt, welche es sind und warum. Ich habe kein Vertrauen mehr und das frisst mich auf. Und alles, weil sie monatelang eine Person über mich gestellt hat. Da kann ich ja nun wohl wirklich nichts dafür, das hat sie selber so entschieden. Und wenn die andere Person wichtiger ist, warum auch immer, was macht sie dann noch hier. Wieso tut sie mir das an. Es ist alles zum Kotzen. Und ich will sie fragen, was da los ist, aber ich vertraue meiner eigenen Stimme nicht. Ich werde mich anhören, als ob ich gleich explodiere. So oder so wird das dann nicht gut ausgehen. Entweder, weil ich grundlos eifersüchtig bin und ihr somit was unterstelle, oder weil sie sich ertappt fühlt und Bettina schützen will. Aber warum, wenn da nichts ist, warum lässt sie ihr Telefon nicht mehr offen herumliegen. Wenn sie mich belügt und es kommt heraus, dann ist für mich alles aus, denn Vertrauen war ein Grundpfeiler unserer Beziehung. Wenn sie mein Vertrauen missbraucht, dann haben wir nichts mehr und dann habe ich auch keine Kraft mehr. Denn um an dieser Sache zu arbeiten, brauchen wir beide Vertrauen. Ich in sie, dass sie mich nicht wegen einer anderen Frau belügt, sie in mich, dass ich sie immer noch liebe und zu 100 % hinter unserer Beziehung stehe. Von meiner Seite sehe ich da kein Problem. Von meiner Seite …

30.10.2022

So. Wieder einige Zeit vergangen. Vorgestern waren wir im Kino. Halloween ends. Und was sonst noch alles? Jedenfalls waren die letzten Tage, seit wir nicht mehr miteinander gesprochen haben, sehr schön. Das hat sie auch gesagt. Und am Freitag nach dem Kino haben wir nochmal miteinander geredet. Und es war ein gutes Gespräch. Eines, das mich wieder mal hoffen lässt, dass wir noch eine Chance haben. Die Zeit, die wir seit dem Schweigetag miteinander verbringen, ist besser, als sie lange vorher war. Besser als all die „guten Zeiten", die ich bisher seit dem Bruch mit ihr hatte. Ich habe ihr auch gesagt, dass ich immer ein sehr schlechtes Gefühl im Hinterkopf habe, denn diese Hoffnungen habe ich mir schon oft gemacht, nur damit sie im nächsten Moment hergeht und alles in Schutt und Asche legt, weil sie doch nicht kann, wie sie will. Ich habe sie nach dem Sex gefragt. Was sie meint mit „können wir gerne wieder mal machen, wenn es passe." Sie meinte damit, dass wir wieder miteinander schlafen, wenn unsere Beziehung wieder passt. Aha. Warum hat sie dann neulich mit mir geschlafen? Das heißt ja dann wohl, dass sie von jedermann sehr leicht zu Sex zu überreden ist, denn gepasst hat es damals ja sicherlich auch nicht. Ich habe sie auf Bettina angesprochen. Habe ihr gesagt, ich habe den Chat mit ihr gelöscht und habe keine Intention mehr, Kontakt mit ihr aufzunehmen. Sowas macht man mit einer „Freundin" nicht. Sie hat auch glaubhaft versichert, sie hätte schon länger keinen Kontakt mehr mit ihr gehabt und sie versteht, was ich meine, sie „sei da halt ein bisschen anders als ich". Was soll das heißen? Sie lässt sich lieber und länger ausnutzen als ich? Mit welchem Ziel. Und ich würde mir so sehr wünschen, dass wir die richtige Richtung einschlagen. Aber es drehen sich immer gewisse Frage in meinem Hinterkopf. Stimmt es, dass sie keinen Kontakt zu Bettina hat? Wieso lässt sie ihr Handy nicht mehr offen rumliegen? Wieso dreht sie es von mir weg, wenn sie in meine Gegenwart was damit macht? Und wie gesagt, wenn sie mich wegen Bettina belügt, dann ist natürlich alles aus, denn das muss ich mir nicht bieten lassen. Wenn wir schon so weit sind, dass mich meine Frau für eine andere Frau belügt, dann müssen wir hier gar nicht mehr weiter diskutieren. Das ist einfach ein NO GO. Definitiv. Und ich weiß wieder mal nicht, was ich tun soll. Spreche ich es an, zerstöre ich die gute Stimmung, die gerade zwischen uns herrscht, lasse ich es, frisst es mich auf. Tue ich ihr Unrecht oder lasse ich mich wieder mal, wie schon so oft in meinem Leben, nach Strich und Faden verarschen? Wenn ich das nur wüsste. Dann müsste ich nicht ewig auf eine Entscheidung von ihr warten, denn dann wäre ich in der Lage, die Entscheidung selbst zu treffen, denn irgendwann ist es dann auch genug. Aber wie komme ich an die Wahrheit? Ist es die Wahrheit oder bin ich schon so banane, dass ich hinter jedem Schatten eine Lüge, eine Intrige vermute? Und das ist mein größtes Problem. Ich vertraue mir selber nicht mehr. Und ich weiß aus Zeiten von Jeff, dem Vater meines ältesten Sohnes, dass ich immer wusste, was er treibt. Ich habe mich aber immer von seinen Lügen einwickeln lassen, weil ich einfach glauben wollte, dass wir noch eine Chance haben. Wie dumm. Und dann ist hier Alex. Das Problem hier ist, dass ich sie eigentlich nie als eine Person eingeschätzt hätte, die solche Lügen produziert, die so falsch sein kann und so rücksichtslos. Und das tue ich immer noch nicht. Da hätte ich mich all die Jahre so sehr in ihr getäuscht. Und das kann ich eigentlich nicht glauben. Bei Jeff war da immer so ein Kratzen in meinem Hinterkopf, ihm habe ich nie über den Weg getraut. Alex hätte ich bis April noch in einen Flieger mit 20 nackten Lesben gesetzt, damit sie mit denen 2 Wochen Urlaub machen kann, und ich hätte dabei nicht mit der Wimper gezuckt, denn ich habe ihr zu 100 % vertraut. Doch jetzt wankt dieses Vertrauen und ich weiß nicht, ich kann nicht mehr unterscheiden, ob ich durchdrehe oder ob ich wieder mal Signale ignoriere, damit ich mir einreden kann, alles sei gut. Und das kotzt mich an. Ich bin doch normalerweise nicht blöd. Aber in dieser Situation bin ich total hilflos und mache mich gekonnt zu meinem eigenen Feind, indem ich mir alle möglichen Szenarien vorstelle, indem ich alle Kleinigkeiten zu deuten versuche, zu interpretieren, zu hinterfragen. Das habe ich ja früher auch nicht gemacht. Sie hätte den ganzen Tag am Handy sitzen können und mit jemandem schreiben können und es hätte mich nicht interessiert. Ich hätte mich gefreut, dass sie so einen Spaß mit jemandem hat. Heute bekomme ich schon Magenkrämpfe, wenn ihr Handy klingelt, weil sie eine Nachricht bekommen hat. Ich versuche, ihr Gesicht zu deuten, ich versuche einzuordnen, wie sie guckt, wenn sie die Nachricht liest, ob sie sie in meiner Gegenwart überhaupt anschaut. Gestern hat sie die Hülle von einem Computerspiel auf ihr Handy gelegt. Früher hätte ich das nicht einmal bemerkt. Gestern habe ich mich gefragt, ob sie das tut, damit ich nicht sehe, von wem sie eine Nachricht bekommt, wenn denn eine kommen sollte. Ich verliere komplett den Verstand und ich tue ihr vielleicht unrecht, ich schade unserer Beziehung und dem Fortschritt derselben mit meinem Verhalten, aber ich habe halt auch Angst, dass ich mich wieder verarschen lasse, wäre ja nicht das erste Mal in meinem Leben. Ich brauche einen Privatdetektiv. ☺... Kann ich mir halt nicht leisten. Und wo stehen wir überhaupt in unserer Beziehung, wenn ich es für nötig erachte, so etwas zu machen? Ist es dann nicht sowieso schon viel zu spät? Ich weiß es nicht.

03.11.2022

... Oh, Gott sei Dank, da ist es wieder, ich habe es schon vermisst. Das Gefühl der absoluten Hoffnungslosigkeit. Was mache ich hier eigentlich? Und was lasse ich mit mir machen? Und wofür eigentlich? Letztendlich nur, weil ich finanziell aufgeschmissen bin ohne sie, oder? Die letzten Tage waren ok. Wir haben viel unternommen. Haben auch gelacht, hatten Gäste, waren auf einer Geburtstagsfeier, usw. Was man halt so macht. Und dann habe ich gestern ein neues Handy bekommen und der Telefonfuzzi hat mir 'ne Datenübertragung vom alten aufs neue Handy gemacht. Danke schön an dieser Stelle schon mal. Und dann hab ich mir Audiodateien auf dem neuen Handy angehört, die mit rübergekommen sind. Und da hab ich eine von Alex gefunden, in der sie mir sie sagt, wie sehr sie mich liebt und wie sehr sie mich braucht. Was für ein Witz. Sie würde doch lieber überall anders sein als bei mir. Ist doch nur hier, weil sie ein schlechtes Gewissen hat. Sonst nichts. Und am Abend liege ich auf der Couch und guck mir ein Bild mit einem Spruch an über die Liebe, das bei uns auf dem Fensterbrett steht. Und ich konnte nicht mehr. All dieses Vorgelüge hier die ganze Zeit. „Ich bin ja immerhin noch hier", sagt sie immer. Ja, nur warum? Weil sie mich wirklich noch als Frau haben möchte und nur noch nicht weiß, wie sie das anstellen soll oder weil sie schlicht ein schlechtes Gewissen hat. Ich tippe auf Letzteres. Jedenfalls habe ich dann Rotz und Wasser geheult. Wieder mal. All die Hoffnung, die ich wieder mal hatte, war weg. Wie schon so oft. Und sie hat dann mal meine Hand gehalten, mir ein Taschentuch gebracht, mal den Arm um die Schulter gelegt, mal TV gesehen, während sie mich „getröstet" hat. Und ich denke mir, säße jetzt Bettina hier und würde so weinen, sie würde Himmel und Hölle in Bewegung setzen, dass sie keinen Grund mehr hat zu weinen. Aber war ja nur ich. Da muss man sich nicht mehr so anstrengen. Bringt ja eh nichts. Das hat es natürlich nicht wirklich besser gemacht. Wir haben eigentlich kaum geredet. Sie hat auch genau gewusst, warum ich weine, und sie hat nicht eingelenkt.

Also ist die Sache für sie erledigt. Ich muss das jetzt endlich mal in meinen Kopf reinkriegen und mir überlegen, wie es weitergehen kann. So jedenfalls nicht. Das hat sie noch nicht verstanden. Immer noch nicht.

Womit habe ich es eigentlich verdient, dass ich mich so behandeln lassen muss. Ja, ich habe sie verletzt. Weil ich die Frechheit besessen habe, krank zu sein und keine Lust mehr auf Sex zu haben. Weil ich es ihr nicht von Anfang an erklären konnte, weil ich es eben selbst nicht wusste. Ich bin ja auch so böse. Aber das, was sie jetzt seit 7 Monaten mit mir macht, das schlägt meinen Lustverlust ja wohl doch um Längen. Das ist ja wohl der Hammer, so behandelt man niemanden, vor allem nicht jemanden, den man angeblich mal über alles geliebt hat. Und ihre Inaktivität, als es mir gestern schlecht ging, hat nur umso mehr gezeigt, wie weit sie eigentlich emotional schon von mir weg ist. Das kann man nicht wieder richten. Sie würde jedem fremden Bettler auf der Straße mehr Empathie entgegenbringen als mir gestern. Das ist ja eigentlich nicht mehr zu toppen. Wenn ich die Mittel hätte, würde ich sie jetzt und hier rauswerfen und den Kontakt zu ihr komplett abbrechen. Sowas muss ich doch nicht mit mir machen lassen, sowas muss ich mir doch nicht selber antun. Aber leider stehe ich wirtschaftlich vor dem Nichts, wenn ich sie rauswerfe. Also kann ich das nicht machen. Aber so kann es auch nicht weitergehen. Was soll das denn. Will sie, dass ich mich aufhänge? Ne. Pulsadern? Tabletten? Ich weiß nicht, was da die elegantere Variante ist. Will ja auch nicht heulen, weil mir was weh tut, wenn ich abkratze. Einzig und allein Bastian und Lee sorgen dafür, dass ich das nicht tue. Allen anderen bin ich ja eh scheißegal. Das ist schon hart, das zu erkennen. Aber das ist mein Leben. Und so will ich es nicht mehr. Aber was soll ich machen? Ich habe keine Ahnung. Und das kotzt mich an. Diese Lieblosigkeit von ihr. Und wenn ich sie mit anderen sehen, dann strahlt sie, dann macht sie, dann ist sie in ihrem Element. Und wenn sie mit mir alleine ist, da ist diese oberflächliche Freundlichkeit. Aber kein Leuchten mehr in ihren Augen. Keine Liebe mehr. Mich würde mal interessieren, ob es sie interessiert, was das mit mir macht? Ob sie sich das vorstellen kann, wie grausam das ist? Ich denke eher nicht. Ist ja wichtiger, dass ich mal 'ne Zeitlang keinen Sex mit ihr wollte und damit alles kaputt gemacht habe. Ich bin schuld. Und was jetzt mit mir passiert, das hab ich dann wohl verdient. Oder es ist ihr einfach egal. Was will sie noch hier?

Und jetzt hat sie doch Signal. Aha. Um mit der Tochter von Bettina zu schreiben. Die ist 11. Sehr schön. Und auch diese beiden haben Kontakt und sie erzählt es mir nicht. Was erzählt sie mir sonst noch nicht? Was für Gefühle hat sie in sich, für andere, von denen sie mir nichts erzählt. Und warum erzählt sie es nicht? Um mich nicht zu verletzen? Wäre schon ein guter Witz. Mehr Schmerz geht ja wohl nicht.

Und jetzt ist sie bei meiner Mutter, um die Wohnung zu streichen. Ich bin froh, dass sie nicht da ist. Ich habe ihr nichts mehr zu sagen. Und doch so viel. Aber nichts, was nicht schon so oft angesprochen worden ist, und es hat trotzdem nichts gebracht. Es gibt nichts mehr, was ich noch tun oder sagen kann, was etwas bringen würde. Also warum soll ich überhaupt noch reden. Und sie sagt auch nichts mehr. Sie lenkt nicht ein, gar nichts. Also denkt sie wohl genauso wie ich. Aber dann muss eine Lösung her. Ich könnte jetzt sagen, für uns beide, aber irgendwie ist es mir scheißegal, dass sie weinen könnte, weil sie mich als Freundin verliert. Da scheiß ich drauf. Ich will sie nicht als Frau verlieren. Das geht ihr ja auch am Arsch vorbei. Also warum soll es mich interessieren, ob sie traurig ist, wenn ich den Kontakt zu ihr komplett abbrechen würde, wenn sie geht. Ehrlich gesagt hätte ich gar keine andere Wahl. Denn ich habe gar keine Lust darauf, immer auf irgendeine Nachricht von ihr zu warten. Ich habe keine Lust darauf, immer zu gucken, ob sie online ist und zu hoffen, dass sie sich vielleicht meldet. Das Theater haben wir jetzt zum dritten Mal und es kotzt mich dermaßen an. Aber ist ja wichtig, dass wir immer auf den Punkt kommen, wo ich sie verletzt habe, weil ich keinen Sex wollte. Aber dass es mich komplett vernichtet, dass wir jetzt zum dritten Mal an dem Punkt sind, wo sie nicht weiß, ob sie mich will, ob sie mich liebt, wo sie mich mit diesem ganzen Scheiß quält, weil sie nicht weiß, wo ihr Herzchen hinwill, und ich kann es aushalten. Ich bin ja doof genug, da immer wieder zuzuschauen und zu warten. Wie dieser Hund, der am Bahnhof jahrelang auf sein Herrchen gewartet hat, das nie wieder zurückkam. Ich bin dieser Hund. Wie hieß er? Irgendwas mit B glaub ich. Das bin ich. Dumm und treuherzig.

05.11.2022

Wie soll das jetzt weitergehen? All das Obige habe ich ihr jetzt vor zwei Tagen gesagt. Bzw. sie hat geschrieben, was sie tun kann, damit es mir besser geht. Was will sie denn hören? „Ach, schenk mir ein Pony, dann läuft das alles für mich wieder, kein Problem". Ich habe ihr ganz klar geschrieben, dass es so für mich nicht weitergeht und dass sie sich entscheiden muss. Dass ich es nicht verdient habe, dass ich immer so auf Abstand gehalten werde und mir dabei ansehen kann, wie schön es mit allen anderen ist. Habe das Thema Bettina wieder auf den Tisch gebracht. Dazu hat sie gemeint, sie habe sich ja entschuldigt und wisse auch, dass das scheiße war. Ja. Ich habe mich auch entschuldigt dafür, dass ich krank war, was keine so bewusste Entscheidung war wie die ihre, Bettina über mich zu stellen. Wo ich mir eigentlich gewünscht hätte, dass meine Frau hinter mir steht, so wie man das macht als Ehefrau. Und nicht das als Anlass nimmt, mich nicht mehr zu lieben. Wie billig. Und ich war ganz klar. Und dann bricht sie immer weg. Sie will mich doch nicht verlieren, muss sie jetzt alles verlieren, um zu erkennen, was sie eigentlich hatte. Bla. Aber trotzdem geht nichts vorwärts. Sie ist dann immer total verzweifelt und besonders beschwichtigend mir gegenüber, besonders lieb, aber ich glaube ihr einfach nicht mehr. Wenn sie mich nicht mehr liebt, soll sie gehen, ich halte das Hin und Her nicht aus, das habe ich ihr auch gesagt. Und es hat sich nichts verändert. Was soll ich davon halten. Sie will mich nicht, will mich aber auch nicht loslassen. Wann kommen wir eigentlich an den Punkt, an dem wir sagen können, dass das total egoistisch ist von ihr? Unfassbar.

06.11.2022

1 Uhr morgens. Also eigentlich fast noch gestern. Und ich kann wieder mal nicht schlafen. Alles dreht sich in meinem Kopf. Es ist sehr erschreckend, wie dünn die Schicht zwischen Schein und Verzweiflung inzwischen ist. Wir haben eigentlich einen relativ schönen Tag verbracht. Waren einkaufen am Vormittag. Beim nach Hause Fahren, haben wir viel im Auto gelacht, wie früher. Sie hat dann mit dem Radio mitgesungen. Wie früher. Wie früher ... Und dann hat es mir den Schalter geschmissen, denn mir war plötzlich klar, dass es aber nicht mehr wie früher ist. Meine Frau liebt mich nicht mehr. Und ich habe angefangen zu weinen. Sinnigerweise fragt sie mich dann immer, was denn los ist. Ich habe mir versehentlich mit dem Hammer auf den Daumen gehauen. Was sonst ... Als ich sage, „das Übliche", ist sie nur still. Da kommt nix. Dann soll sie doch endlich eine Entscheidung treffen. Wie lange soll ich denn noch in dieser scheiß halbgaren Kacke herumdümpeln, mit ca. 1,5 Heulkrämpfen am Tag? Ich weiß es nicht. Es geht mir so auf den Sack. Und wenn ich 'nen Arsch in der Hose hätte, hätte ich sie schon lange rausgeworfen. Das ist doch nicht normal. Aber ich hoffe wohl immer noch, denn wenn es keiner anspricht, dass sie mich nicht mehr liebt, dann merkt man es fast gar nicht, wenn man nicht genau aufpasst ... So ein Mist hier.

Abends waren wir Essen mit ihrer Chefin/Freundin Herta. Ein sehr schöner Abend. Mit Vorgespiele einer funktionierenden Beziehung. Machen wir echt gut. Aber warum sagt sie es dann nicht einfach. Mir, allen anderen, dass es aus ist. Und ich treff eine Bekannte, die auch singt. Ihr seid glücklich, gell? Ja natürlich. Und wie.

Und mir ist heute was aufgefallen. Meine Frau flirtet ohne Punkt und Komma mit jeder Muschi, die ihr über den Weg läuft. Früher hat sie das auch schon gemacht. Aber es hat mich überhaupt nicht gestört, denn ich habe immer gewusst, aber nach Hause geht sie mit mir. Und jetzt macht es mich verrückt. Denn sie liebt mich nicht mehr. Also könnte sie jetzt theoretisch auch mit jeder anderen nach Hause gehen. Und die Ladies lieben es, von ihr angebaggert zu werden. Ist ja auch klar. Das kann sie gut. Wie lange noch? Und wenn man dann darüber redet, heißt es: „Sie will mich aber nicht verlieren." „Muss ich erst alles verlieren, um zu erkennen, was ich hatte." Ne müsstest Du eigentlich nicht, aber dann musst Du Dich halt mal zusammenreißen. Mach ich ja auch. Was hier abgeht die letzten Monate und ich Arschloch steh immer noch da und wünsch sie mir zurück. Ich glaube, ich bin echt krank im Kopf. Sowas macht doch kein normaler Mensch. Sowas lässt kein normaler Mensch mit sich machen. Was für ein dummes Arschloch ich doch bin. Absolut kein Rückgrat, kein Stolz, kein Selbstwertgefühl. Man sagt immer, man kann Liebe nicht erzwingen. Dann muss sie aber auch gehen und ich habe nicht den Arsch in der Hose, ihr das direkt zu sagen (wenigstens direkter als ich es eh schon mehrmals getan habe). Und immer, wenn sie dann traurig wird, weil sie mich ja dann verliert, dann denk ich dumme Sau mir, oh guck, sie liebt mich ja doch. Na, dann machen wir doch noch zwei Jahre mit dem Scheiß so weiter, das wird schon wieder. Pflaster drauf, mal pusten und gut. Ich könnte kotzen ...

07.11.2022

Welcome back to my rollercoaster ... Wie mich das alles nervt. Warum? Weil es gerade wieder bergauf geht. Aber wahrscheinlich nur in meinem Kopf. Mich würde mal interessieren, was da los ist. Wenn mein Kopf 100 % voll ist mit dem ganzen Mist, den ich hier reinschreibe, wie viel davon trifft wirklich zu. All die paranoiden Ideen, die ich immer habe, die Hoffnung, die Hoffnungslosigkeit? Was davon ist real. Für mich ist alles sehr real. Aber in Wirklichkeit? Wie sieht es da aus.

Gestern war ganz ok. Sie war sehr lieb zu mir, wir haben viel gelacht. Gewürfelt am Abend. Mit Bastian Uno gespielt. Mit Mutti telefoniert, weitere Pläne für wer weiß was gemacht, was nicht stattfinden würde, wenn wir uns, so wie ich es eigentlich für richtig hielte, trennen würden, aber durchaus durchführbar, wenn wir bei ihrer Ponyhof-Version blieben. Aber was ist mit meiner Traumvorstellung von einem Comeback unserer Beziehung? Abends habe ich sie drei Mal „gute Nacht"-geküsst. Ich habe jedes Mal vorher gefragt. Und es waren nicht einfach freundschaftliche Bussis. Aber auch keine leidenschaftlichen. Aber sie hat es sich gefallen lassen und darüber geschmunzelt. Und mein Herzchen puckert wieder. Dieses Miststück von Herzchen. Und was denkt sie sich, wenn sie da stillhält, wenn ich sie küsse? Lass sie mal machen, sonst ist wieder Ärger im Paradis? Macht das irgendwas in ihr oder denkt sie sich dabei jedes Mal: „Na, ist ja nicht mehr so wie früher. Das war's dann wohl." Ich weiß es nicht.

Ich habe sie gestern gefragt (Ich warte immer noch auf ein Gespräch, so wie letzte Woche nach dem WhatsApp-Marathon angedacht, es ist bisher noch nicht erfolgt. Aber ich wollte auch die meist gute Stimmung nicht damit kaputt machen), ob sie Kontakt zu Bettina hatte. Sie hat dies verneint. Glaubwürdig. Emotionslos. Daraufhin habe ich sie um einen Gefallen gebeten. Ich habe sie darum gebeten, sich nicht mehr bei ihr zu melden und zu fragen, wie es ihr geht. Ich wolle sehen, ob sie von sich aus auch auf Alex zukommt, einfach um ihr aufzuzeigen, dass wir, besonders Alex, eine Zeit lang von ihr gebraucht und ausgenutzt wurden und jetzt, wo wir Hilfe von einer Freundin bräuchten, ist sie nicht für uns da. Alex hat auch hier wieder, ohne zu zögern eingewilligt. Und ich habe mich sehr gefreut. Aber ich frage mich auch, ob sie da ehrlich ist zu mir. Wenn ich das nur wüsste. Denn wenn sie mich wegen dieser anderen Frau belügt, dann wäre es für mich definitiv vorbei. Das ist Vorsatz mit Hintergedanken, sowas tut man seinem Partner nicht an. Aber ich weiß es nicht. Und manchmal glaube ich ihr, wie schon oft geschrieben, sie ist nicht der Typ, der mit so viel Vorsatz lügt, manchmal glaube ich ihr nicht. Sie war auch vorher schon unehrlich. Ihrer Ex gegenüber wegen mir zum Beispiel. Ich weiß es einfach nicht. Und dieses nicht Wissen, macht mich fertig, denn es hindert mich daran, einfach alles hinzuschmeißen oder aber auch begründet Hoffnung zu haben. Ich habe immer die Angst, paranoid zu sein und völlig überzogen zu reagieren und mit meinen Hirngespinsten alles aufs Spiel zu setzen, was da vielleicht noch sein könnte, aber auf der anderen Seite weiß ich auch, dass ich oft schon nicht auf mein Gefühl gehört habe und es dann bereut habe. Ich wäre gerade gern ein Hellseher. Dann könnte ich wenigstens vernünftige Entscheidungen treffen.

Als ich heute Morgen aufgewacht bin, war ich so dermaßen verwirrt. Bei diesem Auf und Ab der Gefühle jeden Tag, wusste ich gar nicht, wie ich drauf sein soll, als der Wecker geklingelt hat. Ich war total ratlos und panisch, weil ich nicht gleich wusste, mit welchem Gefühl ich eingeschlafen bin. War ich beruhigt oder beunruhigt? Was war gestern der letzte Stand. Und dann ist mir eingefallen, dass es eigentlich gut war. Gleichzeitig ist der Gedanke in hochgekrochen, dass eigentlich nichts gut ist und wohl auch nie mehr sein wird. Und faktisch weiß ich es einfach nicht. Ich kann nur stillhalten und schauen, was passiert. Aber ich habe solche Angst, mich in die guten Zeiten fallen zu lassen. Denn das fühlt sich echt gut an. Und dann liebe ich sie noch mehr und habe auch das Gefühl, dass sich bei ihr was tut, aber wenn man sie dann darauf anspräche, dann würde sie sagen, tut mir leid, ich hatte gehofft, dass sich bei mir was ändert, aber das ist leider nicht der Fall. Das hatten wir ja schon so oft. Also habe ich solche Angst, die guten Zeiten zu genießen. Damit es nicht zu weh tut, wenn sie mich wieder von meiner Wolke herunterholt. Da oben ist es wirklich schön. Aber da gehöre ich vermutlich nicht mehr hin. Aber glauben kann ich das erst, wenn sie weg ist, und das hat sie nicht vor. Also, was soll ich tun. Ich weiß es einfach nicht.

... Und es geht schon wieder rauf und runter. Ich grüble immer, warum es Alex gestern so egal war, als ich sie gefragt habe, ob sie Bettina mal nicht anschreiben würde, weil es mich interessiert, ob was kommt, von ihr oder nicht. Und ich schwanke zwischen Erleichterung, weil es ihr nichts auszumachen scheint, und Verzweiflung, weil ich Angst habe, dass sie mich anlügt und heimlich Kontakt zu ihr hat. Das wäre natürlich der Super-GAU. Was mach ich nur? Ich geh nochmal kaputt. Ich habe solche Angst davor, ihr Unrecht zu tun, und ich habe solche Angst davor, recht zu haben. Wenn ich es jemals herausbekomme, dass sie mich hier belügt, dann ist der Ofen komplett aus. Sowas geht überhaupt nicht. Da ist es schon fast egal, ob sie sich nur so treffen oder ob da mehr ist. Total egal eigentlich, denn sie belügt mich wegen einer anderen Frau. Das ist nicht zu entschuldigen ...

09.11.2022

... Und jetzt ist es vorbei. Alles ist aus. Gestern haben wir nochmal geredet. Ich habe sie „gute Nacht"-geküsst und lange angeschaut und es kam einfach nichts von ihr. Da hab ich halt wieder zu heulen angefangen. Sie war total lieb und hat mich gehalten und sie möchte nicht, dass ich wegen ihr weine und bla. Und dann haben wir nochmal geredet und sie hat sich wieder gewunden, ohne irgendeine klare Aussage zu treffen. Also habe ich sie ganz klar um eine Stellungnahme gebeten. Und sie hat gesagt, das mit uns wird nix mehr. Sie fühlt nichts mehr für mich. Keinen Funken, kein Feuer. Aber Sex konnte sie schon nochmal mit mir haben. Danke schön. Ne, nicht gestern. Letztens. Prima. Aber sie meinte, Ponyhof und so weiter. Wäre ja gar nicht so schlimm. Da habe ich ihr gesagt, dass ich das aber nicht ertrage und dass sie nicht von mir erwarten kann, dass ich da hocke und ihr dabei zusehe, wie sie ihr Leben ohne mich lebt und vielleicht 'ne neue Frau kennenlernt. So weit hätte sie noch gar nicht gedacht.

Ja, aber das sollte sie. Das hab ich ihr schon oft erklärt, dass das irgendwann kommen wird, und ich kann nicht dabei zusehen. Ich habe gesagt, ich will da nicht dabei sein, ich will es nicht sehen und ich will davon nichts wissen, denn das würde mich umbringen und ich kapiere nicht, wieso sie das nicht verstehen kann. Das kapier ich einfach überhaupt nicht. Aber so ist es. Sie meinte, sie will mich aber nicht verlieren. Ich habe gemeint, es gibt mich ganz oder gar nicht. Ich bin doch kein Hund, der um Kekse bettelt und artig in der Ecke wartet, bis er wieder mal einen bekommt. Und dann hat sie gemeint, dann wäre alles vorbei. Und ich habe ihr dann nahegelegt, dann müsse sie ausziehen. Das müsse sie dann wohl, meinte sie daraufhin. Und jetzt ist alles aus. Mein Leben ist vorbei.

... Und was tu ich Arschloch? Ich sitz hier unten, heul mir die Augen aus dem Kopf, bin entsetzt, geschockt, traurig, wütend, verzweifelt, und irgendwo ist dieses kleine Arschloch in mir, das sich denkt, vielleicht hat sie die Entscheidung gestern nur im Schock getroffen. Vielleicht bereut sie alles, wenn sie runterkommt. Vielleicht denkt sie um. Vielleicht haben wir noch eine Chance. Was soll das denn? Ich hasse mich so sehr für dieses beschissene Verhalten von mir. Es hat monatelang keine Chance gegeben. Wo soll die denn jetzt herkommen, wenn sie gestern die Beziehung zu mir beendet hat. Wieder mal. Und Alex ist niemand, der Entscheidungen leichtfertig trifft und wenn sie mal getroffen sind, dann ist sie nicht umzustimmen. Das weiß ich inzwischen über sie. Das, wenn auch sonst anscheinend nicht viel. Das hatten wir. Es wird immer so gemacht, wie sie meint. Sie tut im Zusammenleben alles für einen. Aber grundlegende Lebensentscheidungen trifft sie grundsätzlich alleine. Und ich steh da und mein Leben ist vorbei. Ich habe mich so zum Affen gemacht, mit meinem Outing in den 40ern. Mit dem Gelaber von „ich habe endlich die große Liebe gefunden, das ist jetzt für immer, ich kann mir gar nicht vorstellen, dass uns irgendetwas auseinanderbringen kann". Was für ein Scheiß. Hab mich halt mal wieder selber belogen und mir was eingeredet. Nicht aufgepasst und alles verkackt. Und jetzt steh ich da. 50.

Alleine. Was soll ich denn noch mit meinem Leben anfangen? Ich weiß schon, warum es mir immer so schwerfällt, wenn ich in der Arbeit in irgendwelche Altersheime gehe. Weil ich mal genauso enden werde. Alleine, von Fremden umgeben. Nicht, wie einige Zeit angenommen, zusammen mit der Liebe meines Lebens in unserem eigenen Zuhause. Warum wird bei mir immer alles zu Scheiße? Wieso kann ich nicht einfach nur glücklich sein. Das Leben ist doch schwer genug, oder nicht? Aber nein. Was hab ich eigentlich angestellt, dass ich nicht glücklich sein darf? Dass ich am Ende immer das Arschloch bin, so oder so? Ich weiß es nicht. Ich versuche doch, alles richtig zu machen, ein guter Mensch zu sein. Und trotzdem ist das Wichtigste in meinem Leben nicht mehr da.

... Wir müssen also heute anfangen. Wir haben ein Abendessendate mit den Nachbarn. Da kann ich unmöglich hingehen, ohne dass ich Rotz und Wasser auf die Pizza heule. Das kann sich keiner anschauen. Also kann sie heute anfangen, unseren Bekannten zu erklären, dass ich nicht zum Essen komme, weil ich zu Hause hocke und mir selber leidtue, weil wir uns getrennt haben. Ist ja auch gut zu verstehen. Mit Magen-Darm geht man ja auch nicht zum Essen. Also auch nicht, wenn man am Ende ist und nur noch heult, nicht weiß, wie das Leben überhaupt weitergehen kann. Ich denke, jeder, der da ganz problemlos mit anderen zum Essen gehen kann, ist nicht ganz dicht in der Birne. Gut, das bin ich sicherlich nicht, aber anders. Eben anders. Und alleine.

Die Geschichte wiederholt sich. Meiner Meinung nach. Als es für Alex damals mit ihrer Ex nicht gut gelaufen ist, hat sie mich kennengelernt und es als eine willkommene Ablenkung angesehen, sich mit jemandem zu unterhalten, mit dem die Beziehung nicht problembehaftet ist. Sie hat sich nicht gestellt, sie hat einen leichten Ausweg gewählt. Damals hat sie noch länger mit sich gehadert als jetzt bei mir. Damals ist sie wieder zu ihrer Ex zurückgegangen. Mit mir ist halt einfach nur aus. Und jetzt, jetzt hatten wir ein Problem in unserer Beziehung und along comes magic Bettina. Lustig, schön, mit den Kindern, die meine Frau will, ohne Probleme im Umgang mit Alex. Wieder mal ein leichter Ausweg für Alex. Ganz einfach eigentlich. Ich weiß nicht, ob da, was vorgefallen ist zwischen den beiden, ich weiß auch nicht ob Alex sich in sie verliebt hat, das würde sie mir auch nicht sagen, aber ich gehe davon aus, dass es da eine starke Anziehung gibt, ganz egal, wie die aussieht. Und was ist es? Ein leichter Ausweg, um sich nicht mehr mit den Problemen in der eigenen Beziehung beschäftigen zu müssen. Um Leichtigkeit zu erleben, wo im täglichen Leben keine mehr ist. Ein leichter Ausweg. Ein sich was Vormachen und Davonlaufen, anstatt an dem, was man hat und was einem angeblich so wichtig ist, zu arbeiten. Plötzlich ist seit April der Funke zwischen uns so dermaßen weg, dass er nicht mehr anzubekommen ist. Seit April, seit wir sie kennen. Das kann doch kein Zufall sein. Und da macht Alex es sich einfach zu leicht, ich finde einfach, dass sie sich im Weg steht. Sie will nicht an einem Problem arbeiten, sondern auf eine andere Beziehung, wie auch immer diese gestaltet ist, ausweichen um dem Problem/uns zu entgehen. Das meine ich damit, wenn ich sage, dass sie sich selber im Weg steht. Weil sie sich mit was anderem beschäftigt als an uns zu arbeiten. Und so ist es nun so gekommen. Und ich kann nichts tun. Und es kotzt mich so dermaßen an ...

... Und vorhin ist sie aufgestanden. Wir haben uns nichts mehr zu sagen. Ich habe mich dazu entschlossen, diese Seiten auszudrucken und sie ihr zu geben. Schlimmer kann es ja jetzt nicht mehr werden. Aber ich möchte, dass sie genau weiß, wie es mir in den letzten Monaten gegangen ist. Ich glaube nicht, dass sie auch nur im Ansatz begreift, was ich durchgemacht habe, und ich kann mir auch nicht vorstellen, dass ihre Situation wegen dem Sex schlimmer war als meine jetzt. Immerhin habe ich sie ja immer geliebt und ihr das auch gesagt. Und ich habe ihr schon oft erklärt, warum ich in der Zeit nicht so kuschelig war. Nämlich, weil sie sehr leicht zu erregen ist. Ich hatte Angst, sie würde geil werden, nennen wir doch das Kind jetzt einfach mal beim Namen, und ich müsste ihr dann, wenn sie schon scharf ist, sagen, dass ich keinen Bock auf Sex habe.

Das fände ich persönlich noch schlimmer, als von vornherein klar zu sein. Aber das vergisst sie immer wieder und gibt an, sie versteht es nicht, wieso ich so abweisend war. Ja, steht doch da. Hab ich doch schon mehrfach erklärt. Aber ist ja auch egal, jetzt ist es eh vorbei.

10.11.2022

Kann es hier eigentlich noch schlimmer werden? Ich bin nur noch am Heulen, wenn keiner guckt, meistens. Sie hat wirklich gedacht, es wäre kein Problem hierzubleiben und als Freunde weiter zusammenzuleben. Wie soll ich das denn machen? Gestern hat sie unseren ersten Freunden gesagt, dass sie Schluss gemacht hat. Jetzt geht's los, absolut kein Zurück mehr. Es ist vorbei. Wir haben heute nochmal geredet, hat aber auch nichts gebracht, nur dass ich mir doch wieder irgendwo Hoffnungen gemacht habe, weil ich dachte, vielleicht ist dieses Mal irgendwo in meiner Argumentation etwas, was sie bisher noch nicht gehört hat. Aber da hab ich mich halt getäuscht. Vorbei ist vorbei. Und wenn ich nur Werbung über Weihnachten im TV sehe, das Fest der Liebe, heule ich los wie bekloppt. Bei jeder beschissenen Gelegenheit. Jedes Mal, wenn die Erinnerungen kommen. Ich versuche, das alles wegzuschieben, aber das geht oft nicht. Wenn ich arbeite, ist es ok, denn dann hab ich ja zu tun. Eigentlich erstaunlich, wie ich im Außen damit klarkomme. Aber fragen dürfte da keiner, denn dann würde es mich komplett zerlegen. Die Sache mit Bettina hat sich geklärt. Ich habe natürlich total überreagiert. Habe ich ja auch schon befürchtet. Aber in Anbetracht der Umstände und der ganzen Sachen, die da waren, keine Info mehr, plötzlich ein Pin auf ihrem Handy, was ich durch Zufall aus dem Augenwinkel mitbekommen habe usw., ist das auch irgendwie nachvollziehbar. Aber es tut mir leid, dass das so war bei mir. Ich kann es nicht mehr ändern. So wie ich gar nichts mehr ändern kann. Nie wieder. Heute haben wir uns die meiste Zeit angeschwiegen, bis auf das Gespräch eben. Und ich habe ihr ganz klar gesagt, dass sie dann ausziehen muss, wenn sie mit mir Schluss macht. Nicht weil ich sie erpressen will, sondern weil ich es nicht ertrage, sie so jeden Tag zu sehen. Ich würde mir bei jeder netten Geste von ihr, diese Gesten, die ich früher so sehr geliebt habe, Hoffnungen machen. Nur dass sie mir 'ne Woche später dann sagt, es ist alles wie vorher, wir sind kein Paar mehr. Und das dann über Monate. Wer würde das ertragen? Ich nicht. Auf keinen Fall. Ich habe ihr auch gesagt, ich würde dann auch keinen Kontakt mehr zu ihr haben wollen. Das versteht sie auch nicht. Ich möchte nicht den ganzen Tag darauf warten, dass ich etwas von ihr höre, dass es vielleicht etwas Nettes ist, dass ich vielleicht hoffen kann. Da muss Funkstille sein, sonst ertrage ich das nicht. Versteht sie nicht. Habe auch gesagt, wir werden nicht mehr gemeinsam einkaufen gehen, nicht auf den Striezelmarkt in Dresden. Fest der Liebe wieder und ich bin mit meiner Ex da, die ich noch über alles liebe aber sie mich nicht? Kann ich mich ja gleich aufhängen. Keine Monika Gruber, keine Celine Dion. Gar nix. Wie soll das denn gehen? Sie kann nicht von jetzt auf gleich ihre Liebe für mich wieder anschalten, und ich kann halt einfach nicht von Vollgas Liebe auf best buddies umschalten. Wie geht das denn? Ich kann es nicht. Und manchmal bin ich total klar und gefestigt und im nächsten Moment zerschießt es mir meine komplette Fassung und ich sacke zusammen und heule nur noch. Heute Morgen. Geil. Ich steh auf und hab erst mal wieder überlegen müssen, was jetzt eigentlich los ist. Und ich stand in der Küche und hab mich erinnert, dass alles vorbei ist. Und ich bin dagehockt und habe Rotz und Wasser geheult. Kann schon gar nicht mehr leise weinen. Das hört sich echt furchtbar an. Und alles, was ich denken konnte, war „Reiß dich bloß zusammen, Bastian kommt gleich runter. Der muss das alles nun wirklich nicht mitbekommen. Der hat dann noch genug damit zu tun, wenn wir ihm ruhig erklären, dass wir nicht mehr zusammen sind und dass Alex uns verlässt." Das wird auch für ihn richtig hart werden. Aber ich kann es leider nicht ändern, ich würde,

wenn ich könnte. Alles würde ich dafür geben, das zu ändern.
Aber ich kann nicht. Und das hasse ich so sehr.

14.11.2022

Und irgendwie hat sich die letzten Tage, wenn sie da war (wenn
sie nicht da war, hab ich geheult wie bekloppt), wieder sowas wie
Normalität eingeschlichen. Aber halt nicht wirklich. Dann hat
sie angefangen, mich nur noch auf die Wange zu küssen. Aha.
Dann hat es mir einfach nur noch gereicht. Die „nur Freundin"
Bettina wird auf den Mund geküsst und es wird ihr gesagt, dass
man sie liebt und der ganze Mist. Es wird mit ihr beim Vorhang-
stange-Anbringen herzlich gelacht. Es wird mit ihr 2 Minuten
über uns geredet und, das habe ich heute erst erfahren, wird ein
Gesprächstermin von Frau Dr. Bettina angeboten. Meiner Frau
nur. Ist ja auch klar. Wem sonst. Also rennt Alex schon wieder
zu dem Arschloch. Seit Monaten ist es ihr scheißegal, wie ich zu
dem Thema stehe, und jetzt fährt sie nur noch da hin. Und ich
will mir das nicht länger mit anschauen müssen. Ich will nicht
belächelt werden hier und dann macht sie, was sie will, mit einer Ruhe, dass es mich total zerlegt. Als ob ihr alles scheißegal
wäre. Es täte ihr leid, dass alles so gekommen ist. Ja, was soll
ich denn darauf sagen? „Macht nix, halb so wild"? Sicher nicht.
Also habe ich ihr heute wieder mal, hoffentlich zum letzten Mal,
gesagt, dass sie ausziehen muss, denn sonst hänge ich mich hier
noch auf. Ich kann nicht mitansehen, wie sie immer öfter zu
Bettina fährt, wie ich immer mehr außen vor stehe. Ich ertrage es nicht, wie ich immer weiter nach unten rutsche auf ihrer
Leiter der VIP's. Heute nur noch ein Wangenkuss. Morgen redet
sie mich dann mit Sie an oder was. Es reicht mir, ich habe die
Schnauze voll. Sie muss hier weg, sonst eskaliere ich komplett.
Und das hab ich ihr gesagt. Da hat sie geguckt. Tja, mal sehen,
wie lange es dauert, bis sie das in die Tat umsetzt, je eher, des-
to besser. Hab ihr auch gesagt, dass ich nirgends mehr mit ihr

hinfahre. Sie meinte, es hätte immer so viel Spaß gemacht mit mir. Kann sie sich denn eigentlich überhaupt nicht in meine Lage versetzen? Wo ist denn da der Spaß jetzt, wenn man nur noch irgendwer ist, der gelegentlich auf die Wange geküsst wird? Wenn den einer findet, mir bitte sagen. Ich find ihn nicht. Ich mag nicht mehr. Ich tu mir nur selber weiter weh, mit der ganzen Scheiße hier. Wollte schon die ganzen Bilder von ihr und mir von den Wänden nehmen (Nach dem letzten Mal habe ich sie schnell wieder aufgehängt, denn ich hatte Angst, in Erklärungsnot zu geraten, wenn sie nach Hause kommt, und die Bilder sind weg. Eigentlich schon fast wieder irgendwie zum Lachen …), aber dann ist sie wahrscheinlich wieder beleidigt nach dem Motto: „Man muss ja nicht gleich so übertreiben, wir hatten ja auch schöne Zeiten." Ja, eben deshalb kann ich die Bilder nicht mehr ertragen. Weil wir schöne Zeiten hatten. Sehr schöne. Aber eben jetzt nicht mehr. Dass sie das so gar nicht versteht? Bisher hatte ich immer gedacht, sie versteht alles und kann sich in jeden hineinversetzen, aber da habe ich mich wohl getäuscht. Oder sie kann es immer noch, aber es ist ihr halt bei mir egal. Und dann rennt sie hier in der Wohnung rum und tut so, als ob nichts wäre. Ich könnte so kotzen … Wieder mal.

… Lagerfeuer. Keiner sagt etwas. Nur Bastian hat seinen Spaß, Gott sei Dank. Er wird sie so sehr vermissen …

16.11.2022

… Jaaaaa, und wieder mal bin ich eingeknickt. Ich blöde Sau. Ich liebe sie halt einfach so sehr und stelle mich hinten an. Nach dem Lagerfeuer bin ich ins Bett gegangen. Sie saß noch unten und hat Wohnungen gesucht. Hat mit Mutti telefoniert, ihr über die Trennung erzählt. Und ich liege oben im Bett und habe Angst davor, dass sie eine Wohnung findet. Ich habe Angst davor, dass sie nicht mehr da ist. Ich fühle mich irgendwie beruhigt, dass ich weiß, sie sitzt noch unten im Wohnzimmer und ist nicht irgendwo, weg aus meinem Leben. Und ich kann einfach nicht mehr. Ich gehe runter und sage ihr, dass ich nicht will, dass sie geht. Sie will das auch nicht. Also, was bleibt uns? Die Freundschaftskarte spielen. Ich muss meine Liebe für sie und meinen Schmerz herunterschlucken. Wenn ich nicht über das Ende nachdenke, haben wir immer viel Spaß zusammen. Ob ich nicht wieder zusammenbreche, wenn wir beim Zusammensein mit anderen wieder die gelbe Karte von ihr bekomme. Ich weiß es einfach nicht. Jede Entscheidung ist im Moment die falsche und bringt unglaublichen Schmerz und ich weiß einfach nicht, was ich tun soll. Das Einzige, was ich will, ist sie zurückbekommen. Und da sitze ich wieder, ich Arschloch, und denke mir, na, dann sind wir halt best friends. Dann rede ich halt nicht mehr über meine Liebe zu ihr und dass ich will, dass alles so wird wie früher. Dann fahre ich halt ihre Schiene. Das kann nur in zwei Richtungen gehen. Entweder sie glaubt, ich komme klar damit, was ich nicht tue, und entspannt sich in die Freundschaftsschiene. Das bringt aber über kurz oder lang das Thema sie und eine neue Freundin mit sich. Dann häng ich mich sowieso auf. Oder, wenn der Druck mal für lange weg ist, immer über Beziehung zu reden, entspannt sie sich so weit, dass sie den Weg zu mir wieder findet. Das wäre mein größter Wunsch im Leben. Wenn heute eine Fee zu mir kommen würde und sagen würde, Du hast drei Wünsche frei, ich würde sagen, ich hab nur einen. Meine Frau wieder zurückzubekommen. Die anderen beiden Wünsche kannst Du gerne, wem anderen geben, ich brauche sonst nichts in meinem Leben. Also, Wochen oder monatelang so weitermachen und mich von der besten Seite zeigen, meinen Schmerz nicht zeigen, fröhlich sein und sehen, wohin die Reise geht. Irgendwie bringt mir das, bei all der Komplikation, auch manchmal etwas Ruhe, denn sie ist immerhin noch da und wir verstehen uns. Wenn sie nicht mehr da wäre, würde meine Welt zusammenbrechen. Auch wenn das vielleicht langfristig die bessere Entscheidung wäre, wenn man doch nur wüsste, dass es mit Sicherheit keine weitere Chance gibt. Aber das weiß ich ja nicht. Oder ich will es einfach nicht wahrhaben. Das kann ich inzwischen nicht mehr unterscheiden, denn mein Gehirn und mein Herz sind in einem absoluten Ausnahmezustand. Ich kann meinen Gefühlen und meinen Entscheidungen nicht mehr vertrauen, meinem Bauchgefühl auch nicht. Ich weiß nur eines, ich liebe sie und möchte den Rest meines Lebens mit ihr verbringen. Aber ich weiß nicht, wie das gehen soll oder kann, und ich weiß nicht, ob ich es so, wie es ist, ertragen könnte. Das weiß ich alles nicht. Und das alles nur wegen ein paar Hormonen und einem kleinen, scheiß Organ. Es ist einfach unfassbar.

Gestern habe ich mir auf dem iPad Bilder von uns angesehen. Wusste nicht, dass da so viele von uns drauf sind. Aus der Anfangszeit, durch unsere Beziehung. Wie wir uns leidenschaftlich küssen und uns tief in die Augen sehen. Ich vermisse das alles so unglaublich, es zerreißt mir das Herz. Ich weiß einfach nicht weiter.

... Ich denke, es ist an der Zeit Sibille zu erfinden. Sibille, das bin ich. Das ist all meine Liebe für meine Ehefrau, ich nenn beide jetzt einfach bei ihrem Namen, bei dem, was sie sind. Sibille ist riesengroß, aber sie ist nicht mehr erwünscht. Das tut Sibille furchtbar weh. Zu allem Überfluss muss ich diese Sibille jetzt in ein kleines Kämmerchen in meinem Herzen einsperren. Sie darf noch rausgucken, kann alles sehen, was passiert und das tut ihr furchtbar weh. Sie weint die ganze Zeit. Aus dem Kämmerchen kann sie nicht mehr. Den Schlüssel hat meine Frau. Sie kann ihn irgendwann benutzen oder wegwerfen. Sie ist die Einzige, die Sibille aus ihrer Kammer lassen kann. Ich darf es nicht. Das tut mir furchtbar weh. Wenn Sibille nicht von meiner Frau rausgelassen wird, irgendwann, dann wird sie da drinnen sterben und der Platz in meinem Herzen, wo die Kammer war, wird für immer ein dunkler, leerer Ort bleiben. Einer, der immer da ist, wo nichts mehr vorbeikann. Alex ist ein Teil von mir. Wir waren eine Einheit, wie ich es noch nie vorher erlebt habe. Es hat sich alles so richtig und so gut angefühlt. Jetzt komme ich mir vor, als ob mir Körperteile fehlen, weil wir nicht mehr „ganz" sind. Es ist schrecklich. Und darum muss Sibille eingesperrt werden. Denn sonst kratzt sie die ganze Zeit an den Amputationsnarben. Das kann ich nicht zulassen.

Dinge an denen ich mich festhalte:
- Sie trägt ihren Ehering noch
- Sie hat meinen Ehering nicht weggeworfen, obwohl ich sie mehrfach darum gebeten habe, als sie die Beziehung beendet hat.
- Sie möchte nicht ohne mich sein
- Sie ist nett zu mir, wir lachen zusammen
- Sie verbringt gerne Zeit mit mir

Dinge die mich fertig machen:
- Dass sie Schluss gemacht hat
- Dass sie Bettina über mich stellt, immer noch
- Dass es ihr nichts auszumachen scheint, dass wir kein Paar mehr sind
- Die Option, dass sie jemand Neuen kennenlernt, was jederzeit möglich ist, auch wenn sie sagt, danach sucht sie derzeit nicht. Sie hat ja nach mir auch nicht gesucht damals, ich war plötzlich einfach da.

Was sie mit mir verbindet:
- Vertrauen, auch wenn meines erschüttert war
- Liebe, aber eine andere als vorher
- Sicherheit
- Geborgenheit
- Gegenseitige Hilfe
- Dass wir uns so gut kennen

Was ihr fehlt:
- Die partnerschaftliche Liebe zu mir
- Das Knistern
- Leidenschaft

Was ich dazu meine. Alles, was aufgeführt wurde, sind Dinge, die eine gesunde Beziehung braucht, außer den Dingen, die uns kaputt machen.

Ich verstehe nicht, wenn die Liebe vorher so groß war, wieso sie dann nicht wieder kommen kann. Vielleicht ist sie nur kurz weggegangen. Vielleicht steht der ganze Druck ihrer Liebe im Weg. Ich kann einfach nicht verstehen, wieso, bei allem, was wir hatten, und bei allem, was wir eigentlich auch immer noch haben, die Liebe nicht wiederkommen kann.

Weil die Leidenschaft, das Knistern fehlt. Ja. ABER. Das kann ja nicht alles sein, was eine Beziehung ausmacht. Das ist schön, wenn es da ist, das ist am Anfang immer da, das verändert sich über die Zeit und manchmal kann es verloren gehen. Aber das muss nicht heißen, dass es für immer weg ist. Es gibt eine Wechselwirkung von Liebe und knisternder Leidenschaft. Was war zuerst da, die Henne oder das Ei, was muss zuerst wieder da sein, damit die Liebe zurückkommt? Wenn eine bestimmte Art von Liebe noch da ist, wieso soll das andere nicht wiederkommen? Wir haben uns jetzt beide, jeder für sich und wir uns gegenseitig, kaputt gemacht mit dem ganzen Zerreden der Situation und der Gefühle. Das macht uns beide fertig, da hat keiner Ruhe für irgendwas. Dinge, Emotionen, usw. stehen vielleicht dem im Weg, was noch sein könnte. Und, natürlich, wenn ich die ganze Zeit komplett durch den Wind bin, dann wirke ich natürlich auch nicht so feurig und liebenswert, wie damals, als wir uns kennengelernt haben. Ist ja ganz normal. Ist es also der richtige Weg, das Ende der Beziehung auszublenden und aufgrund der Dinge, die uns noch verbinden, weiterzumachen, in der Hoffnung, dass ich wieder so weit zu mir finde, dass sie die Dinge wieder in mir sehen kann, in die sie sich damals verliebt hat? Grundsätzlich habe ich sowieso keine andere Wahl, als das zu versuchen. Denn ich hasse den Zustand, in dem ich mich befinde, also wie kann sie mich wieder lieben, wenn ich es selbst gerade nicht tue. Ich fühle mich furchtbar, ich leide vor mich hin, tu mir selber leid. Das ist alles andere als sexy und leidenschaftlich, das ist mir vollkommen klar. Aber wie viel Kraft wird es von mir verlangen, Leichtigkeit und Fröhlichkeit zu leben, obwohl ich einfach nur verzweifelt bin? Ich weiß es nicht. Ich werde es herausfinden müssen. Und wenn sich abzeichnet, dass sich ihre Gefühle nicht ändern, dann hoffe ich einfach nur für mich, dass sich meine ihr gegenüber ändern, denn sonst sind wir in einem halben Jahr wieder genauso weit wie jetzt und das überstehe ich nicht. Kann ich das schaffen? Habe ich eine Wahl? Ich genieße die Zeit mit ihr so sehr, wenn wir nicht schlechte Stimmung schaffen mit Beziehungsdiskussionen, denn dann wird mir immer klar, was sie da eigentlich entschieden hat, und bei ihr baut sich wieder Druck auf, weil sie natürlich weiß, dass ich mit der Entscheidung nicht klarkomme. Das kann vielleicht so sein, wie wenn mir meine Mutter etwas anschafft, das ich ohne ihren Auftrag super hinbekommen hätte. Sobald die Mutter meint, das sollte ich in dem Zeitraum so und so machen, dann hab ich direkt den Kragen voll und scheine nicht mehr in der Lage zu sein, die Dinge in Perspektive zu sehen, weil mir das so auf den Sack geht. Und ich schiebe einfache Angelegenheiten immer weiter von mir weg und möchte mich nicht damit befassen, weil hier sofort so ein Druck im Raum steht. Vielleicht ist es ja bei ihr mit der Liebe zu mir genauso. Sobald sie darüber nachdenkt, ob sie mich noch lieben könnte oder nicht, blockiert etwas in ihr und macht es ihr unmöglich, Zugang zu dem, was wirklich da ist, zu bekommen. Warum auch immer. Einfach, weil alles zu viel ist im Moment. Vielleicht weil sie Angst hat, es könnte mal wieder so kommen. Aber wenn ich so denken würde, dann hätten wir gar nicht geheiratet, denn ich hatte auch schon immer Angst davor, dass sie mich wieder ablehnen könnte wie vorher. Was sie jetzt auch tut. Und trotzdem würde ich sie immer wieder zurücknehmen, wenn sie das denn wollte. Da stellt sich mir halt auch manchmal die Frage, ob ich sie wirklich über alles Liebe, aus nachvollziehbaren Gründen, oder ob ich schlichtweg meinen Verstand verloren habe. Auch das kann ich nicht beantworten. Nur mehr Fragen, an dieser Stelle. Und Hoffnung und Trauer, Panik, Angst, Verzweiflung. Aber eben auch Hoffnung. Ist das nicht zum Kotzen?

17.11.2022

Gestern hat sie mir gesagt, dass sie sich morgen hier im Ort ein Haus zur Miete anschaut. 145 qm. 1 100 Euro Miete kalt. Renoviert. 4 Zimmer. Wie will sie das bezahlen? Da kommt Kaution dazu, Möbel, Heizung, Strom usw. Wie will sie das machen. Und warum. Sie ist sich auch nicht ganz sicher. Ich auch nicht. Ich weiß gar nichts mehr. Ich rede mir immer ein, sie hat vielleicht noch irgendwo ein Fünkchen Liebe für mich, das es nur zu finden und wieder zu entfachen gilt, aber was, wenn nicht. Wenn da wirklich nichts mehr ist. Dann leide ich hier ewig weiter. Aber ich kann halt auch nicht ohne sie sein. Aber warum? Weil ich hoffe, dass noch was da ist? Wahrscheinlich. Dafür würde ich alles in Kauf nehmen. Alles. Auch dass ich jeden Tag heimlich weine.

Und Bettina. Ich habe nachgefragt und nur auf Nachfrage habe ich die Info bekommen, dass telefoniert wurde. Hätte sie es mir gesagt, wenn ich nicht gefragt hätte? Es steht ein Termin an, man weiß aber noch nicht wann. Sie möchte, dass ich mitkomme. Ich möchte das auch. Aber warum? Im schlimmsten Fall, weil ich ausprobieren möchte, wie es mir damit geht die zweite Geige, wenn überhaupt, zu spielen, in ihrem Leben, von jetzt an. Oder weil ich hoffe, dass Bettina hilfreichen Input hat? Wobei ich befürchte, dass sie mich ganz streng ansehen wird und sagen wird: „Du musst Alex gehen lassen, sie liebt dich nicht mehr". Weil sie ja Alex' best friend ist, nicht meiner. Dann muss ich leider zu Fuß nach Hause gehen, sonst eskaliere ich. Ich habe fürchterliche Angst vor diesem Treffen, aber ich will auch hingehen, weil meine Frau gesagt hat, sie möchte, dass ich mitkomme. Reicht sie mir da die Hand auf irgendeine Art und Weise? Jedenfalls mit dem Hintergedanken, dass sie nichts vor mir verbergen möchte? Das wäre ja schon mal etwas, woran ich mich festhalten könnte. Aber ich halte mich ja die letzten Monate an so ziemlich allem fest, was in meine Richtung schwappt. Wahllos. Einfach, um des Festhaltens willens. Weil ich dumm bin. Masochistisch veranlagt. Natürlich fahre ich jetzt doch mit nach Dresden, wo ich mir jede Minute das Heulen verkneifen muss. Aber wenn ich mich zusammenreiße, wird es dann vielleicht besser? Hätte, hätte, Fahrradkette. Das sollte ich mir auf ein T-Shirt drucken lassen.

... Eigentlich würde ich jetzt gerade gerne sterben. Was, wenn es wirklich nicht mehr wird. Wenn ich es doch nur wüsste, dass ich nicht mehr zu hoffen brauche. Ich vertraue ihr nicht mit ihrer endgültigen Entscheidung. Ich habe sie kennengelernt, als jemanden, der Entscheidungen zwar immer zu 100 % durchzieht, aber vielleicht nicht immer selbst zu 100 % sicher ist, ob es die richtige war. Oder rede ich mir das nur ein. Ist sie konsequent. Auf der anderen Seite schon wieder. Sie hat mich konsequent abgeschossen 2013. Aber dann hat sie sich 2018 umentschieden, und dann noch einmal. Also, wer weiß. Aber was ist, wenn hier sowas wie Normalität einkehrt? Und in ein paar Monaten sagt sie mir, sie hat jemanden kennengelernt. Dann sterbe ich sowieso. Laut Horoskop wird das passieren. Ich glaub zwar immer nicht an sowas, aber in meiner Verzweiflung suche ich nach allen möglichen Antworten, egal wie sinnig oder unsinnig. Sie ist gerade weg und hat mal wieder keinen Empfang. Hat sie normalerweise schon beim Einkaufen. Sowas irritiert mich dann immer so sehr und ich merke, wie verzweifelt ich bin, wie von Zweifeln zerfressen. Ich weiß nur, dass ich sie liebe. Und jedes Mal, wenn in mir die Tatsache auftaucht, dass sie nicht mehr meine Frau sein möchte, egal wie nett es hier ist, wenn die Verdrängung nicht funktioniert, dann haut es mir die Beine weg. Dann hock ich da und heule Rotz und Wasser. Ich frage mich, ob sie sich das denken kann, ob sie überhaupt darüber nachdenkt. Was sie sich eigentlich denkt. Ich wünschte mir, ich könnte das Gefühl, das sie noch in sich trägt für mich, was auch immer das für eines ist, nachempfinden. Dann würde ich Sicherheit haben. Aber so habe ich keine. Und überlege mir die ganze Zeit, wie ich es in meiner Verzweiflung schaffen könnte, zu strahlen, unwiderstehlich, sexy und begehrenswert zu sein, ohne sie damit unter Druck zu setzen. Einfach, weil ich vermute, so sagt sie es jedenfalls, das ist es, was fehlt. Sonst sind wir doch ein gutes Team. Ich werde es niemals verstehen können und ich höre erst auf, zu hoffen, wenn ihr Herz aufhört zu schlagen.

18.11.2022

Gestern Abend haben wir beide viel geweint. Ich, weil ich sie verloren habe. Sie, ich weiß es nicht genau. Ich möchte mir einreden, dass sie geweint hat, weil sie nicht sicher ist, ob ihre Entscheidung richtig ist. Aber das möchte ich glauben. Gesagt hat sie, weil ihr leidtut, wie alles gekommen ist. Das hört sich nach Hoffnungslosigkeit für mich an. Und nach schlechtem Gewissen bei ihr. Sonst nichts.

Und heute Morgen ging es dann gleich weiter mit der Heulerei. Aber nur noch ich. Sie hat sich wieder gut im Griff. Um 2 Uhr sieht sie sich das Haus an, das sie sich nicht leisten kann. Ich habe solche Angst, dass sie geht. Aber irgendwie wäre das wohl auch das Richtige, für die Seele. Aber ich kann mir nicht vorstellen, ohne sie zu sein. Dann ganz ohne jegliche Hoffnung. Oder versuche ich, mir jetzt gleich einzureden, dass das vielleicht das ist, was unsere Beziehung, so nenn ich das jetzt mal ganz frech, braucht, Abstand für sie, damit sie merkt, wie es ohne mich ist. Wenn ich Geld dafür kriegen würde, wie gut ich mir Sachen einreden kann, dann hätte ich finanziell ausgesorgt.

Was mich zum nächsten Punkt bringt. Wenn ich es mir leisten könnte, würde ich jetzt meine Sachen packen und nach München ziehen. Eigentumswohnung. Zentral. Denn alleine sein kann ich hier und dort. Aber dort wäre ich nicht mit Freunden konfrontiert, die sich einen Scheißdreck um mich sorgen. Sie hat mir gestern erzählt, dass sie schon vor einiger Zeit „unseren Freunden" davon erzählt hat. Vor einiger Zeit. Und die ganze Zeit hat keine Bettina, Frederike, Gerti oder Maria es für nötig gehalten, sich mal bei mir zu melden und zu fragen, wie es mir geht. Auch von Verena oder Nadja habe ich nichts gehört.

Ich scheiß auf das ganze Pack. Sowas von. Was für Arschlöcher. Die hocken jetzt zu Hause und freuen sich ein zweites Loch in den Arsch, weil ihre Beziehung noch da ist, weil sie nicht in dieser Situation sind. Und ich bin allen scheißegal. Und das kotzt mich an. Ich bin nicht die Extrovertierteste, aber ich war auch immer für alle da. Wenn sie zum Fressen gekommen sind, wenn sie sich ausgekotzt haben. Und jetzt bricht meine Welt zusammen und alle lassen mich alleine. Was für ein Dreckspack. Wie 2013. Da hatte ich zwar Freunde, aber da war ich als verheiratete Frau nicht in der Position mit irgendjemandem darüber zu sprechen, wie weh es mir tut, dass ich nicht mit Alex zusammenkomme. Und das war echt scheiße. Niemanden zu haben. Aber jetzt, jetzt könnte ich Hilfe gebrauchen von Leuten, für die wir auch immer da sind. Aber da kommt einfach nix. Wie gesagt. Sang- und klanglos würde ich noch heute meinen Scheiß packen und wegziehen. Einfach so. Ganz neu anfangen. Mir wieder neue Freunde suchen, denen ich dann scheißegal sein kann. Oberflächliche Menschen gibt es ja genug auf der Welt, da wird sich schon wieder wer finden. Aber leider geht das nicht. Ich bin hier. Bin hier gebunden, durch Kinder und Finanzen. Und wieder mal kann ich mich durch die Scheiße alleine durchbeißen. Und sie bleibt hier im Ort, auch wenn sie auszieht. Krieg ich dann jedes Mal einen Heulkrampf, wenn ich sie im Geschäft oder auf der Straße sehe? Wo könnte ich wieder jemanden finden, den ich lieben kann, jemanden, der mich vielleicht auch ein bisschen mag? Die Nummer ist durch. Hier in dem kleinen Dorf sicher nicht. Und woanders komme ich nicht hin. Das ist doch alles Scheiße. Altersheim lässt grüßen. Freu mich schon. Gestern hat sie gesagt, sie hätte gehofft und geglaubt, dass wir zusammen alt werden können. Und wieder einmal verstehe ich nicht, wie sich ihre Gefühle so dermaßen haben ändern können, dass das jetzt keine Option mehr ist. Dass sich was verändert, ja. Dass man an etwas zusammen arbeiten muss, damit es wieder in Ordnung kommt, ja. Aber dass all die Liebe schon alle ist, das kann ich nicht verstehen. Ich habe ja immerhin auch so einiges durch wegen ihr. Da hätten viele andere schon die Biege gemacht. Aber ich nicht. Ich liebe sie leider immer noch. Bin ich denn eigentlich krank im Kopf? Muss so sein. Ich bin halt doch ein Arschloch. Und nun werde ich auch noch von allen ausgelacht oder ignoriert. Auch gut.

19.11.2022

Und dann kam sie gestern von der Hausbesichtigung zurück. Und sie hat sich wieder mal gewunden mit der Antwort. Sie weiß es nicht, sie muss es durchrechnen, ist schön da. Wenn sie halt einmal einfach Klartext reden würde. Ist ja eh alles klar, eigentlich. Sie will weg, so oder so. Da müssen wir nochmal drüber reden, meint sie. Nein, müssen wir nicht. Denn ich habe es nicht mehr in mir zu betteln, und nichts anderes tue ich hier den ganzen Tag. Hab dann den restlichen Tag geheult und mich mit der Tatsache versucht auseinanderzusetzen, dass es vorbei ist. Sie hat gemeint, vielleicht ist diese Trennung ja auch eine Chance, dass wir neu zusammenfinden. Ja, klar sagt sie das, weil sie ein schlechtes Gewissen hat. Weil sie hofft, dass die Zeit meine Wunden heilt und ich dann irgendwann sagen kann, scheiß drauf, best friends. Aber das kann ich mir einfach nicht vorstellen. Noch immer hoffe ich, dass sie, wenn sie nicht mehr hier ist, erkennt, dass sie mich vermisst. Wenn sie verschläft, weil niemand da ist, der sie aufweckt, wenn sie den Wecker nicht hört. Weil niemand da ist, mit dem sie am Tag 10 Tassen Kaffee saufen kann und sich über Gott und die Welt unterhalten kann. Weil niemand da ist, der sie so liebt wie ich. Und ich hasse mich dafür. Und sollte sie eines Tages vor der Tür stehen, und darum bete ich, und sagen, es geht doch nicht ohne mich, dann hoffe ich, dass ich den Arsch in der Hose habe und nein zu ihr sage. Denn noch einmal verkrafte ich dieses Hin und Her einfach nicht. Sie sagt, sie hat Angst, dass das mit dem Sex jetzt vielleicht gut laufen könnte, wenn sie mich noch lieben würde, aber was, wenn ich in 'nem Jahr wieder keinen Bock habe. Ja.

Und was, wenn ich sie wieder ein drittes Mal zurücknehme, und in einem Jahr passt ihr irgendwas anderes an mir nicht und sie entliebt sich wieder und wir sind wieder genauso weit wie jetzt. Was dann? … So wie ich jetzt fühle, würde ich sie sofort zurücknehmen, denn es ist mein größter Wunsch, mit dieser Frau alt zu werden, aber ich muss mir das aus dem Kopf schlagen, denn sonst komme ich nie mehr auf die Füße. Es ist auch ein ganz untypisches Verhalten für mich. Normalerweise, in Krisensituationen, rechne ich immer mit dem Schlimmsten. Dann bin ich vorbereitet, wenn es eintrifft. Und wenn es doch nicht so schlimm kommt, dann freue ich mich umso mehr. Aber in dieser Sache kann ich das nicht. Mein logisches Denken ist komplett blockiert. Ich hoffe immer auf irgendetwas, was uns zusammen nach vorne bringt, uns hilft und die Dinge wieder ins richtige Lot setzt. Ich habe so lange die Endgültigkeit ihrer Entscheidung ausgeblendet, weil ich damit einfach nicht leben kann. Und ich hoffe sehr, dass ich lernen kann, damit zu leben, denn sonst gehe ich hier ein. Wieso liebe ich diese Frau so sehr. Ich weiß es einfach nicht. Liebe braucht keine Erklärung. Aber das Verschwinden von Liebe bräuchte schon eine, und die, die ich habe, reicht mir nicht aus. Nicht nach all den Liebesschwüren, die sie mir gemacht hat, nicht nach der wunderschönen gemeinsamen Zeit, nicht nach all dem, was uns ansonsten verbindet. Und sie scheint immer noch nicht verstehen und akzeptieren zu können, dass ich dann erst mal Ruhe vor ihr brauche. Ich kann mir nicht jeden Tag anschauen, was ich nicht mehr haben kann. Da kann ich nicht zur Ruhe kommen. Da bohrt es in mir. „Warum ist sie hier, warum will sie mit mir Kaffee trinken, warum, warum …" Und das kleine Arschloch Hoffnung ist wieder am Start und flüstert mir Unsinn ins Ohr. Sibille in ihrem kleinen Gefängnis, richtet sich auf, lauscht ganz genau und hört kurz auf, zu weinen, weil sie vielleicht doch wieder aus ihrer Kammer gelassen wird. Nur, um dann eine auf die Nuss zu bekommen, weil doch alles ganz anders ist, als ich es glauben möchte.

Und die Freunde. Immer noch Dreckspack. Ich habe Bettina gestern Abend blockiert. Was will ich noch mit der. Nimmt mir die Frau mit ihrer reizenden Art. Ja, ich bin immer noch der Meinung, dass sie auch daran beteiligt ist. Unabsichtlich. Natürlich. Ich alleine bin schuld daran, wie alles gekommen ist. Aber auch sie stellt sich auf die Seite meiner Frau, nimmt ihre Liebe bereitwillig zu jeder Tages- und Nachtzeit an, ohne zu reflektieren, dass das, was da zwischen den beiden ist, in jeder anderen Beziehung auch Probleme machen würde. Weil sie egoistisch ist. Sie braucht meine Frau, also nimmt sie sie. Und meine Frau, die will, dass es allen gut geht, die gibt ihr alles, was sie braucht. Weil man da lachen und unbeschwert sein kann. Da fühlt man sich angenommen. Viel besser als in unserer Beziehung. Muss man nicht so viel investieren, da ist alles da, was man möchte. Und ich hasse Bettina dafür, dass sie so ein egoistischer Mensch ist. Sie hält Alex an der langen Leine, weiß genau, wenn sie pfeift, dann kommt Alex gerannt. Bedenkt nie unsere Situation, nutzt sie nur aus, baut auf Alex' Drang, ihr immer zur Seite stehen zu wollen. Ich an Bettinas Stelle hätte da schon lange die Reißleine gezogen, denn mir wäre klar gewesen, dass das nicht gut ist, dass die Beziehung zwischen den beiden immer enger wurde und ich außen vor gelassen wurde. Das hätte ich nicht gewollt, so ein Mensch bin ich nicht. Der aus Egoismus und Geltungsbedürfnis nicht überlegt, was aus dieser Nähe entstehen kann, den Schmerz, den das in mir verursacht, die Probleme, die es macht. Sie hat sich bereitwillig zwischen meine Frau und mich gestellt und weil meine Frau mit mir Probleme hatte, hat sie sich ebenso bereitwillig der anderen Frau zugewandt, denn da musste keine Beziehungsarbeit geleistet werden, da fühlte man sich angenommen, geschätzt und gebraucht. Ich finde es sehr schade, dass beide Frauen dafür blind sind oder es ihnen einfach egal ist. Wenn Bettina unser beider Freundin gewesen wäre, dann hätte sie diese Dynamik frühzeitig erkannt und unterbunden. Aber es war ihr egal. Sie wollte nehmen, und das hat sie ohne Rücksicht auf Verluste getan, weil sie ein egoistischer Mensch ist. Da stellt sich mir wieder die Frage, warum ihr ältester Sohn keinen Kontakt mehr zu ihr haben will. Wohl doch, weil er erkannt hat, wie seine Mutter ist. Egoistisch, immer um

sich selbst kreisend, alles nehmend, was ihr gerade irgendwie
nützlich ist, ohne weiter darüber nachzudenken, denn alles andere, was ihr Handeln verursacht, ist ihr völlig egal. Und sie verpackt es sehr gut. Mit ihrem guten Aussehen, der Art wie sie redet, ihrem Charme, ihrem Anlehnungsbedürfnis. Aber ging es
jemals im Kontakt mit Bettina nicht um sie? Monatelang ging
es nur um sie. Sie ist traurig, sie ist wütend, sie hat die Schnauze voll, was soll sie machen, sie braucht etwas repariert. Sie, sie,
sie. Und schon lange wusste sie, dass wir Probleme haben, und
sie hat sich nicht hingesetzt und sich mal mit uns beschäftigt,
denn das ist ihr egal. Sie ist wichtig, sonst niemand. Und was daraus entsteht, ist ihr auch egal. Anscheinend wartet meine Frau
noch immer auf eine Nachricht von Bettina, weil sie ihr mal einen Gesprächstermin wegen unserer Probleme angeboten hat.
Und sie wartet und wartet. Wenn Bettina mitten in der Nacht
anruft und Hilfe braucht, ist meine Frau sofort im Auto. Aber
wir warten, weil wir nicht so wichtig sind, auch wenn Bettina
das sehr geschickt verpackt und meiner Frau suggeriert, dass
sie sehr wohl wichtig ist. Aber das ist sie nicht, und das erkennt
sie nicht. Und es ist in meinen Augen durchaus möglich, dass
die beiden eine Beziehung haben werden, wenn ich keine Rolle
mehr spiele. Aber Alex muss sich klar sein, mit was für einem
Menschen sie sich da eigentlich einlässt. Das wird toll, die ersten Monate. Aber irgendwann wird sie erkennen, was Bettina
wirklich für ein Spiel spielt, und dann wird es zu spät sein. Mir
ist ganz schlecht. Daher will ich auch keinen Kontakt mehr zu
meiner Frau, dann, wenn sie ausgezogen ist. Ich würde es einfach nicht ertragen, wenn ich mitkriege, dass die zwei zusammenkommen. Oder wenn Alex mit irgendjemand anderem zu-
sammenkommt. Ich könnte es einfach nicht ertragen. Ich liebe
diese Frau, egal wo sie ist, egal wie sie zu mir steht. Ich wünsche
mir nichts sehnlicher, als eine Zukunft mit ihr und so etwas
würde alles zunichtemachen. Das wäre das sicherste Zeichen
für mich, dass sie mit mir fertig ist. Und dann kann ich nicht
mehr. Sie sagt immer, das ist nicht ihr Ziel, sich irgendjemand
anderen zu suchen, aber bei dem Charme und dem Sex Drive

meiner Frau kann ich mir nicht vorstellen, dass sie das lange durchhält. Und wenn es nur irgendeine hässliche, vernachlässigte Hausfrau hier vom Ort ist. Was für ein Downgrade wäre das. Da müsste ich mich ja schämen, wenn sie mich irgendwann zurückwollte. Wenn sie es einfach irgendjemandem besorgen würde, weil sie geil ist. Wäre ja auch nicht das erste Mal, dass sie sich mit so einer Person einlässt und alles über Bord wirft, was noch irgendwie von Bedeutung sein könnte. Ich habe solche Angst davor, wenn ich das irgendwann mitbekomme. Wie beschämend. Für mich. Wie peinlich.

Und die anderen Schlampen haben sich auch immer noch nicht gemeldet. Da wart ich jetzt aber auch nicht mehr drauf. Können mir alle gestohlen bleiben. Ich habe die nur noch nicht gesperrt, weil die alle irgendwie durch ihre Kinder mit Bastian verbandelt sind und da vielleicht mal irgendeine Art von Austausch notwendig ist. Aber ansonsten kann ich mich auch gut alleine besaufen, da brauch ich die Weiber nicht dazu.

In diesem Sinne geh ich heute auch alleine weg. Nicht, um mich zu besaufen. Geht ja schlecht, wenn ich noch fahren muss, aber eine Autofahrerschorle muss schon drin sein. Ich geh alleine weg, weil ich sonst einfach niemanden habe. Und ich habe keine Lust darauf, mich zu Hause die ganze Zeit selbst zu bemitleiden und mir jeden Tag die Augen auszuheulen. Ich will Musik hören und den Kopf ausschalten. Natürlich wäre es schön, wenn ich mir die Kante geben könnte, aber dazu habe ich Gott sei Dank zu viel Verantwortungsbewusstsein. Gott sei Dank.

20.11.2022

The Bearhug und das erste Mal. Könnte man jetzt auch dazu sagen, wie der gestrige Abend gelaufen ist. Vieles in meinem Leben verläuft im Moment auf unterschiedlichen Ebenen. Und das ist gut so, denn nur so habe ich auch manchmal die Chance auf ein bisschen Frieden im Kopf und im Herz, auch wenn das niemals lange anhält. Gestern habe ich mich also dazu entschieden, nicht voller Selbstmitleid zu Hause zu sitzen und zu heulen, sondern auszugehen. Das erste Mal, ganz alleine. Ohne Freunde, denn ich habe keine. Ohne meine Frau, denn die habe ich auch nicht mehr. Was bleibt, bin ich. Und ja, jetzt habe ich es in der Hand, wie es weitergeht, aber es ist noch viel zu schwer, das Potential darin zu erkennen. Aber gestern war ein guter Anfang, mit Start-schwierigkeiten. Ich habe mich zurechtgemacht. Ganz bewusst. Und dann bin ich an die Tankstelle gefahren, weil ich noch Ziga-retten gebraucht habe. Und wer ist im Dienst in der Tankstelle? Rocco der Bär. Der Ehemann einer „meiner Freundinnen". Jetzt konnte er der Situation nicht mehr entgehen. Er hat mich fest in die Arme genommen und gefragt, wie es mir geht. Scheiße halt. Aber ich hab mir auf die Zunge gebissen, denn meine Wimpern-tusche ist nicht wasserfest und ich hatte ja noch was vor. Ich sol-le nach vorne schauen, meint er. Ja. Bleibt mir ja auch nix ande-res übrig. Danke schön. Er hat es lieb gemeint, aber wenn er mir nicht zufällig über den Weg gelaufen wäre, wäre da halt auch nix gekommen. Aber sei's drum. Und dann bin ich zu dem Auftritt einer befreundeten Band gefahren. Eine Blues Brothers Cover Band. Großartig. Ich habe sie noch nie selbst live gesehen, im-mer wenn ich mit ihnen zu tun hatte, war ich mit auf der Bühne, weil ich für die Sängerin eingesprungen bin. Und es war ein wun-derschöner Abend. Ganz tolle Musik, ganz liebe Leute. Bert und Ana haben mich etwas aufgebaut. Leute, mit denen ich eigent-lich keinen Kontakt habe, nehmen sich die Zeit und hören mir zu, sind bessere Freunde als die, die immer zum fressen gekommen sind. Das Leben ist seltsam. Das Angebot steht, dass ich dort je-derzeit hinkann. Das rührt mich sehr. Mal sehen, ob ich es übers Herz bringe, eigentlich Fremde mit meinem Kram zu belasten. Ich habe an dem Punkt schon gemerkt, dass es nicht darauf an-kommt, dass ich Leute stundenlang volllabere, sondern dass ich weiß, es wäre jemand da, wenn ich jemanden bräuchte. So pfle-geleicht bin ich eigentlich. Großartig. Auf der anderen Seite, sie haben das Angebot gemacht. Und wenn ich nach vorne schauen soll, dann muss ich auch neue Wege einschlagen, neue Freunde finden. Meine Freunde, die sich auch für mich interessieren. So kann die Situation ja nicht bleiben.

Morgens bin ich durch das Klingeln einer WhatsApp-Benachrichtigung aufgewacht. Meine Schwiegermutter hat sich gemeldet. Es tut ihr alles so leid wie es gekommen ist, usw. Ja mir erst. Sie wusste gar nicht, was eigentlich passiert ist, wieso mich Alex nicht mehr liebt. Also habe ich es ihr erklärt. Sie hat dann eine Sprachnachricht geschickt und gesagt, sie würde sich später nochmal melden, sie bekommt jetzt Besuch und sie muss sich erst wieder in den Griff kriegen, weil sie so geweint hätte. Ja, habe ich dann auch. Nicht zu knapp. Wie mir das auf den Sack geht, wenn man direkt nach dem Aufwachen den ersten Heulkrampf bekommt. Was für ein Scheiß.

Dann kam Alex von der Arbeit. Stimmung gleich direkt wieder im Keller, weil ich ja nicht das blühende Leben sein kann, wenn ich gerade geflennt habe. Sie meint, vielleicht ist die Trennung auch eine neue Chance. Ja selbstverständlich. Eine Chance ist es auf jeden Fall, nur für was, das ist nicht klar. Mein kleines, dummes Herzchen meint dazu (mit Sibille in ihrem Kämmerchen), dass Alex vielleicht erkennt, dass es nicht ohne mich geht, wenn sie ohne mich ist. Aber da rede ich mir wohl auch wieder was ein, wie immer. Und warum sagt sie sowas. Weil sie ein schlechtes Gewissen hat? Weil ihr noch was an mir liegt? Ich verstehe die Situation überhaupt nicht. Gestern hat sie mir noch einen Schlagring eingepackt, damit mir nichts passiert, wenn ich alleine unterwegs bin. Dauernd hat sie mir geschrieben, wie es ist und ob ich Spaß habe. Immer sucht sie den Kontakt und gibt die Besorgte. Und ich verstehe es nicht. Entweder es liegt ihr noch etwas an mir, dann haben wir vielleicht eine Chance, oder sie hat definitiv abgeschlossen, dann muss sie mich aber auch in Ruhe lassen, sonst werde ich niemals zur Ruhe kommen. Immer diese verwirrenden Signale. Oder vielleicht empfinde ich sie einfach nur als verwirrend, weil ich etwas in ihnen sehen möchte, was nicht mehr da ist. Wenn sie mich nicht mehr liebt, muss sie mich gehen lassen, sonst kann ich sie niemals loslassen. Dieses „auf Abstand Halten aber immer Warmhalten", das ertrage ich einfach nicht. Und ja, vielleicht ist es eine Chance, die räumliche Trennung. Aber auch das kotzt mich schon wieder an. Diesen Vorschlag habe ich schon lange gemacht. Weil ich unter diesen Umständen nicht mit ihr kann. Aber ich kann mir auch nicht vorstellen, ohne sie zu sein. Aber da hat sie dann immer geweint und gemeint, sie wolle mich nicht verlieren. Jetzt hat sie die Schnauze voll und meint, es sei besser, wenn sie geht. Jetzt ist es ihre Idee geworden, die für gut erachtet wird und nun auch so durchgeführt wird, weil sie das sagt. Eigentlich geht immer alles, was uns angeht, nach dem, was sie sagt. Ich liebe sie, seit ich sie zum ersten Mal gesehen habe. Und seitdem warte ich auf sie. Liebt sie mich oder nicht, vielleicht später oder irgendwie anders. Mal ja, mal nein. Hin und her. Und letztendlich ist es immer ihre Entscheidung, was passiert und wie es weitergeht. Eine Zeitlang hatte ich Glück, denn da wollten wir die gleichen Dinge. Aber am Anfang und jetzt am Ende halt eben leider nicht. Am Anfang wollte sie mich zweimal nicht mehr, also musste ich das aushalten, und jetzt, am Ende, will sie mich auch nicht mehr, und ich muss es aushalten. Immer ihre Entscheidung und ich muss sehen, wie ich damit zurechtkomme. Warum bin ich eigentlich so ein dummer Esel? Eine andere würde sich das alles nicht bieten lassen. Bin ich verrückt, sie so zu lieben? Gibt es irgendwo einen Knopf, mit dem ich das abstellen kann? Sie hatte ja wohl einen. Sie muss mir nur noch sagen, wo der zu finden ist, dann hat sie wieder mal ihren Willen, dann ist alles schick.

Und was soll ich anfangen. Wie schon mehrmals erwähnt, ich bin 50 Jahre alt. Abgesehen von der Tatsache, dass ich momentan sowieso „emotionally unavailable" bin und mir auch nicht vorstellen kann, dass sich das ändert, wo soll ich eine neue Liebe finden? In meinem kleinen Dorf? Bei einer Plastikschüsselvorführung? Wird sicher nicht so schwierig werden. Neulich habe ich nach dem Duschen mal den Fehler gemacht und mich angeguckt. Vornübergebeugt, weil ich meine Füße abgetrocknet habe. Blick auf meinen Bauch und die Oberschenkel. Und natürlich das Lustzentrum. Oder auch Unlustzentrum, kommt drauf an, aus welchem Zeitraum heraus man es betrachtet. Die Wurzel allen Übels. Jedenfalls sehen mein Bauch und meine Oberschenkel aus wie der Arsch einer alten Elefantenkuh. Und die wichtigste Stelle, nun ja, Steven King hat sie mal ganz treffend beschrieben, sieht aus wie eine schlecht verheilte Axtwunde. Der Mann hat halt Ahnung. Also was brauche ich dann, wenn mein Herz wieder geklebt ist? Eine Frau mit kurzen Haaren. Maskulin. Voller Witz, Charme und Humor. Jemand, der selbst fest im Leben steht. Der mich über alles liebt und eine Vorliebe für schlechte Horrorfilme und Zoologie hat. Dürfte ja kein Problem sein. Die andere Option, Männer. Jaaa, ich bin mit einer Frau verheiratet. Noch. Aber das war ja auch nicht immer so. Und gestern Abend habe ich mir mal die Männer so angesehen. Was soll ich sagen. Wenn nur noch einer von denen und ich übrig sind, um das Fortbestehen der Menschheit zu sichern, dann werden wir wohl leider aussterben müssen, dumm gelaufen.

Und, oh ja, ich habe mir einen neuen Vibrator bestellt. Juhu. Denn, blöderweise ist ja jetzt alles wieder im Lot mit meinen Hormonen und ich habe ständig Bock auf Sex. Nur leider ist halt jetzt keiner mehr da, mit dem ich den noch haben könnte. Auch wieder blöd gelaufen. Und ja, wir haben unsere kleine Selektion an Vibsis hier, aber ich habe keinen Bock, jedes Mal vor dem Solosex und danach zu heulen, weil wir die kleinen Freunde bisher immer zusammen benutzt haben. Irgendwann ist auch gut, würde ich mal sagen. Und Sibille überlegt. Sie denkt sich, würde es meine Frau, die mich nicht mehr liebt, weil das Feuer fehlt, nachdenklich machen, wenn sie mitkriegt, dass ich mir mein eigenes Spielzeug gekauft habe? Wenn sie darüber nachdenkt, dass ich alleine im Bett liege und Sex mit mir habe? Ob sie darüber nachdenkt, wie schön es war, mit mir Sex zu haben? Was wenn? Sibille, halt einfach die Schnauze.

22.11.2022

… oder auch „Albträume und Romantik". Nein, nicht nervös werden. Das mit der Romantik hört sich besser an, als es ist, versprochen. Wo fang ich an. Ich kann seit einigen Wochen, trotz der Situation, sehr gut schlafen. Im Sommer habe ich oft ganze Nächte heulend im Garten verbracht und mir den Sternenhimmel dabei angesehen. Mit einem klaren Sternenhimmel verbinde ich viele schöne Erinnerungen. Als wir 2018 zusammengekommen sind, bin ich nach den Auftritten immer zu ihr gefahren. Und da, wo sie wohnte, da gab es einen Sternenhimmel, wie ich ihn sonst noch nirgends gesehen habe. Ja, klar, der ist 19 Kilometer weiter, wo ich wohne, der Gleiche, mag der Astrologe jetzt sagen, aber irgendwie sah er dort besonders aus. So klar. Millionen von Sternen. Einfach unbeschreiblich. Und jetzt könnte ich kotzen, wenn ich auch nur einen Stern sehe. Danke schön. Jedenfalls kann ich Gott sei Dank jetzt gut schlafen. Wahrscheinlich sagt mein Körper, wenn Du nichts frisst und auch nicht mehr schläfst, dann hab ich keinen Bock mehr. Also, schlaf. Und ich habe immer tief und fest geschlafen, wenn ich geträumt habe, dann angenehme Sachen, die nichts mit der Sache hier zu tun hatten. So entspannend, dass ich mich morgens beim Aufwachen erst mal sortieren musste, denn zuerst wusste ich gar nicht, wo diese Trauer gleich in der Früh herkam. Bis es mir wieder einfiel. Meine Frau verlässt mich. Ach so. Ja, klar.

Aber gestern Abend habe ich einen Fehler gemacht. Wir haben uns „Hochzeit auf den ersten Blick" angeschaut. Wie dumm. Zumeist glückliche Paare, Liebeslieder, tiefe Blicke und Liebesschwüre, Ballons, Tauben und Heiratsanträge. Damit nicht genug, in den Werbepausen kam dann immer Werbung für den Schmuckversand, bei dem wir unsere Eheringe gekauft haben. Ich kann mich noch so gut daran erinnern. Alex hatte immer Probleme mit dem Einschlafen. Nur wenn wir abends im Bett, nach dem Sex, nach Eheringen gegoogelt haben, da ist sie immer eingepennt. War das damals schon ein Hinweis auf das, was noch kommt, oder hatte sie zu dem Zeitpunkt innere Ruhe gefunden, weil sie sich angekommen gefühlt hat. So oder so, jetzt ist alles anders. Und so sehr ich mich bemüht habe, nicht zu heulen, ich habs verkackt. Es war fürchterlich. Und sie kommt dann immer und tröstet mich. Und ist ganz klar und ungerührt dabei. Irgendwie, als ob der Löwe zur Gazelle sagt: „Mach Dir doch nix draus. Irgendwie mag ich dich ja trotzdem". Dann frisst er sie. Sehr hilfreich. Sie sagt immer, sie sieht, dass es mir schlecht geht (No shit Sherlock?), und daher möchte sie für uns beide stark sein. Aber es sieht für mich nicht nur nach Stärke aus, sondern nach einem sehr krassen Fall von „ich habe mit allem abgeschlossen, no way back, ever".

Danach sind wir ins Bett gegangen. Ich bin gut eingeschlafen, aber der Rest war für den Arsch. Ich habe geträumt, gefühlt die ganze Nacht, dass wir mit Bettina essen waren. Wir drei. Und Bettina war immer total lieb, wenn Alex da war. Aber wenn Alex mal nicht da war, keine Ahnung, wo sie da immer hingegangen ist, dann hat Bettina mich ausgelacht und sich ein zweites Loch in den Arsch gefreut darüber, dass unsere Beziehung gescheitert ist. Da war ich dann immer total von der Rolle, und wenn Alex zurückkam, konnte sie nicht verstehen, warum ich so aufgelöst war, und Bettina hat wieder die Liebe gegeben. Und ich war so entsetzt, dass Alex nicht sehen konnte, wie sie wirklich war, was sie mir antat. Und natürlich wachte ich danach gleich mal heulend auf. Danke schön.

Ich habe neulich ein Kosmetikpäckchen bekommen. Darin war als Geschenk ein kleines Heftchen, in dem man in 7 Tagen lernen kann, wie man sich selbst liebt. Da frage ich mich, wo im Haus die Leute die Kameras angebracht haben, woher sie wissen, dass ich da gerade echt ein Problem damit habe, unter anderem. Jedenfalls war bis gestern Abend eigentlich alles einigermaßen ausgeglichen und ich habe mir vorgenommen, in das Heftchen für gestern bei „worauf warst Du heute Stolz" einzutragen, dass ich gar nicht geheult habe. Ja, ne. Ich fang später mit dem Heftchen an. Fang später damit an, mich selbst zu lieben. Gerade bin ich noch beschäftigt.

Gestern haben wir uns auch ein bisschen darüber unterhalten, was sie mitnehmen kann. Sie hatte mir ja auch aus dem Möbelhaus Bilder von Küchen geschickt. Alter Schwede, erst heute wird mir klar, wie daneben das ist. Ich soll mit ihr die Küche aussuchen, die sie dann ohne mich benutzt. Geht's eigentlich noch? Jedenfalls habe ich ihr gesagt, sie kann das Geschirr mitnehmen, das wir gerade benutzen. Das hat sie sich damals gewünscht. Ein „Kerlegeschirr". Weiß, mit feinen braunen und grauen Linien. Ich würde dann das Geschirr von Tante Ilona hernehmen, das sie über e-bay hätte verkaufen sollen, das, das keiner will, so wie mich. Ich fand das schon immer schön. Halt mega-altmodisch. Weißes Porzellan mit roten und gelben Rosen drauf. Irgendwie fast barock. Aber so alt kann es nicht sein, es ist Spülmaschinenfest. Und wenn man ein bis zwei Augen zudrückt, dann passt es farblich sogar zur Küche. Mein romantisches Geschirr von Tante Ilona. You win some, you lose some. Life goes on. Juhu.

... Oh! Und ich habe was Neues gelernt. Nämlich, wie ich mit einem Stäbchen meine inzwischen relativ langen Haare (Alex liebt lange Haare ...) hochstecken kann. Sieht besonders gut aus, wenn man das Stäbchen vor dem Sex, wenn die Möpse schon raushängen, langsam rauszieht und dann den Kopf etwas schüttelt. Das wird meinem neuen Vibrator sehr gut gefallen, denke ich.

... Und gerade ist sie in einem dänischen, holländischen, niederländischen Möbelhaus, was weiß ich. Um sich neue Sachen für ihr Leben ohne mich zu kaufen. Sie hat angerufen und gefragt, ob sie mir was mitbringen kann. Ja, habe ich gedacht. Ein neues Herz, denn mein altes ist kaputt. „Nein", habe ich gesagt.

... Und dann kam sie zurück. Wir haben Ilonas Geschirr heruntergeholt und ausgepackt. Es stellt sich heraus, dass wir ca. 12 große Teller haben, gefühlt 100 Eierbecher, zwei Schüsseln, eine Schale, eine Tasse und eine Untertasse. Es ist nicht komplett. So wie ich. Passt also ganz gut. Und als ich an ihr vorbeigehe, da nimmt sie mich an der Hand und zieht mich zu sich. Mein Herz bleibt stehen. Vor Hoffnung, vor Angst. Sibille presst ihre Nase an die Scheibe ihres Kämmerchens. Voller Erwartung. Und meine Frau sagt zu mir: „Das hab ich ernst gemeint, was ich dir neulich geschrieben habe". Was davon frage ich mich und sie. Bei all den Gesprächen, die wir in den letzten Monaten persönlich und übers Handy geführt haben, was davon. Sie meint:

„Das, wo ich geschrieben habe, dass ich hoffe, dass wir durch die räumliche Trennung wieder zueinander finden. Dass wir uns wieder neu kennenlernen und uns wieder lieben lernen." Ich kann nicht atmen, mir ist schlecht. Da ist er wieder, ein Strohhalm, an den ich mich klammern kann. Ein ziemlich großer, wie ich meine. Aber ich sage zu ihr, dass ich nicht möchte, dass sie mir so etwas nur sagt, weil sie hofft, dass dann der Abschied nicht so schwer wird. Ich hoffe, dass sie versteht, dass so etwas alles nur noch schlimmer machen würde. Und sie meint, so sei es nicht, sie meint es ernst, sie hofft auch. Und dann räumen wir beide weiter das Geschirr um, für ihren Auszug.

23.11.2022

… Das hätte jetzt ein schönes Ende mit Hoffnung auf einen zweiten Teil sein können. Aber leider bin ich hier noch nicht fertig mit mir. Mit ihr, mit uns. Sorry. Gestern habe ich mich dazu entschieden, die Geschichte einem Verlag anzubieten. Und in dem Moment, in dem ich das Manuskript in den Postkasten geworfen habe, ging es mir irgendwie besser. Wie verrückt ist das denn. Aufgeschrieben, zugeklebt und weg damit. Irre.

Am Abend sind wir dann im Wohnzimmer gesessen. Ich habe sie mir immer wieder angeschaut und mich gefragt, was diese Frau an sich hat, dass ich so verrückt nach ihr bin. Und ich habe zum ersten Mal keine Antwort gefunden. Seltsam.

Heute war sie vormittags nicht da. Ich hab meine Arbeit gemacht. Aber irgendwie war ich nicht so traurig wie die letzten Tage. Ich habe eher mit Wut zu tun gehabt. Mit Wut auf unsere „Freunde" und die Gesamtsituation. Wut auf mich, weil ich mich in so ein wimmerndes Arschloch verwandelt habe, ohne Rückgrat. Ohne Stolz. Einfach schrecklich. Und ich habe mich daraufhin irgendwie aufgerichtet. Innerlich und auch körperlich.

Als sie kam, habe ich ihr noch einmal aufs Brot geschmiert, warum ich sauer bin und was ich von unseren Freunden halte.

Sie gibt mir eigentlich recht. Sie mag zwar manchmal einlenken, hat aber auch keine Chance, denn sie hat keine Argumente. Sich nicht bei mir melden ist einfach sich nicht bei mir melden. Da gibt es kein „vielleicht" oder „möglicherweise". Nicht da, ist nicht da, so einfach ist das. Und Fräulein Bettina habe ich auch nochmal durchgezogen. Ein letztes Mal, wie ich hoffe, denn ich gebe dieser Frau in meinem Leben sowieso viel zu viel Raum. Ich habe ihr nochmal gesagt, was ich von ihr halte, dass ich der Meinung bin, dass sie sich von ihr ausnutzen lässt. Ich habe kein Blatt vor den Mund genommen, denn inzwischen ist es mir egal, ob sie schlecht denken könnte, wenn ich Bettina für ein Arschloch halte. Das ist meine Meinung und zu der steh ich. Aber auch hier konnte sie mir nicht wirklich widersprechen. Sie leugnet jedoch immer noch, dass Bettina etwas mit unserer Trennung zu tun hat. Das sehe ich aber einfach anders. 02.04.22 Liebesschwüre, Kennenlernen von Fräulein „ich brauche Euch", keine Liebesschwüre mehr. So einfach ist das. Meiner Meinung nach hat meine Frau in Bettina ein Ventil gefunden. Jemanden, der sie braucht und schätzt, jemanden, der ihr Honig ums Maul schmiert, der ihr das Gefühl gibt, für sie wichtig zu sein. Aus purem Egoismus heraus, aber das erkennt meine Frau nicht. Und meine Frau hat sich bereitwillig darauf eingelassen, hat sie über mich gestellt, mich permanent wegen ihr verletzt und vernachlässigt. Sie hat sich abgewendet, denn da war nun das goldene Kalb und hier war nur noch die alte Kuh. Es ist natürlich angenehmer, sich von einem Problem abzuwenden und sich mit etwas zu beschäftigen, das einem ein gutes Gefühl gibt. Und das war das Problem. Natürlich bin ich nicht das blühende Leben, wenn ich monatelang gesagt bekomme, dass man mich nicht mehr liebt, wenn ich fast täglich vorgelebt bekomme, wie meine Frau sofort springt, wenn die andere pfeift. Wie sie sie über mich stellt und nicht mehr an unserer Beziehung arbeitet. Sie macht es sich meiner Meinung nach sehr leicht. „Ich habe den Funken zwischen uns nicht mehr gespürt". Ja, natürlich. Wo soll der auch herkommen, wenn ich mir monatelang das Süßholzgeraspel zwischen den beiden anschauen muss, wenn ich mit meinen Fragen und der Herabsetzung meiner Person alleingelassen bin und einfach überhaupt nicht damit klarkomme, wenn ich nur noch ein Schatten meiner selbst bin, ein Schatten der Person, in die sich Alex einmal verliebt hat. Woher soll er denn da bitte kommen. Und jetzt bekomme ich die Schuld für das Scheitern, weil ich mal 'ne Zeitlang nicht wollte. Aber dass sie auch nicht mehr wollte, weil sie sich in eine Scheinwelt mit einer vermeintlich in Not befindlichen Maid geflüchtet hat, anstatt an unserer Beziehung zu arbeiten und mir Kraft zu geben, davon spricht natürlich keiner. Außer mir halt.

... In Anlehnung an das eben Geschriebene, folgende Erinnerung. Meine Frau sagt, ich bin die wichtigste Person in ihrem Leben, sie würde mich nie verletzen oder anlügen wollen. Dass sie Ersteres jetzt schon seit Monaten konsequent macht, sollte mir eigentlich klar machen, dass sie es mit Letzterem auch nicht so genau nimmt. Aber was hatten wir jetzt noch, außer Vertrauen. In uns, die Ehrlichkeit und vielleicht eine Chance irgendwann in der Zukunft, wenn man sich aufeinander verlassen kann. Was für ein Witz. Und wieder einmal in die Runde gefragt, wie doof bin ich eigentlich.

Ich habe Alex heute gefragt, wann sie zuletzt von Bettina gehört hatte. Das ist gaaaaaaanz lange her, hat sie gemeint. Am Abend habe ich dann ihr Handy mit ins Schlafzimmer genommen und sie war noch unten. Und ich habe reingeguckt. Jaaaa, gaaaaanz böse bin ich, ich weiß. Bin ich ja immer. ABER. Siehe da, der letzte Kontakt zwischen meiner Frau und der F***e war vorgestern. Unter gaaaaaaanz lange verstehe ich jetzt irgendwie was anderes. Und ich habe sie damit konfrontiert. Sie hatte Angst, es mir zu sagen. Aha. Jetzt bin ich also schuld, dass sie mich anlügt, weil ich ja so böse bin. Ne. Den Schuh zieh ich mir jetzt definitiv nicht mehr an. Meine Frau hat sich bewusst dazu entschieden, mich wegen einer anderen Frau anzulügen. „Sie wollte mich nicht verletzen mit der Info". Wie rücksichtsvoll von ihr. Als ob es jetzt noch schlimmer werden kann, ... Ja, eigentlich schon, wenn ich darüber nachdenke. Wegen dieser fürchterlichen Person. NATÜRLICH frage ich mich an dieser Stelle, und dem geneigten Leser mag es womöglich ebenso ergehen, was sie mir in dieser Sache sonst noch nicht sagt, „um mich nicht zu verletzen", wer weiß. Ich werde es jedenfalls nicht erfahren, denn wie ich ihr heute in dem Zusammenhang auch gesagt habe, „Du machst ja sowieso, was Du willst, und es ist Dir scheißegal, wie es mir dabei geht. Hauptsache, Du kannst das Scheitern unserer Beziehung dem Sexmangel mit mir zuschreiben, Du hast ja die ganze Zeit über nix falsch gemacht". Viel hat sie dann nicht mehr gesagt. Ich kann nicht mal sagen, ob es ihr leidtut oder nicht, was sie sich denkt. Interessieren würde es mich natürlich schon sehr, denn diese Lüge bringt natürlich auch ihre Wunschvorstellung von best friends erheblich ins Wanken. Weil ich brauche keinen best friend, auf den ich mich nicht verlassen kann. Ich frage mich auch die ganze Zeit, wie Bettina denken würde, wenn sie über die ganze Scheiße hier Bescheid wüsste. Wenn sie wüsste, was ich wegen dem Betty Hype mit Alex hier die letzten Monate durchgemacht habe, wenn sie wüsste, dass mich meine Frau wegen ihr anlügt. Nein, hat Alex gemeint, sie würde Bettina nicht über mich stellen. Ich verstehe nicht, wieso sie das nicht kapiert. Seit Monaten dreh ich am Rad wegen dieser Person und meiner Frau ist es scheißegal. Sie fährt immer wieder hin, spielt die Samariterin für die Kuh, weiß ganz genau, wie sehr sie mich damit verletzt, lügt mich jetzt auch noch wegen ihr an und macht trotzdem immer munter weiter. Das ist doch nicht normal. Und so lasse ich mich nicht behandeln. Ja, sie war verletzt, weil ich nicht ficken wollte. Und was macht sie? Sie sagt zu mir, sie liebt mich nicht mehr und behandelt mich wie den letzten Depp über Monate. Sie tut, was sie will, ohne Rücksicht auf Verluste, wie es mir dabei geht, ist ihr einfach scheißegal. Und dann hat sie noch die Dreistigkeit zu sagen, sie hätte mich nie verletzen wollen. Dafür macht sie es aber sehr gut und konsequent. Respekt. Und was tut sie jetzt? Sie ist eingepennt. Hat sie gar kein schlechtes Gewissen? Ich kapier das nicht. Ich kann noch nicht sagen, ob ich heute noch schlafen kann. Oder will.

Hernach träum ich wieder von dem blöden Weib, dann ist die Nacht auch wieder im Arsch. Ich verstehe meine (Ex-)Frau einfach nicht. Sie tut, was sie will. Sie hat sich das alles jetzt so in den Kopf gesetzt, trifft eine beschissene Entscheidung nach der anderen, verletzt mich am laufenden Band und meint, das wäre ok. Geht einfach schlafen. Gerade kann ich es nicht erwarten bis Samstag ist, denn dann ist sie erst mal weg. Morgen hat sie frei. Wir sind den ganzen Tag hier zusammen. Ich freu mich, wird toll. ABER, ich habe nicht vor ihr geheult deswegen. Ich habe geschäumt vor Wut, ich war stinksauer (auf die Schulter klopf ...). Ob das in den nächsten Stunden so bleiben wird, kann ich noch nicht sagen.

... Und plötzlich stand sie da. Sie ist doch aufgewacht, wollte reden. Hat sich tausend Mal entschuldigt. Das alles war nie ihre Absicht, sie hat nicht gewollt, dass das alles so rüberkommt. Bla. Isses aber. Monatelang. Und ich weiß gerade nicht weiter. Müssen wir halt jetzt mal so stehen lassen, hilft ja nix. Die Zukunft wird zeigen, wie leid es ihr tut und ob ich mich irgendwann wieder auf sie verlassen kann. Das kann ich jetzt wirklich nicht sagen.

... Oh, und der Vibsi ist da. Ich nenn ihn mal Horst. Sehr interessantes Gerät. Lila sieht irgendwie aus wie eine Handfeuerwaffe und hat ganze zwei Motoren mehr als mein Auto. Das macht mir irgendwie Angst. Als er gekommen ist, habe ich ihn kurz angemacht, im Schlafzimmer, ohne Absicht ihn zu benutzen. Es war Nachmittag und Bastian war da. Das Teil hat irgendwie 13 verschiedene Einstellungen und bei manchen hört es sich an wie mein Handy, wenn nur der Vibrationsalarm eingeschaltet ist. Ich höre Bastian die Treppe raufkommen. Scheiße. Ich habe keine Ahnung, in welcher Stufe ich mich befinde und wie ich die drei Motoren schnell ausbekommen könnte. Brrrrr ... Brrrr ... Brrrrrr ... Bastian fragt vom Gang aus, wer mich denn anruft. Ich meine nur: „Das ist nur Horst, kennst Du nicht. Ich eigentlich auch noch nicht. Aber ich bin gespannt, wie er so ist.“

25.11.2022

... Ach ja. Was für ein Scheiß-Tag gestern noch war. Mit vielen Emotionen auf beiden Seiten. Zuerst einmal habe ich den Fehler gemacht, zwischen Tüll und Tränen anzuschauen. Wieso mache ich sowas eigentlich. Sie war nicht da, aber als sie nach Hause kam, saß ich heulend im Wohnzimmer. Das geht mir so auf den Sack, dieses Geheule die ganze Zeit. Und irgendwie hat es sie dann gestern auch weggerissen und sie hat selber viel geweint. Und da denkt sich Sibille dann immer, vielleicht ist es ihr doch alles nicht so egal und sie ist sich nicht sicher, ob ihre Entscheidung die richtige ist, ob sie ihren Gefühlen vertrauen kann oder ob sie mich vielleicht doch noch irgendwo liebt, und als nächstes sagt Alex dann sowas wie „ich komm Euch ganz oft besuchen". So viele Fragen an dieser Stelle. Warum heulst du, wenn du trotzdem gehst? Warum kommst du uns oft besuchen, wenn du doch von uns weg sein möchtest? Ist es ihr schlechtes Gewissen oder liegt ihr doch noch mehr an mir? Ich weiß es einfach nicht. Sie hat gesagt, weinend, dass sie alles so aufregt. Ich habe gefragt, was sie denn mit alles meint. Ich auch? Sie meinte: „Nein, Du nicht. Sonst einfach alles". Ich hätte mir gewünscht, dass sie näher darauf eingeht, aber das hat sie nicht getan. Und irgendwie hat mich mein Kampfgeist etwas verlassen. Ich habe nicht die Kraft dazu nachzubohren, in der Hoffnung etwas zu finden, was vielleicht helfen könnte.

Ich habe angefangen, die Wohnung umzudekorieren. Damit mich nicht immer alles an sie erinnert. Über unserem Bett hat sie einen Spruch angebracht. „True love stories never have endings". Finde den Fehler. Jedenfalls kommt der Spruch am Wochenende ab und ich streiche diese Wand. Ich halte es nicht aus, mir den blöden Spruch jeden Abend anzuschauen und mir auszumalen, wie ich einen Permanent-Marker hole und das never ganz dick ausstreiche. Aber ich glaube, das sieht erstens nicht gut aus und zweitens macht es die Sache auf keinen Fall besser. Also wird die Wand grau, mit weißen Streifen drin. Wird toll. 'ne Lichterkette fürs Bett habe ich mir auch bestellt. Damit ich mich kuschelig fühle, wenn ich alleine drin liege und flenne. Flennen mit Style. Ist ja auch schon mal irgendwie ein Fortschritt.

Hab auch irgendwie Bock, meine alten Lieblings-CDs auszupacken und das ganze Wochenende lang zu hören. Back to the roots. Erinnere Dich daran, wer Du einmal warst. Ich bin mir zwar nicht sicher, ob es gut war, wie ich war, aber immerhin war ich da nicht so verdammt traurig. Hab nur ein bisschen Sorge, dass ich bei der Musik versehentlich meine Einrichtung zu Klump schlage, es handelt sich dann doch mehr um Metallica und Manson und so. Mal sehen.

Und gestern Abend als wir im Bett liegen, sie war schon eingeschlafen, da hat ihr Handy gefiept. Und ich denke mir nur, ist das jetzt wieder die andere Schlampe? Was schreibt sie meiner Frau? Wird meine Frau es mir sagen? Wird sie wieder sagen, sie hat sich nicht gemeldet, nur damit ich später rausfinde, dass sie mich anlügt? Das passiert in meinem Kopf, wenn man mich anlügt. Dann geht da ganz viel schief. Und das ist scheiße. Das tut mir nicht gut, das tut uns nicht gut. Aber da sind wir jetzt leider mal und ich kann es nicht mehr ändern. Und wenn Alex dann nicht mehr hier wohnt? Wird es besser oder wird es schlimmer werden? Denn da ist sie dann einfach weg und ich habe viel mehr Zeit mir vorzustellen, was sie wohl gerade treibt, sie hat viel mehr Zeit, Dinge zu tun, die sie mir, weil sie mich ja nicht verletzen will, einfach nicht sagt. Juhu, ein neues Karussell in meinem Kopf. Als ob da nicht schon genug Kirmes wäre. Aber eins geht noch. Und dann noch eins usw.

Ich habe sie, als sie mit ihrer Lüge aufgeflogen ist und ich ihr noch einmal genau geschildert habe, was die letzten Monate in Bezug auf Bettina bei mir angerichtet haben, gefragt, wie sie denn nun gedenkt weiterzumachen. Ob sie denn jetzt auch wieder, sobald Bettina pfeift, springen wird und mit wehenden Fahnen zu ihr eilen wird. Sie hat etwas verzweifelt gewirkt und gemeint „dann wohl lieber nicht, oder?" Was genau ist das denn für eine Aussage? Das heißt doch nur, dass sie eigentlich schon wollen würde, nach allem, was diese Beziehung hier bei mir kaputt gemacht hat, aber sie traut sich nicht. Oder würde sie überlegen, es heimlich zu machen und mir wieder nichts davon zu sagen? Oder oder, oder ... Was für ein Scheiß.

Ich geh jetzt mal mit Horst telefonieren, damit ich mal auf andere Gedanken komme.

26.11.2022

Sie ist weg. Erst mal bis Sonntag Abend. Ist nach Dresden gefahren, um sich mit Mutti und Omi und sonst noch wem zu treffen. Immer sich mit Leuten beschäftigen, damit sie ja nicht mal reflektieren muss. Das war die letzten Monate immer so. Und dann sagt sie zu mir, sie hätte ja versucht, an unserer Beziehung zu arbeiten. Wie denn, wenn sie sich dauernd mit allen anderen beschäftigt, nur mit uns nicht. Das kann mir keiner erklären.

Ich bin ganz froh, dass ich mal durchatmen kann. Habe das Schlafzimmer neu gestrichen. Der Spruch „true lovestories never have endings" musste ja unbedingt weg. Ich hätte jedes Mal kotzen können, wenn ich nach einem neuen Scheiß-Tag abends im Bett gelegen habe und dann den Spruch über mir gesehen habe. Was für ein Witz.

Als ich den Spruch gestern Abend abgemacht habe, war sie auch mit mir im Schlafzimmer. Ich war fix und fertig, als ich an den Worten rumgekratzt habe. Sie hat es überhaupt nicht gejuckt. Ist das nun ihr „ich bin für uns beide stark" oder ein „juckt mich nicht mehr"? Ich weiß es nicht. Und ich habe keine Lust, darüber nachzudenken.

Heute hab ich nach dem Streichen einen Film geguckt. Über Beziehungen und Eifersucht. Ja, war nur ein Film, aber irgendwo müssen die Leute ja ihre Ideen herhaben. Jedenfalls hat die Ehefrau in dem Film bereits ein Fass aufgemacht, weil der Ehemann der potentiellen Nebenbuhlerin im Vorbeigehen ein Problem aus seiner Arbeit erzählt hat und nicht seiner Ehefrau. Echt jetzt? Und die Schnauze voll hatte sie, als sie die beiden beim, Achtung, Playstation-Spielen erwischt hat. Da ist sie dann ausgezogen … Ich schmeiß mich weg. Und mir mag man nach den letzten Monaten unterstellen, dass ich irrational und übertrieben eifersüchtig bin? Ähhhh, nein, ich denke nicht.

Ich habe viele Sachen im Schlafzimmer gefunden, die ich ihr zu ihren Sachen gelegt habe. Ein Buch, das sie mir geschenkt hat, für den Fall, dass mal was zwischen uns nicht stimmt oder es mir schlecht geht. Mit Schokolade drin, süßen Sprüchen, ’nem „Geduldsfaden“ usw … Witzig. Nur ziemlich sinnlos. Hab ich ihr auch hingelegt. Ein Schnickschnack Dingens für die Wand. Aus Holz. Das Unendlichkeitszeichen „Du und ich für immer“. Die Leute, die das erfunden haben, gehören verklagt …

Unsere Verlobungsringe, die Schachtel, in der unsere Eheringe waren. Alles hingestellt. Ist jetzt mein Schlafzimmer. Danke schön.

Und ich hänge mich immer daran auf, dass sie gesagt hat, der Sexentzug hat Risse bei ihr, zwischen uns, verursacht, die sie nicht kitten kann. Und was soll ich dann sagen, wo ich mir die letzten Monate ihr Verhalten mir gegenüber so angesehen habe, es ertragen habe, immer wieder gesagt habe, dass das nicht ok ist, und sie hat trotzdem weitergemacht? Das hat bei mir keine Risse verursacht. Das hat Krater zurückgelassen. Und trotzdem wäre ich bereit, nicht alles hinzuschmeißen. Ich habe nur momentan keinen Füllstoff mehr für diese Krater. Den hat sie mir mit ihrer Lüge weggenommen und ich weiß nicht, wo ich ihn herbekommen soll. Und ich weiß nicht, ob ihr klar ist, wie absolut daneben es war mich anzulügen. Wir haben uns noch nie angelogen. Jedenfalls nicht, dass ich wüsste. Da stellt sich dann halt auch die Frage, ob ich es einfach nicht weiß oder ob das wirklich das erste Mal war, ob es das letzte Mal sein würde. Das ist das eine, was ich nicht ertragen kann. Mit allem anderen kann ich arbeiten, an allem anderen kann ich arbeiten. Aber was ich dazu immer brauchen würde, ist Vertrauen, und das ist jetzt im Arsch. Sie hat mir gestern versprochen, sie würde es mir immer sagen, wenn sie jetzt Kontakt mit der Schlampe hat. Aber kann ich ihr das glauben, oder wird sie nur komischerweise bald wieder Face ID haben? Ich wäre so frei und würde sie fragen, mir ihren Chatverlauf zu zeigen. Weil jetzt eh schon alles wurscht ist. Wenn sie ihn mir zeigt und er verbirgt nichts, dann kann das ein Weg sein, Dinge in Perspektive zu setzen. Wenn sie ihn mir nicht zeigt, dann kann sie gerne ausziehen und dann auch da bleiben, wo sie hinzieht, denn dann lügt sie weiter, und das ist keine Basis für eine Beziehung, vor allem nicht, wenn sie auf so wackligen Beinen steht, wie unsere im Moment, wenn man das überhaupt noch Beziehung nennen kann. Lange habe ich mir die Schuld gegeben, aber inzwischen bin ich echt der Meinung, dass sie mehr verkackt hat als ich. Und ich muss ihr nicht mehr den Arsch hinhalten und betteln. Sollte sie in den nächsten Monaten zu der Überzeugung gelangen, dass ein Schlussstrich doch die falsche Entscheidung war, dann muss sie um mich kämpfen. Nicht wie bisher jedes Mal ich um sie. So einfach ist das. Theoretisch.

... Und Social Media ... Was für ein Witz. Wie unmöglich die Menschen doch sind. Sobald man hier eine Freundschaftsanfrage annimmt, kommt nur noch Scheiße. „Wie geht es Dir, was machst Du, bist Du in einer Beziehung" ist sozusagen als das knappe Petting der Medienwelt zu verstehen, bevor die ersten Dickpics kommen. Und Brock o Hurn, Adam Lambert und Janet Jackson finden mich alle ganz großartig. Ich hasse Menschen. Dann kommen auch gleich Nachrichten von mir unbekannten Frauen, die mich fragen, ob ich mit dem oder dem schreibe, denn da muss ich aufpassen, denn der will nur Geld. So ein Mist. Adam Lambert braucht doch kein Geld von mir ... Der liebt mich einfach. Ist doch auch kein Wunder ... Bin ich froh, dass ich meine Hunde habe. Freunde scheiße, Fremde genauso. Nur die kleinen Fellnasen, die sind loyal. Natürlich. Denn sie haben keine Daumen und würden ihre Futterdosen ohne mich nicht aufbekommen. So sieht wahre Liebe aus.

... Und ich frage mich die ganze Zeit, wieso ich nicht den Drang verspüre, wie früher, mich ständig bei ihr zu melden. Ihr zu sagen, dass ich sie vermisse. Ihr zu sagen, dass ich sie liebe. Natürlich will sie die ganzen Dinge jetzt sowieso nicht hören, aber der Drang, sie zu sagen oder zu schreiben, war immer trotzdem da. Und jetzt nicht mehr. Ich bin einfach nur traurig, dass es gekommen ist, wie es eben gekommen ist, aber ich habe keine Lust oder keine Kraft, ihr weiter nachzulaufen. Und ich hoffe, dass das nicht ein kleiner Abschied von mir ist, nach all dieser Zeit der Schmerzen, denn wenn ich mal emotional weg bin, dann bin ich weg. Hätte ja lange genug gedauert. Und dann ist es völlig egal, ob sie in einem Jahr meint, es könnte wieder was werden, denn dann bin ich raus aus der Nummer. Ich hoffe, dass es das nicht ist. Dass mir nur einfach jetzt gerade die Kraft ausgeht, mich weiter vor mir selbst zu erniedrigen, mich zum Affen zu machen. Dass es wieder vorbeigeht. Das hoffe ich.

... Eine Frage taucht derzeit immer wieder in meinem Kopf auf. Bezüglich einer kleinen, flüchtigen Aussage, die sie vor einigen Wochen getätigt hat. Ich habe sie damals sehr wohl registriert und es hat mir auch gleich einen Stich versetzt, aber ich habe sie verdrängt. Weil wir ja sowieso schon genügend Probleme haben. Sie hat zu mir gesagt: „Heute beim Autofahren ist mir meine Ex-Freundin entgegengekommen. Und es hat mir gar nicht mehr weh getan" ... Was soll das denn jetzt? Das war nie ein Thema zwischen uns. Was will sie mir damit sagen, oder sich selbst? Hat sie noch, lange nachdem wir schon zusammen waren, immer noch ihrer Ex Freundin nachgetrauert? Da hat sie niemals etwas gesagt. Kein Wort. Keine Geste. Gar nichts. Und ich frage mich mit all diesen Dingen, dieser Aussage, der Tatsache, dass sie mich angelogen hat, kenne ich meine Frau eigentlich überhaupt? Oder kenne ich nur die Version von ihr, von der sie will, dass ich sie kenne. Oder vielmehr, von der sie wollte, dass ich sie kenne. Von der sie wollte, dass ich mich in sie verliebe? Und jetzt hat sie das Interesse an mir, an uns, verloren, und jetzt bröckelt die Fassade. Jetzt passieren immer Sachen, die ich ihr nie zugetraut hätte. Aber ist das neu, oder ist das die Person, die sie eigentlich wirklich ist? Die Fragen werden einfach nicht weniger. Leider.

... Ich lese zurzeit dauernd irgendwelche Horoskope. Mach ich eigentlich nie, denn kann schon sein, aber ich glaube nicht wirklich daran, dass das funktioniert. Aber so wie die Dinge momentan um meinen Geisteszustand stehen, suche ich verzweifelt nach Antworten, denn ich selbst komme auf keinen grünen Zweig mit meinem Karussell im Kopf. Und ich halte mich an allen Horoskopen fest, die irgendwie andeuten könnten, dass alles wieder gut wird, und ich verdränge alle, die schlechten Input an der Beziehungsfront haben. Heute heißt es zum Beispiel für die nächste Woche, dass wir theoretisch wieder zusammenkommen müssten, und alles besser wird, als es vorher war. Die kennen nur Alex nicht. Ich fürchte, die muss einen Aszendenten haben, der die ganze Berechnung über den Haufen wirft. Ich vermutlich auch. In anderen heißt es, dass sie wichtige Entscheidungen für ihr restliches Leben trifft und das alleine Sein genießen wird. Die haben wohl den richtigen Aszendenten. Und in einem hieß es gar, dass sie bis Februar 23 endlich die wahre Liebe ihres Lebens finden wird. Die haben einfach nur 'nen Knall. Das sind die Zeiten, in denen Schwindler 'nen Haufen Geld machen, denn ich bin echt versucht, jemanden aufzusuchen, der Karten legen kann, oder 'ne Glaskugel hat oder sonstwie irgendeinen Mumpitz für Geld erzählt, nur damit ich Ruhe gebe und er/sie Miete zahlen kann. Ich bin echt versucht. Aber auch hier fehlt mir natürlich das Vertrauen. Das fehlt mir bei vielem zurzeit. In meine Frau, in mich, in andere. Puh. Ganz schön wenig übrig, dem ich gerade noch vertraue …

… Meine zukünftige Ex-Frau, die Projektleiterin. Ist es vielleicht das, was hier passiert? Wenn man das Leben meiner Frau betrachtet, so wie ich sie hab kennenlernen dürfen, dann gliedert es sich in einige große Projekte und viele kleine. Die kleinen sind all die Hilfsdienste, die sie jedem anbietet, der „hier" schreit. Umzug, Malern, was reparieren, was ausleihen, sich Probleme anhören, etc. …, etc. … Die großen, seit wir zusammen sind, waren:

- Geschlechtsangleichung. Meine Frau hat sich, gerade als wir uns 2018 wieder angenähert hatten, mit dem Gedanken getragen, zu einem Mann zu werden. Sie hatte den Prozess zu diesem Zeitpunkt schon ins Laufen gebracht. Informationen eingeholt, diverse Gespräche mit einem Psychiater diesbezüglich gehabt, entsprechende Gutachten. Ich habe natürlich erst mal dumm geguckt. Verdammt. Da habe ich mich nun in eine Frau verliebt, nur damit sie zu einem Mann wird und ich bin „doch bloß wieder hetero" ... Aber, da ich meine Frau liebe, und nicht den Körper, in dem sie wohnt, habe ich sie unterstützt. Das ist es, was Partner tun. Irgendwann hat sie jedoch gemeint, ich liebe sie als Frau so sehr, dass sie eine Umwandlung gar nicht mehr möchte. Sie hätte es in erster Linie machen wollen, da sie als Frau nicht so viele Chancen darauf gehabt hätte, 'ne Frau abzubekommen, als wenn sie ein Mann wäre. Aber jetzt hatte sie als Frau ja auch 'ne Frau abbekommen, also Projekt auf Eis gelegt. So hat es sich mir jedenfalls damals dargestellt. Es ist noch erschwerend hinzugekommen, dass sie die notwendige Hormontherapie eigentlich gar nicht hätte machen können, da sie schwere Herzprobleme hat und daher die Finger von Hormonen lassen muss. Also wäre es sowieso nicht wirklich durchführbar gewesen.

- Kinder. Meine Frau liebt Kinder. Ich habe zwei. Meine Frau hätte mit mir auch noch ein eigenes haben wollen. Da habe ich ihr aber von vornherein gesagt, dass ich dazu nicht bereit bin, da ich seit meinem 24. Lebensjahr Mutter von inzwischen zwei Kindern bin und einfach auch mal wieder mir selber gehören wollen würde. Aber sie hat nicht lockergelassen. Das wäre es, was sie erfüllt, das wünscht sie sich so sehr. Also, weil ich meine Frau liebe und weil ich möchte, dass sie glücklich ist, haben wir uns drei Möglichkeiten angeschaut.

- Adoption. Geht nicht, weil ich 'ne alte Schachtel bin und wir somit keine Kinder mehr angeboten bekommen würden. Prima.
- Pflegekind. Wir waren beim Jugendamt und haben das Eingangsverfahren für ein Pflegekind durchlaufen. Hat auch eigentlich alles ganz gut ausgesehen, nur die Termine vom Jugendamt haben sich gezogen, weil gerade Corona war und daher Hausbesuche vom Jugendamt nicht ohne weiteres möglich waren. In der Zwischenzeit hat

sich meine Mutter die Schulter gebrochen, sie musste 6 Wochen bei uns wohnen, in dem Zimmer, das wir für ein Pflegekind übrig gehabt hätten. Um zu verhindern, dass sie hier nochmal herkommen kann (...), haben wir nach ihrem Auszug das Zimmer zu meinem Büro umfunktioniert. Nur um auf der sicheren Seite zu sein. Zu dem Zeitpunkt war aber auch das Gefühl von Alex für mich nicht mehr stark genug, um mit dem Thema Pflegekind weiterzumachen, das wusste ich nur damals noch nicht, wie schade.

- Künstliche Befruchtung. Da bin ich natürlich wieder die Gearschte. Erstens war ich nicht scharf auf eine dritte Schwangerschaft, zweitens war es bei Bastian in Bezug auf mein Alter schon knapp, ich war damals 38. Jetzt mit 48 wäre das Risiko natürlich noch höher gewesen, Komplikationen zu haben, also hat sich meine Frau bereit erklärt, sich befruchten zu lassen. Wir waren in einer Klinik in München. Alex hatte insgesamt 3 Versuche, leider hat keiner geklappt.

- Ich. Ja, irgendwie sehe ich mich als eines ihrer großen Lebensprojekte. Sie hat früher immer gesagt, sie würde niemals heiraten, und dann traf sie mich und warf all ihre Prinzipien, was das Thema angeht, über Bord. Und alles lief prima. Doch dann, im Herbst letzten Jahres, hat sich ein befreundetes, schwules Pärchen getrennt. Völlig unerwartet, so wie bei uns. Auch bei den beiden war es wie jetzt hier. Die Liebe war bei dem einen weg, und er hatte ein Techtelmechtel mit einem anderen Kerl. Nichts Ernstes, aber genug, um das Fass zum Überlaufen zu bringen. Und sie haben sich getrennt. Und siehe da, kaum 4 Monate später, fällt meiner Frau ein, dass sie mich nicht mehr liebt. Und da ist eine andere Frau und da sind Lügen und da sind Verletzungen. Genau wie bei unseren Freunden. Und das Projekt Ehe wird als gescheitert erklärt. Aber warum? Weil das alles so ist, wie sie mir sagt oder weil sie einfach ihres Projekts überdrüssig geworden war. Das kann man nicht sagen. Aber es sieht irgendwie auch ein bisschen danach aus, ich mein ja nur.

27.11.2022

Gestern war Monatstag. Gestern hat keine von uns beiden daran gedacht. Wie schrecklich. Aber warum sollten wir diesem Tag auch noch Bedeutung beimessen. Unsere Beziehung ist jetzt bedeutungslos.

Ich bekomme jedes Mal Schnappatmung, wenn ich oben durch den Gang gehe, denn da wird mir klar, dass sie schon sehr viele von ihren Sachen gepackt hat für ihren Auszug.

Heute kommt sie aus Dresden zurück. Muss sie ja. Heute unterschreibt sie um 18 Uhr ihren Mietvertrag, für ihren Auszug, für unser Ende. Es ist kein guter Tag. Und trotzdem hat sie mir gestern immer wieder geschrieben und wir haben Witze gemacht über Dinge aus der Vergangenheit. Spiele, die wir mit Mutti und Omi gespielt haben, wie wir dabei gelacht haben. Wie schön das alles war. Aber ohne nostalgische Note. Jedenfalls nicht bei ihr. Nur bei mir.

Ich habe heute das Haus auf Vordermann gebracht. Nein, nicht um sie zu beeindrucken, eher um ihr zu zeigen, dass ich sie dafür nicht brauche. Aber wie ich sie kenne, wird es ihr gar nicht auffallen. Warum auch. Das ist jetzt alles nicht mehr wichtig.

In ihrem Horoskop für diese Woche steht, dass sie sich nun von Altlasten befreit und beruhigt in die Zukunft schauen kann. Ich bin also eine Altlast. Ja, war mir irgendwie klar. Ich bin alt und eine Last bin ich inzwischen auch. Treffender kann man das Ganze gar nicht ausdrücken.

Ich habe mich gestern zurecht gemacht. Mein Motto ist, „es kann dir noch so scheiße gehen, aber ansehen darf man es dir auf keinen Fall." Das ist wichtig für mich, für mein in Schutt und Asche liegendes Selbstwertgefühl, für all die Leute, die sich einen Scheiß darum kümmern, wie es mir gerade geht. Wenn ich ihnen versehentlich mal irgendwo über den Weg laufe, dann möchte ich knattergeil aussehen, ganz im Gegensatz dazu, wie ich mich fühle. Ich war in der Badewanne, habe mich überall rasiert, nicht, dass das in den nächsten hundert Jahren irgendwer zu sehen bekommt. Der liebe Gott wollte wohl ursprünglich ein Wildschwein aus mir machen. Die Borsten hatte er schon dran, als er sich dann umentschieden hat und gemeint hat: „Ne, ich mach doch ein Mädchen draus, wird bestimmt lustig". Recht hat er gehabt. Also, totale Renovation. Nur für mich.

Gerade hat Alex angerufen. Sie ist auf der Autobahn, wird in ca. 4 Stunden zu Hause sein. Zu Hause. Wie sich das anhört. Hab direkt Kotze im Mund. Und sie erzählt, als ob nichts wäre. Das irritiert mich immer so sehr. Wenn sie sich trennt, dann muss sie sich für diese ganzen Sachen jemand anderen suchen. Wieso ist es immer ihre Entscheidung. Sie will die Beziehung nicht mehr, sie zieht aus. Aber ich soll immer noch parat stehen für Smalltalk? Wie absurd. Sie hat mir ganz stolz mitgeteilt, dass sie viele Sachen für mich eingekauft hat. Warum denn nur? Meint sie, dass man mein Herz mit einem Kilo Christstollen kleben kann? Ich verstehe diese ganze Sache hier einfach überhaupt nicht, es treibt mich in den Wahnsinn. Und ich würde mir wünschen, dass ich 'nen Arsch in der Hose hätte. Andere, wenn sie zu diesem Zeitpunkt für den Ex-Partner überhaupt noch greifbar wären, würden den Stollen nehmen und mit Schwung an die Wand klatschen. Dann würden sie ihren ganzen gepackten Kram nehmen und zum Fenster rausschmeißen. Ich, ... ja ..., ich werde sie fragen, ob sie einen Kaffee möchte. Was stimmt nur nicht mit mir ...?

Horst. Ja, es gab eine Probefahrt. Ich muss sagen, da muss ich noch etwas üben. Ich komm mir vor wie jemand, der jahrelang Automatik gefahren ist und nun plötzlich mit drei Gangschaltungen gleichzeitig zurechtkommen muss. Da besteht Übungsbedarf. Aber ich hab ja Zeit, und in sexueller Hinsicht nichts anderes zu tun. Und ich muss mich mit Horst anfreunden, denn im Moment kann ich mir nicht vorstellen, dass das jemals wieder anders wird. Ich fühle mich wie jemand, den man nicht lieben kann. Und ein weiteres Projekt für jemand anderes will ich nicht mehr sein. Und ich komme mir auch vor wie jemand, der gerade auf alle anderen scheißt. Und wenn da hundertmal plötzlich jemand wäre, der sich ein Herz nimmt und auf mich zugeht, ich würde mich nicht öffnen können. Was überhaupt öffnen. Mein Herz? Das liegt in Scherben. Meinen Körper? Ich habe jetzt Horst und nichts, was jemand anderes mit meinem Körper anstellen könnte, ist es wert, sich das ganze Drama, das da unweigerlich früher oder später wieder mit dranhängt, in Kauf zu nehmen. Been there, done that. Enough.

... Und ich sitze im Wohnzimmer. Ein Film läuft, aber ich schaue nicht wirklich hin. Ich warte. Bastian kommt bald von seinem Vater zurück. Er hat jetzt einen Lernplan von mir bekommen. Seine Noten sind sehr schlecht geworden. Wäre es ein Wunder? Auch er bekommt mit, was hier passiert. Es gibt keine Streitigkeiten und die großen Themen wälzen wir immer, wenn er nicht dabei ist. Aber er ist nicht dumm. Also muss ich ihn irgendwie unterstützen. Wieder mal funktionieren, damit es anderen gut geht. Wie immer.

Und ich starre aus dem Fenster. Es ist bald Winter. Der Garten sieht trostlos aus. Die Blätter fallen von den Bäumen, die Gräser sind braun. Ein leichter Wind weht und ab und zu fliegen Vögel vorbei. Und ich bin von einer tiefen Trauer ergriffen. Mal was anderes. Nicht diese bodenlose Verzweiflung, nicht die fürchterliche Angst, das nicht Verstehen. Nur eine tiefe Trauer. Alles stirbt draußen. So wie ihre Liebe für mich gestorben ist.

... Dann kam sie zurück. Verkrampft versucht man sich, mit oberflächlichen Gesprächen abzulenken. Und ich möchte eigentlich so viel zu ihr sagen und dann bekomme ich kein Wort heraus. Wozu auch. Irgendwie hatte ich gehofft, wieder einmal, dass sie sich in Dresden, vielleicht durch die Gespräche mit ihrer Mutter und der Oma, doch noch umentscheidet. Aber ganz offensichtlich ist das auch wieder nicht passiert, sonst hätte man nach ihrer Rückkehr nicht über ihren Stiefvater, die Weihnachtspyramide der Mutter und den Alkoholgehalt des Bieres beim Watzke in Dresden gesprochen. Hätte man wohl nicht. Sie fragt mich, wie es mir geht, und ich kann nur mit den Schultern zucken. Und ich schlucke die Tränen hinunter, die wieder in mir hochsteigen. Und dann fährt sie, ganz ungerührt, zu ihrem neuen Vermieter, um den Vertrag zu unterschreiben. All meine Pläne, unwiderstehlich, unabhängig und sexy zu wirken, scheinen so weit weg. So unendlich weit. Sie zieht die Haustür zu, um zu fahren, und ich kann die Tränen nicht mehr zurückhalten. Wieder einmal nicht. Ich habe solche Angst davor, dass sie diesen Schritt heute geht und danach einfach nur erleichtert ist. Froh, diese Last, die ich und die Beziehung mit mir für sie noch dargestellt haben, los zu sein. Angst davor, dass sie sich auf ein Leben ohne mich freut, dass sie glücklich darüber ist, gehen zu können. Dann wird sie mich auch schnell vergessen und alles, was wir hatten. Ich weiß im Moment nicht, wie die Trennung, so wie sie es gesagt hat, vielleicht eine Chance für uns ist, vielleicht doch wieder zusammenzufinden. Nicht, wenn sie einfach nur froh ist, jetzt gehen zu können. Aber wieso meldet sie sich dann dauernd bei mir, wenn sie nicht hier ist. Wie soll das dann weitergehen? Sie kann ja gar nicht lernen, mich zu vermissen, wenn sie sich immer mit mir umgibt und trotzdem tut, was sie will. Das Einzige, was dann passiert, ist, dass ich niemals loslassen können werde. Niemals. Und wieder einmal geht alles nach ihrer Nase. Sie geht, sie hofft, sie nimmt sich trotzdem, was sie möchte, auch wenn es mir unendlich weh tut, und sie tut, was sie will, mit ihrem Leben ohne mich, auch wenn mich das umbringt. Immer nur das, was sie will. Und ich kann es aushalten, wie immer. Das kann ich eigentlich nicht mehr. Aber ich habe auch Angst davor, dass ich etwas zerstöre, was vielleicht wirklich noch eine Chance hätte sein können, indem ich sie bitte, mich in Ruhe zu lassen. Mache ich es ihr dann noch leichter „uns" hinter sich zu lassen oder bringt sie das dazu, mich zu vermissen. Ich weiß es einfach nicht. Es gibt nichts, was ich tun kann, denn alles ist irgendwie falsch, ganz einfach aus dem Grund, weil ich hier nichts entscheiden kann, rein gar nichts. Ich muss mich nur hinsetzen und die Fahrt genießen, sozusagen. Auch wenn das der komplett falsche Ausdruck ist. Eine andere Wahl habe ich einfach nicht, hatte ich in dieser Beziehung noch nie. Habe ich das wirklich verdient? Ich glaube nicht. Aber auch das kann ich nicht ändern ...

28.11.2022

Als sie vom neuen Vermieter zurückkam, haben wir kaum miteinander geredet. Ich konnte sie nicht mehr ansehen. Wir haben beide geweint. Dann hat sie mich gefragt, ob wir nochmal reden können, wenn Bastian im Bett ist. Natürlich können wir das. Sie hat gemeint, ich hasse sie, weil ich so bin zu ihr. Daraufhin habe ich ihr erklärt, dass es leider das genaue Gegenteil ist, was ich für sie empfinde. Da ich mich aber irgendwie schützen muss, um nicht in jedem versteckten Lächeln in ihrem Gesicht Hoffnung zu vermuten, schaue ich weg. Deshalb sage ich nichts. Denn was ich sagen würde, wäre nur Gebettel und Gejammer. Sehr unattraktiv. Sie hat mich in den Arm genommen und gemeint, sie meint es sehr ernst mit ihrem Vorhaben auszuziehen, um vielleicht einen neuen Anfang zu schaffen. Das würde sie sich auch wünschen. Ich würde ihr so gerne glauben. Sie sagt, es fällt ihr auch sehr schwer, zu gehen, denn wir verstehen uns ja so gut. Aber der Abstand sei vermutlich für beide gut, um etwas zur Ruhe zu kommen und sich selbst wiederzufinden. Da gebe ich ihr sogar Recht. Natürlich kamen wir wieder auf das Thema Bettina. Zur Abwechslung mal. Ich habe ihr gesagt, dass ich für diese räumliche Trennung Sicherheit brauchen würde und dass sie mich nicht anlügt. Vor allem das. Ich weiß, ich kann nichts davon fordern, aber wenn ihr etwas an ihren Worten liegt, dann muss sie mir entgegenkommen, denn gerade fährt sie die Nummer immer wieder an die Wand, nicht ich. Und sie hat mir Recht gegeben. Sie hätte kein Problem, ehrlich zu sein, zu sagen, wenn sich die andere meldet. Da habe ich sie gefragt, was sie tun würde, wenn sie wieder eingeladen wird. Ich habe ihr gesagt, dass mich das so unfassbar ankotzt. Man kann mir nicht unterstellen, ich sei grundsätzlich ein eifersüchtiger Mensch. Alle anderen Freundinnen kann sie sehen, wann sie will. Da muss sie mir nicht sagen, ob die ihr geschrieben haben, das ist mir egal. Aber bei dieser Frau treibt es mich absolut in den Wahnsinn. Ich habe ihr gesagt, sie kann nicht leugnen, dass sie mit Bettina eine andere Beziehung hat als mit einer Verena zum Beispiel. Da hat sie mir sogar Recht gegeben. Ich habe sie gefragt, was es denn ist, was sie so springen lässt, wenn die andere schreit. Sie weiß es nicht. Ob sie denn hinfahren würde, wenn sie wieder anruft. Da habe ich auf keine Antwort gewartet, da habe ich gesagt, das würde ich scheiße finden, denn genau damit verletzt sie mich seit Monaten. Sie sieht nicht, wie sie von dieser Frau ausgenutzt wird und wie diese Frau eigentlich auf uns scheißt. Alex war sehr erschüttert und hat den Anschein gemacht, nachzudenken. Ich habe sie gefragt, ob sie sich gemeldet hat, als sie in Dresden war. Ja, hat sie gesagt. „Wann wolltest Du mir das sagen?", habe ich gefragt, sie meinte, gleich nach unserem Gespräch über uns, denn das war wichtiger. Sei nun dahingestellt, die Zukunft wird zeigen, ob ich mich auf meine Frau verlassen kann oder nicht. „Und", habe ich gefragt, „worum ging es?" Alex meinte kleinlaut, es ging nur wieder darum, wie schlecht es Bettina geht. „Hat sie einmal gefragt, wie es Dir geht?" „Nein", war die Antwort meiner Frau. Bettina ist es nämlich scheißegal. Ich hoffe sehr, dass meine Frau, ich nenne sie jetzt mal bewusst so, über diese Affenliebe nachdenkt, ihre Motive hinterfragt, hinterfragt, was für ein Mensch die andere ist und ob es das wirklich wert ist, eine mögliche Versöhnung von uns aufs Spiel zu setzen, weil sie der anderen immer noch um jeden Preis hinterherrennen muss. Zum ersten Mal in dieser Shitshow fühle ich mich nicht als die Unterlegene. Und ich hatte sehr lange Zeit, mir diese Sache von allen Seiten anzuschauen, und ich denke nicht, dass ich im Unrecht bin und die Sachen anders sehe, als sie eigentlich sind. Ich hoffe sehr, dass meine Frau das auch irgendwann für sich so einordnen kann und ihre Kraft wieder unserer Beziehung schenken kann, denn dann ist diese Fluchtmöglichkeit, die Bettina ihr geboten hat, nicht mehr da. Ich nenne es bewusst Fluchtmöglichkeit. Ich unterstelle meiner Frau keine Affäre mit Bettina. Nicht im herkömmlichen Sinn. Aber sie hat definitiv einen Narren an Bettina gefressen. Und sich um ihre Probleme zu kümmern, mit ihr Zeit zu verbringen und dafür zu sorgen, dass es ihr gut geht, das hat ihr den Druck genommen, sich um unsere Probleme kümmern zu müssen, denn da hat sie nicht gewusst, wie sie das anpacken soll. Bei Bettina war es leicht. Man hat sich angestrahlt, man hatte kein Problem miteinander, sondern konnte sich gemeinsam die Probleme von Madame anschauen. Man wurde geblendet und es wurde einem vorgegaukelt, dass man wichtig wäre. Ist man aber nicht. Man ist eine beliebige Person, bei der Bettina ihren Mist abladen kann, aber wenn man mal selber Hilfe bräuchte, dann ist sie mit was anderem beschäftigt. Jedes Mal. Ist doch so.

… Und das passiert in meinem Kopf, wenn man mich angelogen hat, wenn man monatelang eine andere Frau mir vorzieht. Gerade hat sich Alex aus der Arbeit gemeldet. Sie kommt heute nicht nach Hause. Sie ist im Tagdienst bei ihrem Hauptarbeitgeber. Am Morgen hat sie einen Anruf von ihrem Nebenjob bekommen, man bräuchte unbedingt einen Nachtdienst. Meine Frau sagt natürlich zu. Das heißt, sie arbeitet heute und morgen an einem Stück 20 Stunden, plus 2 Stunden Fahrtzeit. Ich erinnere, sie hat einen Herzschrittmacher, und sogar ohne ist so eine Monsterschicht nicht gerade zu vernachlässigen. Und meine Frau sagt natürlich zu. So kenne ich sie, so liebe ich sie, auch wenn ich mir Sorgen um sie mache. Und ein kleines Arschloch in meinem Kopf fängt an, leise zu fragen, was, wenn sie gar nicht in die Arbeit fährt am Abend, sondern zu der anderen Frau. Bis morgen früh. Immerhin hat sie sich ja am Samstag wieder gemeldet. Was wenn? So schätze ich meine Frau eigentlich nicht ein, aber gelogen ist gelogen, und sie hat einen Narren an der anderen gefressen. Wenn ich also durch die Blume sage, ich möchte nicht, dass der Kontakt weiter besteht, sucht sie sich dann andere Wege, um den Kontakt mit ihr zu halten? Nein, kann ich mir eigentlich nicht vorstellen. Eigentlich. Aber, sie hat mich wegen ihr angelogen. Ich hasse mein Kopfkino so sehr …

29.11.2022

Sie kam um 7.30 Uhr von der Frühschicht. Ich habe ihr einen Kaffee gemacht. Vorher habe ich schon mal 'ne Wärmflasche in ihr Bett gelegt, wer so viel arbeitet, ist übernächtig und friert. Sie war ganz normal. Hat auch ganz normal gegen 8.30 Uhr noch die Schlüssel für die neue Wohnung geholt. So als wenn sie früher noch 'ne Butter geholt hätte. Nix dabei. Sie erzählt mir so viel, von der Arbeit und von ihrem Stiefvater, mit dem sie sich nun auch schon seit einem Jahr beschäftigt, weil es ihm nicht gut geht und er es sich aber mit jedem anderen schon verschissen hat. Und ich frage mich, wem sie das dann alles erzählt, wenn sie nicht mehr hier wohnt. Aber das scheint sie alles nicht zu stören. Und ich wünsche mir ein bisschen, dass es ihr auffällt, wie scheiße es ohne mich ist, wenn sie umgezogen ist, wenn sie niemanden mehr hat, dem sie alles zu jeder Zeit erzählen kann. Außer sie sucht sich halt dann jemand. Das weiß man nicht. Laut Horoskop sollte das für sie in den nächsten Wochen kein Problem sein. Bei meinem steht hingegen drin, „lass los, was du liebst, wenn es dir gehört, wird es zu dir zurückkommen". Bei ihr steht wiederum drin, sie wird sich zum Jahresende mal überlegen, was ihr im letzten Jahr nicht gutgetan hat und sich endgültig davon trennen. Mein Kopf sagt natürlich, „Altlast, es geht hier um dich!" Aber mein Herz hofft, dass es da vielleicht gar nicht um mich geht, sondern vielleicht um Personen, die sie nur ausnützen. Das würde ich ihr wünschen. Und natürlich auch mir.

Ich habe mir von ihr einen H&M-Gutschein zu Weihnachten gewünscht. Ich muss ja rattenscharf aussehen, wenn wir in den nächsten Wochen und Monaten, so der Plan, Dinge miteinander unternehmen, damit sie sieht, was sie an mir gehabt hätte. Ich bin so kindisch, so ein hoffnungsloser Fall, es ist unglaublich.

Ich habe mir ein Armband gekauft mit einem Stein dran. Weiß gerade gar nicht welcher, aber jedenfalls ist es ein Heilstein, der Hoffnung, Stärke und Kraft geben soll. Das Zeug brauch ich jetzt eigentlich Schubkarrenweise. Aber ein Stein ist ein Anfang. Alles hat einen Anfang, irgendwie. Hoffe ich.

Wenigstens hab ich geiles Besteck gefunden, das wie die Faust aufs Auge zu Tante Inas Oma-Besteck passt. Golden. Und lindgrüne Stoffservietten, für meine goldenen Serviettenringe. Wird großartig. Ich werd dann heulend am Tisch sitzen, ganz alleine, aber wenigstens ist stylisch aufgedeckt. An irgendwas muss man sich ja festhalten.

Apropos heulen, gestern war der erste Tag in Wochen, an dem ich nicht geheult habe. Fühlt sich irgendwie seltsam an, hatte mich schon irgendwie dran gewöhnt.

Ich habe solche Angst vor Weihnachten. Weil es das Fest der Liebe ist. Das kann auf so viele Arten schief gehen, jedenfalls in meinem Kopf. Ich an Weihnachten ohne die Liebe meines Lebens. Ja, so wird's wohl laufen. Sie hat am 24. Tagdienst. Lee hat angeboten, ob ich nicht zu seiner zukünftigen Schwiegermutter komme, mit ihm und seiner Freundin. Wird den ganzen Tag gekocht und gefressen. Theoretisch schon, aber da weiß ich noch nicht so recht, wie ich das mit den Hunden und mit meiner Mutter sowie dem Alkohol machen soll. Fragen über Fragen.

Ja, und dann hab ich auch noch gegoogelt, weil ich ja überhaupt nicht paranoid bin, kein bisschen, ob das Gasthaus, in dem Bettina arbeitet am 24. offen hat. Nein, hat es nicht. Erst am 25. mittags. Was mache ich, wenn die blöde Schnepfe meine Frau am 24., dem Fest der Liebe, zu sich nach Hause einlädt und meine Frau auch noch hingeht? So, direkt nach der Tagschicht? Ganz ehrlich, zuzutrauen ist es beiden. Und dann schießt es mir wieder direkt den FI. Komplett. Ich hoffe nur, dass Frau Betty es sich noch nicht mit der ganzen Familie verkackt hat und familiär angebunden ist, wo es eher kontraproduktiv wäre, 'ne „Fremde" einzuladen. Aber mein Horrorszenario ist, dass die arme Wurst an Weihnachten alleine mit ihren Kindern am Tisch sitzt und in ihr Weihnachtsessen flennt. Da käme ja so eine Alex, die auch nirgends angebunden ist, gerade recht, um das Miststück wieder aufzufangen. Win win, I lose. Wie jedesmal. Das wär dann echt so ein Weihnachtskurzschluss für mich. Strick, Messer, irgendwas. Das Fest der Liebe, dass ich nicht lache.

Für den 25. haben Alex und ich brunchen ausgemacht. Bei mir. Wie sich das anhört. Wie das ganz subtil unterstreicht, dass sie dann schon nicht mehr hier wohnt. Wie grauenhaft. Und eigentlich freue ich mich auf den 25. Das würde bestimmt ein schöner Morgen, außer, wenn sie am Abend vorher natürlich bei der Schlampe war. Dann wird es eine Katastrophe. Dann hätte ich den Nerv echt nicht, den Arsch noch länger hinzuhalten und auf gute Miene zum bösen Spiel zu machen. Alex sieht ein, dass sie mir mit ihren Handlungen immer und immer wieder weh getan hat. Wenn sie damit jetzt einfach weitermacht, dann liegt ihr nichts an meinen Gefühlen und an mir, dann macht sie, wie schon so oft vorher, einfach was sie will, ohne Rücksicht auf Verluste. Und dann knallt's hier, aber sowas von.

Funfact. Heute haben wir ausgemacht, dass sie am 24. abends zu mir kommt. Somit ist sie bereits vergeben, sollte Frau Betty nach einer Audienz verlangen.

30.11.2022

Dieses verdammte Misstrauen durch die vergangenen Monate und durch ihre Lüge drehen und winden sich in mir, wachsen wie ein Tumor und ich weiß nicht, was ich dagegen tun kann. Ich möchte so nicht sein, ich möchte diese Gedanken nicht haben. Ich leide darunter und alles, was wir vielleicht erreichen könnten, ebenfalls. Aber ich weiß nicht, wie ich es in den Griff bekommen soll.

Also habe ich meine Frau gestern um einen Gefallen gebeten. Ich habe ihr erklärt, wie es mir geht, sie hat es verstanden. Sie hat ja schon immer gesagt, dass ich jederzeit in ihr Handy schauen kann, vorher, bevor all das angefangen hat, daher habe ich sie jetzt darum gebeten, mir den Chatverlauf mit Bettina zu zeigen. Vor allem, weil sie letzten Mittwoch, als das alles aufgeflogen ist, gesagt hat, sie könne mir den Verlauf jederzeit zeigen, sie hätte nichts zu verbergen. Damals war ich so schockiert, dass ich darauf nicht bestanden habe, gestern habe ich sie darum gebeten. Und sie hat mir gesagt, sie hätte den Chatverlauf nicht mehr. Ich habe gefragt, warum, stehen doch Sachen drin, die ich nicht lesen darf? Sie hat gemeint, nein, da hätte es niemals was gegeben. Sie hat über meine Worte bezüglich Bettina sehr lange nachgedacht und ist zu dem Entschluss gekommen, dass ich vielleicht recht habe mit ihr. Sie weiß noch nicht, ob diese Erkenntnis bei ihr auch einsinkt und wie lange das noch dauert, aber sie möchte nicht alles kategorisch abstreiten, was ich über diese Frau gesagt habe. Daher hat sie den Chatverlauf gelöscht, weil er nichts bedeutet. Seit Freitag, dem Tag, von dem sie mir auch gesagt hat, dass sie sich gemeldet hat, waren keine neuen Nachrichten da. So. Jetzt stehe ich da. So wie ich Alex kennengelernt habe, kann ich mir einfach nicht vorstellen, dass sie mir jetzt noch Mist erzählt. Wie schon oft erwähnt, das Kind ist bereits in den Brunnen gefallen, jetzt hängt es vom Kind alleine ab, ob es zu schwimmen anfängt oder untergeht. Wann, wenn nicht jetzt, wäre der Zeitpunkt, alle Karten auf den Tisch zu legen. Sie hat sich von mir getrennt, sie zieht aus. Wenn sie tatsächlich eine Beziehung wie auch immer mit der anderen Frau in Erwägung zieht, dann kann sie es doch spätestens jetzt auch sagen, oder nicht? Aber sie versichert mir, dass sie voll und ganz versteht, was mich so an dieser Sache mit Bettina stört. Ich habe auch gesagt, dass sie zu Bettina eine völlig andere Beziehung hat als zu einer Verena oder Nadja. Das gibt sie zu. Trotzdem, sagt sie, war da niemals irgendeine Anziehung, sei niemals irgendetwas passiert. Das muss ich jetzt mal so stehen lassen. Ich muss es irgendwie schaffen, meiner Frau zu vertrauen, denn sonst mache ich alles kaputt. Und das möchte ich nicht. Jetzt, wo wir vielleicht irgendwann in der Zukunft wieder eine Chance haben, wenn sie denn ehrlich ist. Ich bin sehr nachdenklich. Nicht zuletzt, weil irgendein Arschloch in meinem Kopf mir leise zuflüstert: „Ja, der WhatsApp-Chatverlauf ist gelöscht. Hast Du mal geguckt, ob sie sich jetzt auf Signal schreiben, weil der WhatsApp-Kontakt aufgeflogen ist, du dumme Kuh?" Und eine andere Stimme sagt, „so ist Alex aber nicht. Sie will niemanden verletzen, sie ist ansonsten immer verlässlich". Und die erste Stimme wieder: „Ja, sie will niemanden verletzen. Vielleicht sagt sie dir deshalb nicht, was wirklich los ist? Du weißt genau, Alex will niemanden verletzen, aber wenn sie sich mal was in den Kopf gesetzt hat, dann tut sie alles dafür, es auch umzusetzen, egal wie." Und so geht das jetzt den ganzen Tag. Die ganze Nacht, wenn ich nicht schlafen kann. Wochenlang. Trotzdem ist Alex besonders lieb zu mir die Tage. Sucht viel Körperkontakt, Umarmungen, Berührungen, einfach lieb. Nicht so lieb, dass ich meinen könnte, sie würde sich umentscheiden, aber vielleicht wehre ich mich auch jetzt besser dagegen, in jeder Geste von ihr ein positives Zeichen zu sehen. Vielleicht. Und wäre sie nicht anders, wenn sie eigentlich jemand anderen liebt? Wenn sie mich nach wie vor belügen würde, würde man ihr dann ihr schlechtes Gewissen nicht ansehen? Normalerweise tut man das. Oder ist sie schon so weit weg und so abgeklärt, dass sie sich sagt, sie muss nur noch ein paar Tage hier aushalten und dann ist sie ausgezogen. Dann kann sie machen, was sie will, muss nichts mehr verstecken, denn ich bin nicht mehr da, um etwas mitzubekommen. Oh mein Gott. Das ist alles so unglaublich schwer …

… Moment. Sie hat mir gesagt, sie hätte am Samstag noch mit ihr telefoniert. Der Chatverlauf ist aber seit Freitag gelöscht. Dort heißt es, letzter Kontakt Freitag. Das heißt ja wohl, dass sie mir schon wieder nicht alles gesagt hat. Oder verstehe ich da die Technik falsch? Denn sie hat mir am Freitag nicht gesagt, dass Kontakt da war. Wenn dem so war, dann hat sie es wieder verschwiegen. Oder zeigt der Chatverlauf den Tag als letzten Kontakt an, an dem er gelöscht wurde? Hm. Da müsste ich jetzt die Technik besser verstehen. Wenn sie Kontakt hatte, hat sie es mir wieder verschwiegen. Und was haben die beiden dann ausgemacht, wenn sie deshalb den WhatsApp-Chat gelöscht hat? Muss ich jetzt wirklich mal bei Signal reinschauen? Denn das haben ja jetzt beide. Mir ist so schlecht. Und was, wenn sie jetzt auf Signal schreiben? Dann ist ja wohl ganz klar, dass ich hier nach Strich und Faden verarscht werde, und dann ist der Ofen aus. Denn das muss ich mir nicht bieten lassen. Geht ja gar nicht …

02.12.2022

Einige Tage sind vergangen ... Na ja, zwei. Ich habe überhaupt kein Zeitgefühl mehr. Heute habe ich zum ersten Mal seit langem meinen Scheiß alleine gewuppt, muss mich ja jetzt wieder dran gewöhnen. Leergut weg, Wocheneinkauf, gekocht, das volle Programm. Alles kein Problem. Dafür brauche ich Alex nicht. Nur fürs Herz hätte ich sie gebraucht.

Die letzten Tage waren schön und scheiße. Am Mittwoch war ich bei Marco und hab mir gnadenlos die Kante gegeben. War wieder mal so notwendig. Alex hat mich gefahren und abgeholt und mich ins Bett verfrachtet, weil ich es nicht mehr gekonnt hätte. Und sie ist die ganze Zeit so liebevoll zu mir. Umarmt mich dauernd, sieht mir tief in die Augen, sagt Sachen wie „wir schaffen das". Ich habe fürchterliche Angst davor zu fragen, was sie damit genau meint. Ich würde hören wollen, dass wir wieder zusammenkommen, aber wahrscheinlich würde sie dann so etwas Unverbindliches sagen wie „... dass wir Freunde bleiben" und dann müsste ich kotzen. Schon wieder. Hab ich am Mittwoch dann auch noch. Meine Frau hat mir die Haare aus dem Gesicht gehalten. Meine Frau ...

Die ganze Zeit schlittere ich zwischen verschiedenen Gefühlen hin und her. Der Schock bezüglich des Endes hat sich gelegt und hat einer tiefen Trauer und Zukunftsangst Platz gemacht. Sie packt immer wieder Dinge für ihren Auszug und jedes Mal, wenn ich so einen Karton sehe, schießen mir die Tränen in die Augen. Was soll ich nur tun ohne sie, wie soll ich Vertrauen fassen, wie soll ich in die Zukunft sehen. Meine rationale Seite sagt immer, das wird kein Problem, du bist ja nicht blöde, du hast immer schon alles alleine geregelt. Und Sibille flüstert aus ihrem Kämmerchen „ja, es war aber so schön, das alles nicht mehr alleine machen zu müssen, jemanden zu haben, der dich komplett macht, der mit einem einzigen Lächeln das Gefühl vermittelt, nichts und niemand könne einem was anhaben. Das Gefühl, der wichtigste Mensch im Leben eines anderen Menschen zu sein."

Das habe ich jetzt nicht mehr. Sie sagt zwar immer, ich sei der wichtigste Mensch in ihrem Leben, aber es fühlt sich einfach nicht mehr so an. Es ist, als ob man Bernbacher Nudeln abgeben muss und dafür nur noch Ja Nudeln bekommt. Same, same, but different. So ein Bullshit.

Gerade war sie bei Verena. Und sie hat mich angerufen und gemeint, sie sei nicht ganz dicht und braucht Betreuung. Was soll das jetzt wieder heißen?

… Nachdem Sibille gemeint hat, durch das Gespräch mit ihrer Freundin hätte es ein Umdenken gegeben, wurde ich wieder einmal eines Besseren belehrt. Es sei nur ein Scherz gewesen …

Omi, Alex' Omi, hat gestern geschrieben. Sie hat mir ja schon nach der Dresden-Fahrt von Alex geschrieben, dass sie es schade fand, dass ich nicht dabei war. Ich war davon ausgegangen, sie wüsste, dass sich Alex von mir getrennt hat. Also habe ich eine herzzerreißende Entschuldigungs- und Abschiedsnachricht geschrieben. Gestern hat sie dann geantwortet, sie wisse meine Nachricht jetzt nicht richtig einzuordnen und hoffe, dass bei uns alles in Ordnung ist. Na prima. Sie wusste noch gar nix. Ich verstehe nicht, wie Alex solche lebensverändernden Nachrichten nicht mit ihrer engsten Verwandtschaft bespricht. Hat sie Angst, man könne sagen, sie solle sich nicht so anstellen? Ich könnte mir vorstellen, dass sich ihre Oma wünschen würde, dass wieder alles ins Lot kommt, sie wolle nicht sterben, ohne zu wissen, dass Alex und ich als Paar füreinander da sind. Und dann müsse Alex sich überlegen, wie sie weitermacht, denn das wäre der Wunsch der Omi, die sie über alles liebt und der es leider zunehmend schlechter geht. Aber auch da rede ich mir wohl wieder was ein. Denn jeder macht immer, was Alex möchte und wenn Alex sagt, sie liebt mich halt mal nicht mehr und will ihre eigenen Wege gehen, dann würde das auch so akzeptiert werden. War ja bei ihrer Mutter auch nicht anders. Was sich Alex vornimmt, das wird einfach so mitgetragen. Also habe ich der Omi eben eine Nachricht geschickt, dass mir nicht klar war, dass sie nicht Bescheid weiß. Alex hat sich von mir getrennt und zieht im Dezember noch aus. Ich bin gespannt, was sie sagt. Gar nichts mehr? Ruft sie mich an? Ruft sie Alex an? Ich habe keine Ahnung. Und ich habe keinen Nerv für dieses Hoffen, Verzweifeln, Repeat. Das geht mir so auf den Sack.

Nein, Bettina hat sich in der Zwischenzeit noch nicht wieder bei Alex gemeldet. Ob das nun die Wahrheit ist oder nicht, das bleibt ein Geheimnis.

Auf Signal hat Bettina Alex ein Bild von sich, also Alex, geschickt. Da sind sie sich gegenübergesessen und Bettina fand wohl den verliebten Blick den Alex hatte so schön, dass sie ein Foto von meiner Frau machen musste, und es ihr schicken musst. Alex hat mit einem Kuss-Smiley geantwortet. Das ist jetzt auch schon wieder einige Zeit her, habe es am Mittwoch gesehen, ich böses Mädchen. Aber wie man sieht, ganz umsonst ist mein Misstrauen halt auch nicht, und wenn ich keine Antworten bekomme, dann suche ich sie mir. Und wenn auch nur Alex in Bettina verliebt ist, ohne Gegenliebe auf diese Art und Weise, dann muss sie es mir sagen, denn dann kann ich nach vorne sehen. Wie schon oft erwähnt, verstehe ich es unter den mir bekannten Umständen einfach nicht. Dieses Gesicht von Alex, als sie in die Kamera von Bettina schaut. So verliebt. Ich könnt schon wieder kotzen. Ich will einfach nicht mehr …

… Mein Gott. Wie schlimm kann es denn eigentlich noch werden? Ja. Sozusagen. Heute geht es mir wieder ganz furchtbar schlecht. Vielleicht auch, weil keine Freunde da sind, außer Marco, aber den kann ich ja nicht im 5-Minuten-Takt mit meinem Scheiß nerven. Aber sonst ist einfach niemand da. Und bei mir dreht sich alles im Kopf. Sagt sie mir die Wahrheit? Oder lügt sie mich einfach weiter an? Hat sie Kontakt mit Bettina? Wenn ja und sie sagt es nicht, dann ist das ganz klar ein Verstoß gegen das, was sie mir versprochen hat. Und dann ist ja auch alles klar, wenn der Kontakt zu ihr wichtiger ist als unsere Beziehungsarbeit, wenn man das so nennen kann. Ich stell mir die fürchterlichsten Sachen vor. Was war, bevor Bettina das Bild von ihr gemacht hat, was war danach? Was teilen sie, was mir MEINE FRAU nicht sagt? Wenn sie es nicht sagt, dann gibt es einen Grund dafür, und der ist ja eigentlich glasklar. Und ich stell mir

Mist vor wie z. B., dass meine Frau heimlich zu ihr fährt. Was tun sie dann da. Dass sie heimlich Kontakt zu ihr hat. Was besprechen sie denn da, wenn ich es nicht wissen darf? Wenn alles koscher wäre, wäre es ja kein Problem, es mir zu sagen. Heute ist es eine Woche her, dass angeblich der letzte Kontakt stattgefunden hat. Stimmt das auch? Und wenn sie ausgezogen ist und ich komm zufällig mal an ihrem neuen Haus vorbei und Bettinas Wagen steht da und ich hör sie im Garten kichern ... Dann gibt es richtig Disco. Ganz klar. Denn wenn sie was am Laufen haben, dann muss man mir das einfach sagen, dann ist es zwar scheiße, aber dann weiß ich, wo ich stehe, und habe nicht dauernd das Gefühl angelogen zu werden, denn das habe ich nicht verdient. Brächte Alex es übers Herz, mich so frech anzulügen, mir was vorzumachen? Mir, dem wichtigsten Menschen in ihrem Leben laut eigener Aussage? Von früher betrachtet, kann ich mir das nicht vorstellen. Aber jetzt, ich kann es einfach nicht mehr sagen, denn ich kann mir und meinen Gedanken, meinen Gefühlen, selber nicht mehr vertrauen. Sie hat heute wieder gesagt, dass sie in ihrem Auszug eine neue Chance für uns sieht. Ich würde so gerne daran glauben. Gleichzeitig sagt sie dann, man weiß ja nie, was die Zukunft bringt. Das kann jetzt wieder alles heißen, finde ich, und sie lässt sich da bewusst ein Türchen für ALLES offen, wie ich meine. Und wenn ich in zwei Monaten erfahre, dass da doch was ist und man hat mich einfach für dumm verkauft, dann ist mein Glauben an die Menschheit ein für alle Mal im Arsch. Auf der anderen Seite denke ich mir dann wieder, wenn sie einfach in Ruhe mit der anderen schreiben wollen würde, sich in Ruhe mit ihr treffen wollen würde, dann muss sie ja nur zügig ausziehen. Sie hat den Schlüssel jetzt seit Sonntag, sie ist immer noch hier. Gut, sie hat da noch keine Küche, aber wenn ich so getrieben wäre, mich mit jemand anderem als mit meiner zukünftigen Ex-Frau zu beschäftigen, dann wäre ich schon lange weg. Und ich würde dann meiner Ex auch keinen Schlüssel für das neue Haus geben, denn da müsste ich damit rechnen, dass sie plötzlich einfach dasteht und sieht, wie ich die neue vögle. Das wäre mir jetzt zu riskant. Ich wünschte mir so sehr, dass ich einfach wüsste, was los ist, dass ich wüsste, ob ich mich auf sie verlassen kann oder eben nicht. Aber nach ihren Heimlichkeiten die andere betreffend, kann ich das einfach nicht mehr wissen, und das frisst mich so dermaßen auf. Ich hasse mich selbst, ich hasse meine Gedanken, ich hasse das Gefühl in mir. Ich hasse es, mich nicht mehr selbst auf mich verlassen zu können, mich nicht mehr auf sie verlassen zu können. Und ich frage mich, wie viel ich noch ertragen kann, bevor ich die Reißleine ziehe. Ich denke echt, ich muss erst mal auf den Boden knallen, bevor ich das auch nur überhaupt in Erwägung ziehen kann. Der Boden wäre z. B. ein „Schatz wir müssen reden" in zwei Monaten. „Ich muss Dir was sagen, es stimmt, das mit Bettina und mir". Ich würde erst mal kotzen, denke ich. Mir ist jetzt schon schlecht, wenn ich nur daran denke. Das ist meine allergrößte Angst im Moment. Nicht, dass meine Frau auszieht, so schlimm das auch ist. Wenn sonst alles stimmt, was mir gesagt wird, dann kann ich das mittragen, dass wir dadurch vielleicht eine Chance bekommen. Aber die Angst, dass ich mir die ganze Zeit nur etwas vormache, dass ich die ganze Zeit angelogen werde und vorgeführt werde, das ist unerträglich. Dann lieber jetzt gleich, das würde ich mir sehr wünschen. Sie hat doch nichts zu verlieren, wenn sie ehrlich ist. Nur eben den wichtigsten Menschen in ihrem Leben. Aber wenn es denn wirklich so ist, dann kann ich ihr da auch nicht helfen. Den wichtigsten Menschen in seinem Leben verarscht und belügt man halt auch nicht. Den verletzt man nicht permanent so. Den hält man sich nicht warm, weil man nicht den Arsch in der Hose hat die Karten auf den Tisch zu legen, das tut man nicht. Und ich kann sie da gerade gar nicht mehr einschätzen. Und die andere schon gleich gar nicht. Hat sie es nun auf meine Frau abgesehen? Wenn sie ein Bild von ihr macht, auf dem sie ganz verliebt in die Kamera schaut? Wer weiß. Vielleicht meldet sie sich ja auch aus dem Grund nicht mehr bei mir. (Gut, ich habe sie seit ca. 3 Wochen blockiert, aber Alex hat nie was erwähnt, dass es ihr bisher aufgefallen wäre …) Weil sie ein schlechtes Gewissen hat, weil sie ein Miststück ist. So oder so ist sie eines. Sich einfach meine Frau krallen, für was auch immer. Mich ausblenden und nur noch mit ihr Kontakt haben, nur noch sie einladen. Immer und immer wieder ... Was für ein dreckiges Miststück. Sowas würde ich mir nie erlauben, hätte ich mit einem Pärchen zu tun. Auf gar keinen Fall, sowas macht man nicht. Außer man ist einfach ein egoistisches Drecksstück, oder der Gegenpart, also meine Frau, zieht mit bei der Shitshow. Andere Möglichkeiten gibt es da für mich nicht. Und ich geh kaputt. Heute habe ich nach Rücksprache mit Alex Omi geschrieben, dass wir uns getrennt haben. Ihre Antwort war gleich sehr ernüchternd. Sie kann es gar nicht verstehen, Alex hat mich doch immer so geliebt. Ob sie denn 'ne andere hat? Ja, Omi, wer weiß. Außer den beiden weiß es halt leider noch keiner. Ich wünschte, ich hätte guten Wein zu Hause, aber nicht mal das hat geklappt, nur Plörre. Vielleicht ist heute der Tag, an dem ich auch Plörre saufen muss, sonst gibt mein Kopf keine Ruhe.

12.12.2022

Lange her, dass ich mich zuletzt gemeldet habe. War wieder viel los, in jeder Hinsicht und in jede Richtung. Vor einigen Tagen haben wir wieder mal 'nen größeren Streit gehabt, über die altbekannten Probleme. Wir drehen uns im Kreis. Am Tag danach haben wir nochmal in Ruhe geredet. Wir haben vereinbart, dass wir die Situation umbenennen. Normalerweise finde ich Umbenennungen eigentlich scheiße. Für mich ist das immer ein neuer Name für den alten Mist. Aber vielleicht ist es ja doch ein Schritt nach vorne. Es ist keine Trennung. Es ist eine Beziehungspause, nach genauen Regeln. Gut, ich habe mein Problem damit, ihr damit zu vertrauen, denn sie hat ja angefangen, mich zu belügen, aber da muss ich jetzt wohl durch. Es fühlt sich trotzdem furchtbar an, dass immer weniger von ihren Sachen da sind. Immer wenn ich weg bin, räumt sie mehr und mehr in ihre neue Wohnung. Ganz heimlich, still und leise stiehlt sie sich aus meinem Leben, so wie sie sich schon lange aus meinem Herzen geschlichen hat. Das ist furchtbar. Jedes Mal, wenn ich bemerke, dass wieder was weg ist, heule ich mir die Augen aus dem Kopf. Aber es ist etwas besser geworden, da wir einen Plan haben, der mich noch wenigstens etwas länger hoffen lässt. Und wir funktionieren wirklich sehr gut, seit wir diese Vereinbarung getroffen haben.

Und am Wochenende hatte ich wieder drei Aufführungen. Am ersten Tag war sie mit einer Arbeitskollegin da. Am zweiten Tag, mit ihrer Chefin. Herta. Sie ist auch eine langjährige, gute Freundin von ihr. Alex vertraut ihr sehr. Und Herta nimmt mich nach der Aufführung in den Arm und sagt zu mir, ich muss stark sein. Alex kommt zurück, da hat sie ein sehr gutes Gefühl. Sie hat mit ihr gesprochen und sie kann sich, als jemand, der Alex schon so lange kennt, nicht vorstellen, dass sie nicht zu mir zurückwill. Und sie hat ihr auch gesagt, dass sie doof wäre, mich gehen zu lassen. Ja, genau. So seh ich das auch. Das war hochemotional. Ich hätte fast losgeheult. Aber seither habe ich in mir etwas Ruhe gefunden. Es ist alles schwer, aber es ist gerade nicht so unglaublich aussichtslos. Jemand, der Alex nahesteht, jemand der nicht immer nur über sich spricht, sondern auch mal zuhört, sieht eine Chance. Findet die Entscheidung von Alex bescheuert. Das gibt mir Kraft. Danke, Herta.

13.12.2022

Gestern Abend, als ich im Bett war, habe ich mich im Schlafzimmer umgeschaut. Es verschwinden immer mehr Sachen von ihr. Das hat mir furchtbar weh getan. Aber klar, wenn sie auszieht, muss sie ja ihren Kram mitnehmen. Es ist nur schwer, das immer wieder zu bemerken, wie ihre Sachen immer weniger werden, wie sie immer weniger da ist.

Gestern Nacht ist sie von Dresden zurückgekommen. Ich habe ihr zwei Wärmflaschen ins Bett gelegt, weil ich mir gedacht habe, sie war jetzt schon wieder so lange wach, hatte so viel zu tun und so lange Auto zu fahren, sie wird bestimmt frieren, wenn sie ins Bett geht. Sie hat sich sehr über die Wärmflaschen gefreut, hat sie gesagt heute Morgen. Danach hat sie gleich gesagt, sie muss jetzt in die Wohnung, weil jemand zum Kücheausmessen kommt. Sie machte einen fröhlichen Eindruck. Ich habe sie gefragt, ob sie denn froh ist, bald hier raus zu sein. Gehört hätte ich gerne sowas wie „nein, es fällt mir furchtbar schwer, aber ich hoffe, dass was Gutes dabei für uns rauskommt". Gesagt hat sie: „Freude ist nicht das richtige Wort". Aha. Also sowas Ähnliches. Glücklich sein darüber, oder vielleicht erleichtert über ihren Auszug. Autsch. Ich habe sie dann um Spezifizierung gebeten. Sie meint, sie freue sich, weil es vorwärtsgeht. Darauf habe ich so gemeint, was denn vorwärtsgeht? Ihr Leben ohne mich? Sie meinte, nein, die Möglichkeit auf eine Chance für uns beide ..., eventuell. Und immer wieder frage ich mich, wieso sie ein so großes Haus mietet, wenn sie an eine Chance glaubt. Irgendwie kaufe ich ihr das nicht ab.

Ob sich Bettina gemeldet hat. Ja, hat sie gemeint, gestern. Es ging wieder mal darum, dass es ihr schlecht geht. Ich habe nachgefragt, ob sich Bettina erkundigt hat, wie es Alex geht. Nein, war die Antwort. Schon seltsam, meinte Alex. Ich weiß ja auch nicht, ich finde es gar nicht seltsam. Das ist es doch, was ich die ganze Zeit meine. Wenn da nichts zwischen den beiden außer Freundschaft ist, dann ist Bettina echt eine beschissene Freundin. Das ist nicht seltsam, das ist selbstsüchtig und respektlos. Trotzdem frage ich mich an dieser Stelle halt, ob Alex mir alles erzählt. Hat ja irgendwie damit aufgehört, mir die Wahrheit zu sagen, das macht es mir sehr schwer, an diesem scheinbaren Denkansatz „schon seltsam" festzuhalten. Und ich weiß genau, wenn Bettina pfeift, dann wird sie wieder springen. Egal wie seltsam das hier alles möglicherweise ist. Das sollte ich dann seltsam finden. Aber ich finde schon vieles seit langer Zeit seltsam, und ich kann nicht mehr unterscheiden, was wirklich seltsam ist und was nicht. Jedenfalls war ich stolz, dass ich jetzt zwei Tage mal nicht geheult habe.

Heute Morgen hab ich's dann doch wieder verkackt. Was bin ich für ein dummer Mensch ...

19.12.2022

Ich bin nicht genug. Das denke ich mir in letzter Zeit immer wieder. Obwohl ich alles tue, bin ich nicht genug für sie, um bei mir bleiben zu wollen. Und wie lange halte ich das noch aus? Das kann ich nicht sagen.

Gestern Abend habe ich leider einen Liebesbrief von ihr gefunden, als ich für meinen Sohn eine Eukalyptussalbe gesucht habe. Leider habe ich die Salbe nicht gefunden. Der Brief war aus einer Zeit, in der wir gerade erst zueinander gefunden hatten. 2018. Darin schreibt sie, was sie alles liebt an mir. Dass es ihr leidtut, dass sie so lange gebraucht hat, das zu erkennen. Das sie den allergrößten Respekt vor mir hat, dass ich ihr so lange Zeit dafür gegeben habe. Tja. Und nun schau uns an. Sie zieht aus. Natürlich war dann hier wieder Ramba Zamba und ich habe geflennt. In der Nacht hatte ich dann auch noch die üblichen Albträume. Und als ich aufgewacht bin, hat sie mir gesagt, dass jetzt gleich ein Freund kommt, mit dem sie Möbel für die neue Wohnung abholen fährt. Nun denn, weitergeflennt, was auch sonst. Die letzten zwei Tage hatte ich schon fast Angst, ich würde sie vielleicht irgendwann nicht mehr lieben, wenn das hier so weitergeht. Ich hatte direkt ein schlechtes Gefühl, als sie von der Arbeit nach Hause kam, weil ich lieber alleine gewesen wäre. Das ist neu. Und ich hatte Angst, dass meine Liebe für sie stirbt. Aber wäre das so schlecht? Ich würde mir auf jeden Fall so einiges ersparen. Aber dann kam doch wieder alles anders und ich lag im Bad am Boden und habe um sie, um uns, geweint. Wo soll das noch hinführen. Ein Doppelbett hat sie sich gekauft. Wofür denn nur, sagt meine irre Seite ... Wofür braucht sie Platz für zwei, wenn sie doch alleine ist. Meine rationale Seite sagt daraufhin, dass sie ja öfter Besuch von Mutti und Omi hat, die müssen auch alle irgendwo schlafen. Außerdem ist heutzutage fast kein vernünftiges Schlafzimmer mit einem Einzelbett zu bekommen, außer es ist ein Kinderzimmer, was bei ihrer Größe nicht so abwegig wäre, aber so ist es nun mal. Also Klappe halten und nicht versuchen, alles irgendwie zu deuten und mich damit fertig zu machen. Aber ich kann irgendwie nicht anders. Ich sollte alles so nehmen, wie es kommt. Sie hat auch heute wieder gesagt, sie geht davon aus, dass wir eine gute Chance haben, alles wieder hinzubekommen nach dem nötigen Abstand, weil wir ja, wie auch ich immer sage, ansonsten alles haben, was für eine vernünftige Beziehung notwendig ist. Und trotzdem ist es für mich so unglaublich schwer, sie gehen zu lassen (so viel zu „Angst, mich zu entlieben ...“). Es gibt halt eben keine Garantie. Für nichts auf der Welt. Und das macht mich kaputt. Keine Kontrolle zu haben, keine Wahl, keine Möglichkeit der Einflussnahme. Ich muss mich zurücklehnen und abwarten, wie sie sich letztendlich entscheidet. Und dann muss ich hoffen, dass ich dann noch in der Lage bin, sie zu lieben. Denn wenn die paar Monate ohne Sex für sie zu diesem Schritt führen, was machen dann all diese Monate ohne Liebe mit mir. Wie krank im Kopf muss ich eigentlich sein, immer noch abzuwarten und zu hoffen, sie immer noch so zu lieben. Irgendwas ist doch da nicht richtig mit mir. Und doch bin ich es nicht wert, ich bin nicht genug. Nicht für unsere Freunde, dass mal einer nachfragt, wie es mir geht, nicht für meine Frau, dass sie mich einfach wieder lieben kann. Nicht genug.

24.12.2022

Weihnachten. Das Fest der Liebe. Wie beschissen ist es, gerade jetzt immer wieder zu erkennen, dass man nicht mehr geliebt wird. Man wird toleriert. Man wird gemocht. Aber man wird nicht mehr geliebt. Das zeigt sich in so unglaublich vielen Kleinigkeiten. Neulich waren wir auf dem Weihnachtsmarkt. Wie früher auch. Ich habe mich sehr gefreut darauf. War auch ganz schön. Wenn da nicht immer diese Kleinigkeiten gewesen wären, die einfach früher anders waren. Sie sucht nicht mehr meine Nähe. Sie ist da, körperlich, aber mit den Gedanken ist sie einfach ganz woanders. Nicht mehr bei mir, nicht mehr bei uns. Sie versucht nicht mehr, meine Hand zu halten. Natürlich versucht sie nicht mehr, mich immer wieder zu umarmen und zu küssen. Natürlich. Sie liebt mich ja nicht mehr. Ich frage mich, wie das überhaupt jemals wieder werden soll, wo sie sich doch emotional schon so weit von mir entfernt zu haben scheint. Durch die räumliche Trennung, wo sie doch immer hier sein möchte? Wie soll sie mich oder uns dann überhaupt vermissen. Sie wird sich einfach einreden, dass das für uns so passt. Wobei das niemals der Fall sein wird. Für sie vielleicht schon, für mich nicht. Und mir geht langsam die Kraft aus. Ja, das schreibe ich jetzt schon lange, aber es passiert immer öfter, dass ich mich nicht freue, wenn sie nach Hause kommt, denn dann ist es nett, aber eben nicht mehr. Und ich habe einfach mehr verdient. Ich habe nichts falsch gemacht. Das geht jetzt schon monatelang so. Wie lange soll ich mir das noch anschauen. Warten. Hoffen. Und immer wieder mit Kleinigkeiten aufgezeigt bekommen, dass ich nicht mehr geliebt werde. Nicht mehr wie vorher. Und dann sind da Sachen wie, sie kitzelt mich an den Füßen. Küsst meinen Fuß. Sucht auf diese Art Nähe. Keine romantische Nähe, aber immerhin Nähe. Mehr Nähe, wie man sie einer „Freundin" zuteilwerden lässt. Und da soll ich mich noch auskennen? Die Nähe, die für sie ok ist, die wird so durchgezogen. Die Nähe, die ich möchte, ist tabu. Wieder einmal läuft alles so, wie sie es für sich entschieden hat, und ich muss halt mitziehen. Wie immer.

Heute Morgen hab ich erst mal wieder geflennt, bevor ich runtergekommen bin. Warum? Weil ich Angst davor hatte, was ich vorfinden würde. Nämlich nichts. Früher wäre sie an so einem Tag wie heute nicht in die Tagschicht gefahren, ohne mir einen kleinen Zettel dazulassen und vielleicht ein Ferrero Küsschen draufzulegen. Mit Worten wie „Ich liebe Dich, mein Schatz, ich wünsche Dir frohe Weihnachten und ich freue mich schon so sehr darauf, Dich heute Abend zu sehen". Kleinigkeiten, die ich vorher nicht kannte und die mir alles bedeutet haben. Und was war, ich hatte Recht. Natürlich. Nichts war da. Geschirr war da. Juhu. Wie weihnachtlich. Es bricht mir das Herz, so aufs Abstellgleis geschoben zu werden. Es tut unheimlich weh. Und es macht mich so unglaublich wütend, dass ich das überhaupt zulasse. Warum habe ich nicht einfach den Mut, sie rauszuschmeißen. Damit mal nicht alles nach ihrer Nase läuft. Damit ich mich selbst ein bisschen schützen kann, vor den Enttäuschungen, die das Fehlen dieser essentiellen Kleinigkeiten bei mir die ganze Zeit verursacht. Wie masochistisch muss man denn veranlagt sein, sich das so lange bieten zu lassen. Und ich denke, sie macht das alles nicht mit böser Absicht. Ganz und gar nicht. Aber sie kann einfach nicht begreifen, wie verletzend das für mich ist, wie es mich umbringt, jeden Tag ein Stückchen mehr.

Und dazu kommen nun auch die Freunde wieder. Ebenfalls ein sehr netter Punkt an so einem Tag wie heute, an dem es schon schwer genug ist, zu erkennen, wieder einmal, dass der wichtigste Mensch in meinem Leben mich nicht mehr liebt. Die Freunde. Was für ein großes Wort. Es ist Mittag. Es haben sich zwei Personen bei mir gemeldet und mir frohe Weihnachten gewünscht. Aber all die anderen F****n melden sich nicht. Ja, klar, natürlich könnte ich mich auch mal melden. Aber ganz ehrlich, es ist gerade nicht meine Aufgabe, denen hinterherzulaufen, wo sie mir doch über die letzten Monate genau gezeigt haben, wo mein Platz auch bei Ihnen ist. Es wäre, als Freunde, ihre Aufgabe gewesen, sich mal zu melden und zu fragen, wie es mir geht. Immerhin haben sie mich ja alle „so lieb". Merk ich direkt. Ich laufe gerade einer Person in meinem Leben hinterher, und das ist es wahrscheinlich nicht mal wert, denn das geht schon viel zu lange so. Aber für die anderen habe ich gerade keinen Kopf. Ihr Verhalten zeigt mir genau, wo ich stehe. Und wenn sie es nicht schaffen sich mal zu melden, dann muss ich eben meine eigenen Konsequenzen daraus ziehen. Man stelle sich vor. Ich habe nichts falsch gemacht. Ich liebe meine Frau über alles. Aber das ist nicht mehr erwünscht. Und daraus ergibt sich die Tatsache, dass sich meine Frau von mir entfernt und dass all die Freunde, die wir haben, sich ebenfalls von mir abwenden. Obwohl sie nur die Seite meiner Frau kennen, was unsere „Trennung" angeht. Niemand hat mich jemals gefragt, was los ist. Bis auf Christoph, Biene, eine Freundin aus meiner Arbeit, Marco und John. Das sind meine Freunde. Die anderen kenne ich über Alex. Aber Anstandshalber hätte von denen schon auch mal was kommen können. Aber nein. Zu viel Arbeit. Man will sich nicht einmischen, oder es ist einem überhaupt scheißegal. Vielen Dank auch. Ich leg mir jetzt ein T-Shirt zu, auf dem steht: „Seit ich mit Menschen zu tun habe, weiß ich, warum ich Hunde lieber mag". Das ist so mein Vorsatz für nächstes Jahr. So ein T-Shirt drucken zu lassen. Alles andere ist ja eh Mist.

Und morgen Abend müssen wir zu Gerti und ihrem Mann. Wie ich mich freue. Weil die Gerti mich ja auch so lieb hat. Nicht, dass sie sich gemeldet hat. Nein, warte, ich lüge. Sie hat zu meiner Frau gesagt, sie würde mich besuchen, letzte Woche war das, aber dann hat sie angerufen und gesagt, sie würde gerne kommen, aber sie hat noch Sommerreifen drauf. Na klar. Ist ja auch völlig überraschend, dass es im Dezember mal schneien könnte. Und sie wohnt ja auch ganz weit weg. So 'nen Kilometer oder so. Nicht zu schaffen, bei dem Schneegestöber, dass zu der Zeit war. Verstehe schon. Dann soll sie es doch einfach gleich bleiben lassen. Und da müssen wir morgen hin. Ich habe nur eine Chance, diesen Abend zu überstehen. Schnell viel saufen. Sonst werd ich aggressiv, weil mir die alle so auf den Sack gehen. Aber, pflichtbewusst und fügsam, wie ich bin, komme ich natürlich mit. Will ja meiner Frau suggerieren, wie gut ich führbar und anpassungsfähig bin, wie gut ich mich hinten anstellen kann. Mach ich ja jetzt auch schon lange genug. Jeder andere würde sich am Arsch lecken lassen. Ich doofes Schaf sage mir, wenn ich da jetzt rumzicke, schiebe ich Alex noch weiter von mir weg. Alles für Alex. Wie dämlich kann ein Mensch alleine überhaupt sein?

Also, wie sieht dieses Jahr Weihnachten für mich aus. Folgendermaßen. Meine Frau ist in der Arbeit. Bastian ist bei seinem Vater. Ich fahre jetzt ins Pflegeheim und besuche meinen Onkel, der mich nicht wiedererkennt ... Danach fahre ich zu meiner Mutter, die schon im Vorfeld geheult hat, weil ich ihr vor zwei Tagen gesagt habe, dass ich komme. Als ob ich das nie machen würde. Jedes Weihnachten fahre ich zu ihr. Jedes. Aber so irre, wie sie ist, hat sie sich ein Jahr lang erfolgreich eingeredet, dass ich sie nicht mag, was nicht so abwegig ist, und ich deshalb meinen Pflichten als Tochter nicht nachkomme. Was ich nie wagen würde. Weil ich halt immer allen nachzurennen scheine, auch wenn sie es nicht verdient haben.

Und abends mache ich dann Blumenkohl-Kartoffelauflauf. Für meine Frau und mich. Ich mag Blumenkohl nicht. Aber sie anscheinend, also kriegt sie ihn. Und ich nehme mir vor, alles ganz sauber zu machen, den Tisch schön zu decken, mich schön anzuziehen. Und gleichzeitig hab ich schon voll den Hals, weil ich mich frage, wofür das alles eigentlich. Nur damit ich auch heute, an Weihnachten, wie sonst auch jeden Tag, an diese „ich liebe dich nicht mehr-Mauer" klatsche. Es kostet mich so unglaublich viel Kraft, all das umzusetzen. Aber ich tue es trotzdem. Zum einen, weil ich mich absolut nicht wegen dieser Situation gehen lassen will. Zum anderen, weil ich immer wieder oder immer noch versuche, meiner Frau etwas zu zeigen, was sie vielleicht noch nicht gesehen hat. Was ihr etwas gibt, wofür sie mich wieder bewundern oder sogar lieben könnte. Wäre ja aber auch eigentlich einfach, wenn der Schlüssel zum Glück einfach ein Blumenkohlauflauf gewesen wäre, und ich wusste es die ganze Zeit nicht. Ich mach also hier den Mords-Aufriss, mich von der besten Seite zu zeigen, in jeder Hinsicht, und weiß jetzt schon, dass es wieder nichts bringen wird. Wie immer. Und ich habe dieses kleine paranoide Arschloch in meinem Kopf, das mir die ganze Zeit so dämliche Fragen stellt wie „was würdest du machen/was würde passieren, wenn dich Deine Frau heute anruft und dir sagt, Betty hat sich gemeldet. Es geht ihr nicht gut an Weihnachten, sie ist alleine und hat Alex gefragt, ob sie Weihnachten mit ihr verbringen würde, damit es ihr nicht so schlecht geht. Wie würde Alex sich entscheiden?" Und ich kann es inzwischen überhaupt nicht mehr einschätzen. Ich kenne meine Frau nicht mehr. Aber ich habe die Angst, dass sie mir sagen würde, dass sie heute nicht mehr kommt, weil es der anderen schlecht geht. Und wenn das passieren würde, dann würde ich sie darum bitten müssen, morgen auszuziehen, denn das wäre dann echt ein Eck zu hart. Aber wie wird dann der Abend für mich. Mit dem Scheiß-Blumenkohlauflauf. Mit dem netten Kleid, der Deko und dem gedeckten Tisch. Ich könnte für nichts mehr garantieren. Gar nichts.

26.12.2022

Naaaaaaa gut, Frau Bettina hat nicht angerufen. Wenigstens hat sie Alex nicht darum gebeten, am Heiligabend zu ihr zu kommen. Sie hat Alex jedoch schon angerufen, die falsche Schlange. Nur sie. Hat nur ihr frohe Weihnachten gewünscht und hat zu ihr gesagt, dass sie sie gerne wieder mal sehen würde. Sie. Nicht mehr uns. Das hat mich so angekotzt und ich hätte fast einen riesen Streit angefangen. An Weihnachten. Wegen dieser F***e. Weil es einfach nicht sein kann, dass sie da so blauäugig ist und davon ausgeht, dass ihr Verhalten keine Konsequenzen in unserer Beziehung haben würde. Und weil es mich so ankotzt, dass Alex sich immer noch schwer zu tun scheint zu verstehen, warum ich mich so aufrege. Sie kann einfach nicht verstehen, warum mich diese „Beziehung" zwischen den beiden so sehr stört. Da möchte ich mal andere sehen, wenn der Partner so 'ne Nummer abzieht. Da bleibt mit Sicherheit keiner ruhig. Und alle anderen würden sich das nicht so bieten lassen, wie ich das tue.

Und wieder einmal frage ich mich, ob ich alles weiß. Immer mehr habe ich den Eindruck, dass mich Alex immer öfter anlügt. Mit Kleinigkeiten. Aber wenn sie da schon lügt, wie wird es dann erst bei wichtigen, ernsten Sachen sein. Wer einmal lügt, dem glaubt man nicht ...

Gestern waren wir also bei der Gerti und ihrem Kerl. Schnitzel essen. Sehr lecker. Ja, ich habe gezielt getrunken, hatte mich aber voll im Griff. Einmal bin ich alleine beim Rauchen draußen gesessen und Gerti kam raus und hat mich gefragt, wie es mir geht. Ich sagte erst „Gut", weil ich gar nicht mehr damit gerechnet habe, dass mich überhaupt mal wer fragt. Als ich es geschnallt hatte, konnte ich nur ein „Ach das, na ja, ich hab gute und schlechte Tage" rauswürgen, denn es hätte jeden Moment jemand auf die Terrasse kommen können und außerdem, wenn ich in diesem Rahmen ins Detail gegangen wäre, würden wir jetzt noch auf der Terrasse hocken und ich würde sie vollheulen. Das ist kein Gespräch für „zwischen Tür und Angel". Aber ich habe mich schon gefreut, dass sie überhaupt mal gefragt hat. Hab mich auch heute Morgen per WhatsApp nochmal bedankt dafür. Jedenfalls hat sie mir erzählt, dass Alex neulich mal bei ihr war und ganz furchtbar geweint hat. Sie meint, wir sind noch nicht fertig miteinander. Aha. Alex hat mir nicht erzählt, dass da viel über sie oder uns gesprochen wurde. Mehr über Gerti, weil sie eine Firma übernehmen möchte. Also hat sie mich da auch schon wieder angelogen. Ist 'ne Kleinigkeit. Richtig. Ist auch ihre Sache, was sie mir darüber erzählt, was sie anderen sagt. Auch richtig. Aber reiht sich eben in die ganzen anderen Lügen mit ein. Sie erzählt ja auch immer, dass Bettina sich nicht dafür interessiert, was mit uns ist. Trotzdem stimmt das eben nicht wirklich. Sie war ja im Oktober mal da und ich habe gefragt, ob sie mit ihr über uns gesprochen hat, und sie hat verneint. Es ging immer nur um Bettina. Was mich natürlich sauer macht, wenn sie da so egoistisch ist. Danach habe ich aber doch Bettina eine Sprachnachricht geschickt, auf die sie einmal geantwortet hat und gesagt hat, dass Alex mit ihr über uns gesprochen hat und bla. Also auch da hat mich meine Frau bewusst angelogen. Wofür. Sie muss doch sehen, dass ich unter den Umständen, die sie mir schildert, (Bettina interessiert sich nur für sich selber, nicht für uns) einen riesigen Hals auf die andere bekomme, der in dieser Form vielleicht gar nicht gerechtfertigt ist. Es passiert halt, weil sie so krampfhaft an der anderen festhält und mir nicht mehr die Wahrheit sagt. Das kann ja nur schiefgehen. Und, wie schon zuvor erwähnt, stelle ich mir da halt auch immer öfter die Frage, womit belügt sie mich noch. „Nein, ich habe nichts mit Bettina, hatte ich nie, werde ich nie". Ja, vielleicht. Aber wer garantiert mir, dass das dann die Wahrheit ist? Wer?

Und dann kommt Gertis bessere Hälfte. Gefühlt mit seinem zehnten Dübel im Gesicht, und fragt Alex: „Alex. Meine Gute. Wenn Du jetzt dann mal 'ne neue Freundin hast, würdest du dich trauen, sie mit hierher zu nehmen und mir vorzustellen, weil, Du weißt, ich bin halt ein geiler Typ und keine Frau kann mir widerstehen ..." Und Alex sagt: „Nein, ich würde sie vermutlich nicht mit hierher nehmen ..." Das war so unerwartet und so absolut krass, von allen Seiten, ich hab mir nur in aller Ruhe eine Zigarette gedreht und bin alleine eine rauchen gegangen. Draußen hab ich dann wieder mal geflennt, weil es einfach so unfassbar daneben war, von beiden, dass es einfach nicht einzuordnen ist. Wie können Menschen so sein, wie kann ich mir das alles noch länger gefallen lassen ... Wenn ich meine Schuhe auf der Terrasse gehabt hätte, hätte ich sie in dem Moment angezogen und wäre nach Hause gegangen. Ich hätte eine Weile nicht garantieren können, dass ich in dieses Haus an diesem Abend nochmal reingehen kann. Aber ich habe es geschafft. Ich bin ein Viech. Bin wieder reingegangen. Habe mir meine Frau angeschaut. Wie sie da sitzt und absolut gute Laune hat. Mit dem einen Späßchen macht, mit der anderen lacht, einfach einen schönen Abend hat. Habe mir die anderen angeschaut, denen es auch scheißegal ist. Habe mitgelächelt. Lachen habe ich in dem Moment nicht mehr geschafft. Dann sind wir nach Hause. Gott sei Dank. Wie lange kann ich diese Shitshow noch ertragen? Nur Irre um mich rum und meine Frau tut in der Öffentlichkeit so, als ob es sie gar nicht juckt, was bei uns los ist. Bei Gerti flennt sie rum, weil ich ihr so wichtig bin. Gerti hat zum Abschied gesagt, ich soll stark bleiben. Wie Herta vor ein paar Wochen. Langsam frage ich mich, wofür eigentlich. Damit ich mich noch länger verarschen lassen kann? Wie lange muss es

noch dauern, bis ich die Schnauze so voll habe, dass ich sie gehen lassen kann? Sie muss wissen, wenn der Punkt, an dem ich
sie gehen lassen kann, erreicht ist, gibt es auf keinen Fall mehr
einen Weg zurück. Den halte ich ihr jetzt krampfhaft über Monate hinweg offen. Es kostet mich so viel Kraft. Aber wenn da
dicht ist, dann war's das. Dann gibt es nichts, was sie noch tun
könnte, um mich zurückzubekommen. Ich denke, das ist ihr
nicht klar. Sie macht jetzt vor all ihren Freunden auf verletzte
Gefühle und so weiter und ich bin die Böse, weil ich keinen Sex
wollte, und sie sieht nicht, wie nahe sie die ganze Kiste an den
Abgrund schiebt. Und ich befürchte, wenn sie die Kiste runter-
schubst, ist es ihr auch wurscht. Dann nimmt sie halt 'ne neue
Freundin zu Gertis Altem mit. Kein Problem.

27.12.2022

Noch was fällt mir ein, wegen des Abends bei Gerti und An-
hang. Das hat mir mal wieder gezeigt, was ich für ein dummes
Arschloch bin. Manfred, der Mann von Frederike, die auch da
waren, ist Iron Maiden Fan. Ich mag die auch sehr gern. Als sie
im Oktober mal bei uns waren, haben wir darüber gesprochen,
wie gern wir die mal live sehen würden. Als sie weg waren, habe
ich gegoogelt, ob Iron Maiden auf Tour geht. Siehe da, Wacken
'23. Das hab ich abfotografiert und habe es Manfred geschickt.
Ganz kommentarlos. Und er hat mir niemals auf diese WhatsApp geantwortet. Und ich habe nicht nachgebohrt. Mich nicht
gefragt, warum er sich nicht meldet. An dem Abend sind wir
ganz kurz auf das Thema Musik gekommen. Dabei habe ich ihn
gefragt, ob er meine Nachricht wegen Iron Maiden bekommen
hat. Er hat mich nur angeguckt und genickt. Nichts weiter. Ich
wollte noch was sagen, er hat nur wieder geguckt und genickt.
Komisch, dachte ich. Sonst nichts in dem Moment. Aber wenn
ich heute darüber nachdenke, stellt sich für mich die Situation
folgendermaßen dar. Manfred hat ganz bewusst nicht geant-

wortet. Warum? Weil er nicht einer anderen Frau schreibt. Weil er Gefahr laufen würde, ich würde fragen, ob wir da zusammen hinfahren sollen. Weil er weiß, dass alles, was auf eine Antwort von ihm auf meine Nachricht folgen würde, seiner Frau nicht recht sein würde. Also reagiert er einfach gar nicht darauf, zieht da schon seine Grenze, damit es keine Probleme verursachen könnte. Seine Frau wiederum würde Folgendes zu ihm sagen, wenn er sagen würde, ich fahr mit Caro zu Iron Maiden. Sie würde sagen: „Kannst Du schon machen, aber danach brauchst du nicht mehr hierher zurückkommen". Ganz einfach. Er hat Rückgrat und steht zu seiner Frau. Sie hat Rückgrat und würde ihm sofort die gelbe Karte zeigen, die er auch respektieren würde. Ich habe Rückgrat, denn ich habe einfach nicht weitergebohrt. Weil man das nicht macht. Weil man sich nicht zwischen zwei Menschen drängt und Probleme verursacht. Das ist eine ganz klare Sache des Respekts und des Akzeptierens von Grenzen. Und dann bei uns. Alex fährt alleine zu Frau Betty und hält den Kontakt mit ihr, obwohl sie weiß, dass es mich verletzt. Ein No-Go. Betty bohrt immer wieder nach, zieht Alex zu sich, denkt gar nicht darüber nach, ob das Probleme verursachen könnte. Ein No-Go. Und ich, ich hock da und tu mir selber leid. Natürlich zeige ich ganz klar meine Grenzen auf, aber sie werden halt ignoriert und das lasse ich so stehen. Ein No-Go. Wie dämlich ist das denn eigentlich? Wieder einmal stelle ich mir die Frage, wieso ich da noch so dran hänge. Es ist eine absolut respektlose Situation und ich lasse sie mir gefallen, denn wenn ich jetzt einen Schlussstrich ziehe, dann bin ich schuld, wenn wir uns trennen, denn immerhin war sie ja bereit, daran zu arbeiten, wobei sie aber völlig die Tatsache ignoriert, dass das unter den gegebenen Umständen, die sie verursacht, eigentlich gar nicht möglich ist. Ich bin wieder schuld. Ich bin schuld, dass sie mich nicht mehr liebt, denn ich wollte nicht ficken, und ich bin schuld, wenn es jetzt zu Ende geht, denn ich hatte keine Geduld. Wie viel Geduld soll ich denn bitte noch haben. Wie man sieht, gibt es andere Paare, da wird eine solche Situation im Keim erstickt, weil man weiß, was man sich gegenseitig bedeutet. Aber hier eben nicht.

Hier scheint es egal zu sein. Und Alex meint, sie kann tun, was sie will, und ist im Recht. Ist sie aber eben nicht, denn so verhält man sich in einer Beziehung einfach nicht. Eigentlich alles ganz einfach und klar. Aber leider habe ich nicht das Rückgrat von Frederike. Leider habe ich gar keines. So ein Mist aber auch.

29.12.2022

2.13 Uhr morgens. Ja, wieder einmal hocke ich im Wohnzimmer und heule, während meine Frau den Schlaf der Gerechten schläft. Irgendwie wird die Scheiße nicht besser. Ganz im Gegenteil. Zuerst einmal war vorgestern Abend Lee da. Ich hab ihn gefragt, wie das Weihnachtsfest mit seiner Freundin und ihrer Familie war, denn das war der Plan. Er meint, scheiße, denn sie hat sich von ihm getrennt. Wie krass ist das denn schon wieder. Und die ganze Zeit hat er nichts zu mir gesagt, weil ich gerade selber zu viel am Hut habe mit meiner Situation hier. Das hat mir furchtbar leidgetan. Keine Situation, in der ich je bin, sollte so schlimm sein, dass mein Kind nicht zu mir kommen kann, wenn es ihm schlecht geht. Das hab ich ihm auch so gesagt. Aber es war seine Entscheidung. Jedenfalls geht es ihm auch fürchterlich schlecht. Er ist krankgeschrieben. Seine Freunde unterstützen ihn. Seine Freunde unterstützen ihn, wohlgemerkt. Er weiß gar nicht, wie viel Glück er da im Unglück hat. Mir wurde heute wieder klar, was für Scheiß-„Freunde" ich doch habe und ich erkenne meine Frau immer weniger wieder. Ich habe nur immer noch mehr Fragen und noch mehr Schmerz in mir. Wie schon einmal erwähnt, wenn ich jetzt im Lotto gewinnen würde, dann wäre ich weg. Ohne ein weiteres Wort an diese tollen Freunde, die ich habe. Was für ein Dreckspack. Warum? Vorgestern Abend sagt Alex knapp zu mir, dass sie morgen, also gestern Früh, zu Verena fährt. Ich sage, ok. Frage etwas später nach, ob sie da auch isst. Ja, Brunch. Ok. Dann kommt sie wieder zurück und erzählt von Nadja und Nadjas Tochter und bla,

und mir wird Folgendes klar, es hat sich um den Weihnachtsbrunch gehandelt, den wir bisher immer alle gemeinsam gefeiert
haben. Da hat es mich irgendwie wieder weggeschossen. Fragen
über Fragen. Hat mich denn keiner einladen wollen? „Von Dir
haben wir nicht geredet". Aha. Was hat mich denn disqualifi-
ziert? Was genau, denn ich komm nicht drauf. War es, weil ich
immer, wenn eine von den Weibern 'ne Sängerin für ein Event
gebraucht hat, umsonst natürlich, bei mir gefragt hat, und ich
habe natürlich mitgemacht? War es, weil ihnen mein Kaffee,
wenn sie zum Fressen und Saufen gekommen sind, nicht ge-
schmeckt hat? War es, weil sie sich plötzlich über meine Witze,
über die sie sich sonst kaputtgelacht haben, nicht mehr amü-
sieren können? Und was ist mit meiner Frau. Wie lange war das
schon ausgemacht, dass dieser Weihnachtsbrunch ohne mich
stattfinden wird? Zuerst hörte es sich ja eher nach einer spon-
tanen Sache an, bewusst von meiner Frau in einer herunterge-
kochten Version präsentiert. Nur kurz Kaffee … Nur mit Verena. Kurz. Aber im Nachhinein betrachtet war es das wohl nicht.
Also, wie lange wusste sie es schon und hat nichts gesagt. Und
was hat sie dazu gebracht, nicht hinter mir zu stehen, obwohl
sie weiß, wie sehr es mich trifft, dass es von unseren Freunden
keine Sau interessiert, wie es mir geht? Ich bin doch der wichtigste Mensch in ihrem Leben, angeblich. Und da hat man nicht
den Arsch in der Hose, hinter einem zu stehen? Da fährt man
immer wieder zu Leuten und hat einen Heidenspaß mit denen,
obwohl das ja ganz offensichtlich oberflächliche, beschissene
Charaktere sind. Das geht so einfach? Hm. Interessant. Wenn
ich ihr doch so wichtig bin und wenn es ihr doch so leidtut, wie
es mir gerade geht, dann hätte man erwarten können, dass sie
von vornherein sagt, dass ich mitkommen werde. Zu den tollen
Freunden. Damit die auch mitkriegen, was wir hier versuchen.
Aber so wie es aussieht, wollte mich meine Frau einfach auch
nicht dabeihaben, sonst hätte sie ja was gesagt. Also wo stehen
wir denn jetzt eigentlich genau? Meine Frau entfernt sich immer
mehr von mir, wird immer verschlossener, will mich nicht mehr
dabeihaben. Warum? Weil sie Angst hat, dass ich mich nicht be-

nehmen kann, weil ich eh schon sauer auf die Meute bin, weil sich keiner meldet? Und diese Reaktion von ihr und den anderen macht die Sache dann besser, oder was? Was macht sie eigentlich noch hier. Manchmal kann ich ihr echt nicht glauben, wenn sie sagt, wir haben durch die Trennung vielleicht noch 'ne Chance. Dann müsste sie ehrlicher und klarer mit mir umgehen. Außerdem kackt sie jetzt ja auch schon ein Jahr mit ihrem Stiefvater rum. Das ist auch mega-anstrengend und sie mag ihn eigentlich überhaupt nicht. Aber sie hält den Arsch hin, weil er ihr „leidtut". Aha. Das tu ich auch. Also, warum ist sie noch hier? Aus Mitleid will ich sie hier nicht. Das hab ich ihr auch schon gesagt. Sie sagt dann aber, dass das nicht der Fall ist. Als ob sie in letzter Zeit immer so ehrlich und offen zu mir wäre. Was für ein Witz. Auf diese Weise kann es mir eh nie besser gehen, denn alles wird immer nur noch schlimmer für mich. Ich habe niemanden. Heut hab ich mal drüber nachgedacht. Meine Frau ist die Einzige, die ich so tief in mein Herz gelassen habe, weil ich ihr vertraut habe. Ich habe mit anderen noch nie guten Erfahrungen gemacht, aber bei ihr habe ich geglaubt, dass ich ihr vertrauen kann. Und es hat sich so schön angefühlt, dass da jemand war, dem man wichtig war. Das Gefühl kannte ich bisher noch nicht. Das man wichtig und geliebt war. Und das ist jetzt alles wieder weg. Das hätte ich mir auch sparen können. Warum habe ich mich nur wieder auf sie eingelassen 2018? Warum liebe ich sie so sehr? Wie dämlich kann man eigentlich sein? Irgendwie habe ich zurzeit wirklich Angst, dass ich von dieser Situation Schaden nehme, der nicht mehr zu kitten ist. Wie auch immer das dann am Ende aussehen mag, das weiß ich noch nicht. Aber so gefickt bin ich schon lange nicht mehr worden. Und es hört einfach nicht auf. Warum, weil ich keinen Arsch in der Hose habe. Weil ich nicht die Kraft habe, einen Schlussstrich zu ziehen. Weil ich komplett den Kontakt zu meiner Intuition und meinem Selbstwertgefühl, zu mir selbst verloren habe. Ich kann nicht mehr unterscheiden zwischen Dingen, die da sind, und Dingen, die ich mir einrede. Ich hocke hier im Wohnzimmer und heule, 4 Monate nachdem meine Frau zum ersten Mal zu mir gesagt hat, dass sie die Beziehung beenden möchte, und ich bin noch keinen Schritt weiter. Ich weine jeden Tag. Ich tu mir selber unendlich leid und ich habe niemanden, mit dem ich meinen Schmerz teilen kann. Und sie fährt dahin und hat Spaß und fährt dorthin und trinkt Käffchen und so weiter. Und dann sagt sie zu mir: „Meinst Du etwa, dass es mir nicht auch weh tut, dass es mir nicht auch schlecht geht? Ich denke jeden Tag über diese Sache nach." Ach ja, erstens merkt man das gar nicht, weder ich noch andere, und zweitens, wenn Du immer so viel drüber nachdenkst, warum triffst Du dann immer solche Scheiß-Entscheidungen? Wohlgemerkt, Du triffst sie, und ich kann wieder mal sehen, wie ich damit klarkomme. Wie immer. Danke schön.

23.01.2023

Puh, fast ein Monat vergangen, seit ich das letzte Mal was geschrieben habe. Unglaublich. Das lässt hoffen, sogar mich selbst, dass ich irgendwie doch noch die Kurve bekomme, wie auch immer. Was ist passiert. Sehr viel eigentlich. Ich weiß gar nicht, wie ich anfangen soll ... Nein, wir sind nicht wieder zusammen ... So leicht ist es dann auch wieder nicht. Aber ich bin nicht mehr alleine. Zum einen habe ich da meinen lieben Freund Marco. Der Hammer-Typ, der einfach so eine Bereicherung für mich ist. Ebenso sein Ehemann John. Die beiden haben die ganze Scheiße jetzt mit mir durch und feiern mich. Und sogar, wenn ich es nicht wert, wäre, für irgendwas gefeiert zu werden, sie tun es. Und das alleine fühlt sich unglaublich gut an. Wir reden nicht mal immer und die ganze Zeit über das, was hier passiert, wenn wir uns treffen, wir „sind" einfach. Wir lachen sehr viel, reden dummes Zeug und manchmal fahren wir uns einen hin, dass ich nicht mehr gerade gehen kann. Aber nicht aus Verzweiflung, sondern aus Feierlaune heraus, wie wundervoll ist das, bitte schön?

Und dann ist da noch ein Wunder passiert. Maria und Gerti haben sich unabhängig voneinander bei mir erkundigt, wie es mir geht. Und sie waren auch beide hier. Beide kannten nur die Version von „die Alte will nicht ficken, also geh ich". Die Geschichte von der heiligen Betty kannte niemand. Komisch, ne? Jedenfalls haben beide Frauen gesagt, sie würden es Alex zum einen nicht zutrauen, mir fremdzugehen. Jedoch haben beide auch gesagt, dieses Verhalten würden sie auf keinen Fall tolerieren und sie können voll und ganz verstehen, wieso ich hier schon seit Monaten so am Rad drehe. Eine hat sogar gesagt, sie hätte „ihrem Alten die ganze Einrichtung angezündet". Ist halt auch halbe Italienerin. Da hat Alex Glück gehabt, dass ich „nur" Bayerin bin … Und was soll ich sagen? Niemals in den letzten Monaten habe ich mich so gut gefühlt wie nach diesen Gesprächen. Warum? Weil ich jetzt weiß, dass ich nicht komplett den Verstand verloren habe. Weil ich weiß, dass andere Frauen in meiner Situation ebenso empfunden hätten. Ich bin nicht verrückt. Ich kann gar nicht in Worte fassen, was für eine Last damit von mir abgefallen ist. Ich bin nicht verrückt. Wie geil ist das denn? Diesen Samstag war dann noch Biene da. Eine meiner längsten Freundinnen. Ich finde Biene ganz großartig, aber ich weiß auch, zur Feindin würde ich sie nicht haben wollen. Zu viel Angst … Und auch sie hat das Gleiche wie die anderen gesagt. Etwas verschärft nur, war halt auch Biene. Aber alle haben Recht. Und ich bin nicht verrückt. Und es geht mir großartig. Danke dafür.

Mit Alex läuft es auch ganz gut. Durch diese Gespräche habe ich mich so weit entspannt, dass ich nicht den ganzen Tag rumlaufe und 'nen Film schiebe. Ich kann mich sogar fast normal verhalten, heule nicht mehr dauernd. Kann wieder lachen, bin wieder mehr zu mir selbst geworden. Und ich genieße das so sehr. Das merkt auch Alex. Somit haben wir uns wieder angenähert. NEIN. Nicht in der Kiste. Nein, nein, nein …, natürlich nicht. Da muss man warten, bis die Chefin den Startschuss setzt, und die zieht ja jetzt trotzdem erst mal aus. Aber es macht mich nicht mehr so kaputt, daran zu denken, dass sie geht. Denn ich weiß, ich bin nicht verrückt. Ich kann mich wieder aufrichten.

Ich kann wieder lachen und ich weiß, mein Wohl ist nicht von ihr abhängig. Ich bin so viel stärker geworden, nur durch die paar Gespräche. Durch die Tatsache, dass sich jetzt drei befreundete Pärchen noch Karten für die letzte Musical-Aufführung, bei der ich mitspiele, gekauft haben. 6 Leute kommen zu meiner Vorstellung, nur meinetwegen. Das ist ein ganz unglaubliches Gefühl. Gut, zwei waren schon da, die beiden, die mit Alex den Weihnachtsbrunch gemacht haben. Tja, was soll ich sagen. Auch hier bin ich einen Schritt weiter, und auch das fühlt sich sehr gut an. Sie haben die Karten ja gekauft, bevor sie wussten, dass Alex sich von mir trennt oder wie auch immer man das jetzt definieren möchte. Da kamen sie nicht mehr raus aus der Nummer. Also sind sie hingegangen. Kurz angebunden, nach der Show sofort weg. Keine Nachricht in den folgenden Tagen, ob es ihnen gefallen hat oder nicht. Jedoch kam neulich Bastian von seiner Oma zurück und hat erzählt, dass Oma weiß, dass Alex auszieht. „Woher?", frage ich. Das hätte ihr Nina (ihre Enkelin), erzählt, die neben Verena („Freundin" von Alex und mir … Witz …) wohnt. Die Nina, über die Verena bei uns immer hergezogen hat, weil „die ist ja total hohl und ihr Alter auch …" Aha. So spielen wir das Spiel jetzt. Man kann also nicht mehr mit mir sprechen, aber man hat immer viel über mich zu erzählen? Genau die richtigen Freunde. Na gut, das macht mir die Sache hier auch ganz leicht. Um diese Freundschaften trauere ich ab jetzt einfach nicht mehr, denn die Damen haben es einfach nicht verdient, mit mir befreundet zu sein. Hört sich das arrogant an? Tja, dann ist es halt so. Und es geht mir gut dabei, darauf kommt es doch letztendlich an. Finde ich jedenfalls.

DAS BIN ICH JETZT

Es geht mir gut. Ich bin glücklich mit mir selbst. Ich weiß, was ich kann und was ich wert bin. Ich habe gelernt, mich nicht von anderen Personen abhängig zu machen, sei es in Freundschaften oder in Beziehungen. Ich bin stärker, ich gehe aufrechter, ich mag mich. Dass es so ein Drama braucht, bis ich das mal zu mir selber sagen kann ... „Ich mag mich". Find ich gut. Ich sage jetzt auch mal nein und lebe nach dem Motto, „wer nicht will, der hat schon". „Mir doch egal" ist auch ein tolles Motto, hab ich von Marco gelernt. Ich arbeite daran, mich nicht mehr so über Sachen aufzuregen, die ich einfach nicht ändern kann. Bringt ja eh nix. Und kochen kann ich immer noch nicht besonders gut. Aber ich bin ja auch nicht finanziell davon abhängig und zum Überleben reicht es. Passt also.

Also stimmt das, was ich immer anderen sage, die sich in einer schwierigen Situation befinden, das, was ich eigentlich immer selbst auch wusste, aber nicht gewusst habe, wie ich daran glauben soll in der schwierigen Zeit. Irgendwann wird es auch mal wieder anders. Besser. Und dann ist es meine Entscheidung, zu sagen: „Oh, das war so schlimm, ich habe so gelitten usw ...", oder zu sagen: „Das war jetzt so, war nicht schön, aber es ist vorbei. Ich kann nach vorne blicken, das Leben geht weiter. Und ich habe wieder mal viel gelernt, was mich im Leben oder auch nur für mich selber weiterbringt. Danke für die Erfahrung."

Die Autorin

Nach einer Lehre zur Hotelfachfrau lebte und
arbeitete Caro Neuhofer einige Jahre in London
und Zürich. Da für sie schon immer der Mensch im
Mittelpunkt stand, holte sie ihr Abitur nach und
studierte Soziale Arbeit. Anschließend arbeitete sie
7 Jahre in einem Wohnheim für schwerst psychisch
kranke Menschen. Danach machte sie sich selbständig und betreut seit 11 Jahren Menschen, die
ihre Hilfe benötigen.
Zu ihren Lieblingsaktivitäten gehört neben dem
Lesen und Yoga das Singen. Sie ist in zwei Bands
und hat regelmäßige Auftritte in Musical-Auffüh-
rungen.